八里庄旧事

八里庄南里27号

所见 所闻 所嗅 所感

白浩◎著

作家出版社

目录 contents

吾土吾乡

灵山秀水

随想偶感

白浩的魅力（代序）

鲁若迪基

白浩是《丽江日报》副刊部的资深编辑。说“资深”是因为他从云南民族大学中文系毕业到丽江日报社工作后，就乐此不疲，一干就是二十多年，其中，十几年来从事副刊编辑工作！想想，人的一生能有多少个二十年啊？这么一想，就觉得他为人作嫁衣二十余载，真的不容易，非常了不起！他本人从老同事口中的编辑“小白”，慢慢变为作者口中具有高级职称的编辑“白老师”，参加会议时介绍的副刊部“白主任”，就说明了“资”是怎么一步一步变“深”的了！我因给副刊写稿，有缘与他相识、相交、相知。我将这种缘，称为“善缘”，倍加珍惜。我有位朋友长期自费订阅《丽江日报》，有次对我说，他是为了看副刊才订这份报纸的。遗憾的是，他拿到报纸时，副刊常常被人抽走。他曾专门叮嘱过门卫室的人，但顺手牵“报”的事还是屡屡发生。由此可见，喜欢副刊的大有人在。我想，这与副刊创刊以来历任编辑一贯的努力是分不开的，这自然包含着白浩的辛勤付出和努力耕耘。他是位非常敬业的优秀编辑，经他编辑的文章，多次在业内获奖。他也因此赢得了广泛的赞誉。

在做好编辑工作的同时，白浩其实也是个多面手的作家。准确说，在我还没有见到他本人之前，就曾看过他的不少杂文、散文、评论。他的杂文有感而发，言之有物，有的放矢，让人过目不忘；他的散文，亲切自然，不显山露水自得风流；他的评论，有理有据，处处闪烁着他丰厚的学识和独到的见解。他作品里不经意间流露出来的幽默，总是让人忍俊不禁，会心一笑。一次，在同朋友聊天时，谈到白浩，我说他的文章写得不错，很值得一看；他编的副刊也很不赖，不同的读者都可以各取所需，得到滋养。他们告诉我，白浩同我一样，是个挺能喝酒的人。我心想，终于有个酒友了，什么时候见了，一定好好喝上几杯。

那次聊天后不久，在黑龙潭公园旁的一次聚会上，我同白浩“历史性”地见面了！我一看眼前这位纳西汉子，高大魁梧，一身浩然正气，头发浓密，眼大有神，还有一对酒窝。见了他，我才发现，其实酒窝长在男人脸上也是蛮好看的。有对酒窝的男人一看就面善，再坏也坏不到哪里去。我与他一见如故。我对他说，今天咱俩好好喝几杯。他说他不喝酒有段时间了，什么时候状态好了再喝吧，喝酒的事是不能随意的。我虽然有点意外，但没有勉强。不过，一见他就喜欢，觉得他是我失散多年的一个弟兄。我当即说好，下次喝。

自然，那以后我俩就真的喝上了，有几次用的还是大碗。有年冬天，白浩家杀年猪，请几位朋友去做客。在他家别致的院子里，我们吃着丰盛的年猪饭，用大碗喝酒，从中午喝到月亮爬上山头，把一大拨人喝倒了下去。还有一次，一位我们尊敬的长辈来丽江，我俩一高兴喝得天昏地暗，找不到北。第二天，他打电话给我，劝我少喝点酒。挂了电话后，我沉默了好久，内心充满了感动。过去是我劝他少喝酒，现在是他劝我少喝酒。情况发生了微妙的变化。他的话我是听进去了的。那以后，我就不敢再多喝酒了，我们之间也从此不再以喝酒为乐了。我想，弟兄就是这样的一种关系吧，不遮遮掩掩，有一说一，直截了当，坦坦荡荡。有这样的弟兄多好！

在中国佛教协会副会长东宝·仲巴活佛的支持下，我曾与白浩共同策划活动，组织丽江文艺家走进丽江寺庙、感受丽江多元文化。那次我才发现，他其实是个很细心的人，每个环节他都会去认真梳理，很多事亲力亲为，让人感到温暖和亲切。

作为编辑的白浩是忙碌的，但他从来没有停下思考和写作。特别是他去鲁迅文学院参加少数民族作家培训班之后，作品大有“井喷”的态势。由中国作家协会副主席、全国政协常委白庚胜先生主编的《纳西族现当代作家作品选集》入选近四十位纳西族作家的作品，其中有《白浩作品选集》。这套作品出版后，获得了广泛的好评，这给了他很大的创作激情和动力。

现在，他又要出版第二部作品集，作为文友这是非常值得祝贺的事。他把文稿传我，希望我随便写点什么，说是作为序言。我只得应承下来。我纵然有很多理由，但没有一个可以拒绝他。因为他是我的酒友、文友、挚友，一个很有魅力的人。

我说白浩是一个很有魅力的人，在于他的“真”。他是个对工作认真负责，对朋友很真诚的人。他不伪饰，看不惯的人和事，都会流于言表。这种不圆滑的待人处事方式，可能不一定讨某些人喜欢，却多了些简单和纯粹，也能让与他相交的人轻松舒适。这种真，作用在作品里，就是真诚面对自己的内心，真诚面对读者，真诚面对文字。这样的作品自然有一股力透纸背、直达人心的力量。

我说白浩是一个很有魅力的人，在于他的“善”。在看似魁梧高大的外表下，白浩其实有一颗悲天悯人的心，一颗善良地对自然、万物的心，一颗对弱者同情的心。这使得他的作品多了些人性的温暖，充满着人文的关怀和对社会的关切，多了些思想。

我说白浩是一个很有魅力的人，在于他的“美”。其实，一个真诚、善良的人，必定是个高尚的人，一个脱离了低级趣味的美的人。白浩的“美”，还在于他的风趣、幽默、智慧。这些作用在作品里，使其作品耐人寻味，让人爱不释手。

说到底，白浩其人可交，其文可赏。我喜欢！

2018年5月1日

（鲁若迪基，普米族，当代著名诗人。中国作家协会全国委员会委员、少数民族文学委员会委员、道德委员会委员，云南省作家协会副主席，丽江市文联党组书记。）

自 序

2016年9月21日至11月1日，承蒙丽江市文联及党组书记曹文彬（鲁若迪基）同志的推荐，经云南省作协同意、鲁迅文学院接纳，我得以沐浴在中宣部、财政部支持，中国作家协会主持的“中国少数民族文学发展工程”的福泽里，在北京市朝阳区八里庄南里27号跻身鲁院第26期少数民族文学创作培训班，参加了为期四十天的理论学习和社会实践。这段不长不短的经历对于我的人生在方方面面都产生了较大较好的影响，值得终身铭记并以此不时自励自省。在众多国内学界泰斗、文坛大师的倾情教授下，我对坚定民族自信和文化自信、筑牢精神基石、深入生活扎根人民、助推社会主义文化大繁荣大发展有了较深的认知和认同，更加坚信学习掌握应用马克思主义文艺观、“二为方向”“双百方针”的始终必要性和长期正确性。在此，我把四十天中的所见、所闻、所嗅、所感潦草粗浅地做了个记录，加上之前和随后一年多时间里写作的其他一些散文，勉强结集成了本书——《八里庄旧事》。

老生常谈。我与文学的初交当自艰难时期奶奶给我讲民间故事、父亲让我背唐诗宋词等启蒙开始。那些经过千百年社会生活提炼后积淀流传的一针见血、入木三分、诙谐幽默的纳西族谚语、俚语、俗语、成语、格言、歇后语等也激活了我低弱的情思。从小学到高中的学校教育中，我文理兼优，但还是稍稍偏爱文科。确如不少人喜欢描述的那样，我的作文也“经常当作范文在课堂上被老师夸奖”，本人也曾当着黑压压的校友“作报告”。自然，这些作文、报告与“纯文学”其实没有太大的关系，只不过，引经据典和中心思想还是需要和明确的，加以作文通常都被要求有“真善美”“高大上”的格调，幼小的心灵不经意间也种下了这些种子，使得不沦陷于人生低谷、泥淖之中抑或稍微得意、小有收获，“积习始终难改”，从善之心益笃，向学之志弥坚，“虽九死其犹未悔”也。

时至今日，我常常会想，人的命运的确是有所注定的：经过在丽江地区中学（当时滇西北最好的学校）初中、高中阶段的刻苦学习，还算德智体全面发展的我正当踌躇满志、决心经受高考的洗礼跨进名牌大学校园深造的前夕，突如其来的急性肺炎和庸医的胡乱用药却极其迅速地把我推到了死亡的边缘（托“神医”们的福，此后我还“死”过两次）。在阴曹地府门口徘徊了八天八夜奇迹般苏醒过来后，美丽的梦想已离我渐行渐远，直到近乎消逝，只得满怀十几年寒窗苦读一朝付诸东流的抱憾、不甘，回到城郊农村老家父母和奶奶身边亦农亦学、亦动亦静、亦忧亦乐地过了将近两年的时光，由此还留下了可能一辈子会背负的思想烙印和心灵伤疤。后来，因为偶然得知“社会考生”也可以考大学，我与当年整个丽江地区的六名“社会考生”在单独设置的考场参加高考。幸运的是，我榜上有名，被云南民族学院汉语言文学系汉语言文学专业的本科录取。较大的期望落差和向往的中文专业使我悲喜参半，耳畔回响着父亲“你居然能考上大学完全是祖宗在显灵！拿着这些钱马上给我出发”的威严指示，我收拾行囊赶往省城，一下子变成了一名中文系大学生。人生如梦啊！

说实话，在中文系的日子，整天接触古今中外的文学名著、文学理论、文学历史、文学批评、文学流派，咬文嚼字的学习生活似乎越来越不能激起我对文学的激情。这里有年龄的原因、有社会风气包括学习氛围的因素、有“不识庐山真面目，只缘身在此山中”的悖论、有“审美疲劳”的逻辑、有“叶公好龙”的荒唐。记得《我是流氓我怕谁》《废都》《丰乳肥臀》正当其时，文学及现实生活的巨变让毫无准备的我们“惊慌失措”，似乎同学们都把更多的时间和精力投入在了与教师周旋、应对考试，以及尽情焕发青春活力上。清晰地记得，到校园报到的第一次交流，我的班主任、一位昆明籍教师就对我说：“我们中文系终于多了一个踢足球的人。”依据仅仅是我身材高大灵活，是丽江人、纳西族。“遵照她的指示和希冀”，我在大学四年里几乎热衷于所有的运动项目，有一次还走到了全国民运会的门口，而且发挥组织者、绝对主力的作用，“前无古人”地让中文系夺得了全校足球比赛冠军，颠覆了常人对中文系学生“多愁善感”“弱不禁风”“任人欺凌”的顽固偏见。现在回首，是也非也？庄欤谐欤？理科生喜欢在院报上发表文艺作品，文科生却爱好演绎归纳、精密算计，有些“不务正业”“学非所用”“用非所学”。这不但常见，似乎还成了有点怪怪的校园潮流……在校期间也曾经想过毕业后的出路，最向往而且近在咫尺的是继续攻读研究生课程、执起教鞭传道授业解惑，或者从事民族民间文化研究。获“优秀”的毕业论文是《社会急剧变化中的文化变迁及其走向》而非文学类题材。这当然还因为我的叔父彼时已经是全国著名的学者，我觉得他很渊博很伟大很有魅力，也就很有不知天高地厚地效仿他的人生轨迹的念头。我一直认为满腹经纶、扶世导俗以至于经世济用、能够改变人类前途命运的大学者最让人崇敬，用明显落伍的话说，“万般皆下品，唯有读书高。”今天，文化已经并列于经济、政治、社会、生态文明，列入了党和国家的总体布局。习近平总书记还强调指出：“我们要坚定中国特色社会主义道路自信、理论自信、制度自信，说到底是要坚持文化自信。”“文化自信是更基础、更广泛、更深厚的自信”，因而“是更基本、更深沉、更持久的力量”。生逢盛世，尊崇文化蔚然成风，幸甚至哉！

但理想虽脱俗，现实却残酷，命运总是跟我开玩笑。考云南大学的民间文学专业研究生英语意外差了两分（花费一些钱还是可以入学的，但没钱也不敢向家里伸手），回家乡参加工作竟碰到贪婪恶俗的社会风气或“潜规则”果然向刚直而赤贫的毕业生伸出魔爪。“青年才俊”的“凛然正气”“藐视卑劣”当然取得了道义上的完胜，可也远离了实实在在的就业岗位。其实，总体上性格内向的我历经波折晚于同学们好几个月才参加工作，并“意外”地被丽江报社李群育社长收编麾下，几年过去再由多才多艺的杨其昌先生纳于副刊部营帐，从事党的新闻、副刊编辑工作至今。《丽江报》早就提升为《丽江日报》，每周一版的《副刊》也走上了独立于正报的《周末》《文化周刊》的发展快车道，我倒也算

“有始有终”，仍在心无旁骛地守望这片精神田园。作为实习记者、记者的时光，整日里不得不与各行各业形形色色的人打交道。四五个年头后，冷静、沉着、严谨、木讷的本色似乎愈见消退，只觉得生活节奏瞬息万变、是是非非层出不穷，疲于应对。更要命的是由此还在良莠不齐的大环境里因为匆忙马虎天真烂漫引来了遇人不淑、交友不慎等灾难，由此还过上了几年狂喝痛饮之中、放浪形骸之外的无聊无谓无知无觉的倒退生活。身体里外受伤严重，尤其是记忆力衰退得厉害，性格也有改变，文学以及其他方面的已有知识丢失得很迅速。尽管屡屡“待从头收拾旧山河”，还于2003年6月到2005年6月抓住机遇在职自费完成了中央民族大学民语系开办的“口头与非物质文化遗产研究生班”的学业，终究是大伤元气、大不如昔了。有些自比管仲、诸葛亮、释迦牟尼的人不明真相，批发给我诸如“高傲”“冷峻”“孤僻”等“吓死人”的高帽子，我从不做任何解释也没有习惯收受贵重礼物，一概原物奉还，敬请各自甄别后照单收回！顾影自怜间其实觉得，在每每“被死亡”后，能够依旧出现在大家面前活蹦乱跳已属罕见和传奇。从另一个角度说，人生本无坦途，这也是一种特殊的经历和历练，何况还体验到和认清了一些书本上、清醒时难得一见的事物、嘴脸，姑且自嘲地视为“财富”，并盼望于短暂的人生、艰辛的写作有所帮助吧。梦如人生！“学好三年，学坏三天”“白驹过隙，只争朝夕”，诚哉斯言！后来者当记之思之悟之慎之！

对于文学创作，我可能天生就不是这块料——想象力的极度贫乏就是最大的软肋。所以，我的文章内容大多是现实中看得见摸得着的人事。不大准确地讲，属于“写实”“非虚构”一类吧。对人对事对社会的一些感想和看法，难免会有偏颇。好在自己认为都是掏出良心说的话，几乎没有夹带私心杂念，也并非尽是人云亦云的鸲鹆学舌。我也跟好朋友交流过，说我所批评揭露抨击的那些“假恶丑”现象实际上与我个人的利害关系真的不大甚至没有，是职业的性质、肩负的责任、深处的良知总在催促我“吃多了”以后决心“好了伤疤忘了疼”地“冒险”“多管闲事”，在一些人愤愤然做厌恶状的刺鼻的“火药味”中算是尽一份文人主要是新闻工作者的微弱力量。“岂能尽如人意？但求无愧我心。”唯愿萤火之光也多少能够启迪有限读者的心智，哪怕是开心地付之一笑。见不得三百六十行里都有的人模狗样、不学无术、无中生有、极端自私、轻慢狂傲、老奸巨猾、晦暗龌龊乃至危害人间、祸国殃民的丑恶灵魂倒是难移的天赐秉性，想必今后也还会拿这些鬼脸魅影来当写作对象，虽然私底下确实对此等人事目不忍睹、口不欲言、巴不得掩鼻绕道而行——我素来不喜欢“皇帝的新装”。同理，对于那些德才兼备尤其是操行高洁、兢兢业业、干干净净、古道热肠、乐善好施、天下为公、实实在在为人民服务的为人处世楷模，无论男女老少、达官贵人、山野村夫、引车卖浆者流，仰望和崇敬之情也的确是从心底自然涌起的。

“从事文字工作”和“投身文学创作”确实有天壤之别。因此，虽然偏好思考思索，也喜欢阅读别人赏心悦目的或者拨云见日的文学作品并从中大受裨益，但真到了自己动笔成文，往往就觉得拿不出手、羞于示人。这显然还是数量与质量、“高原”和“高峰”之间的沉疴，显然还是用心不够、修养不多、准备不足、功力不到的原因。有些友人认为我写得还行，我知道那不过是他们降低姿态抬举我；有些同志夸我谦虚，我明白那是因为他们确实比我更低调；有些读者说我的文字还有点意思，我清楚这点意思对于他们实际上完全没有意思……在“大师迭出”的年代，我甚至会偶尔怀疑自己的劳动是否有价值。不过，我也善于自我安慰，靠“但行好事、莫问前程”之类的名言、信念使自己身心舒坦。需要特别说明的是，我在2016年底到现在在《丽江日报·文化周刊》上发表的文字较为集中，这还真不是在有意利用“近水楼台”的“优势”“先得月”（文化体制改革后，丽江日报社已经完全自收自支，所有作者的低廉稿费还得我们去寻觅东家），实在是因为我们的稿源并不像外人想象的那样充足丰富、绵绵不绝，优质高档、任意挑拣，同时也是为了较好地完成本单位的量化考核任务，“替他人作嫁衣裳”的闲暇工夫也妄想捡拾一些边角弃料给自己拼凑缝缀一件短褂，敬请谅解。而且，这些文章是我在做了“脱胎换骨”的手术后小心谨慎于恢复身体健康、焦头烂额于公私事务包括无端地消耗生命的同时急忙挥就的，肯定会留下“硬伤”，请一并批评、指正，我一定虚心接受、及时更正。

印象中稍微说得过去的是，《文艺报》《缤纷》等国家级刊物不以我为鄙陋，帮助刊发过我的文章；云南省报纸副刊研究会几次给予我好作品奖、编辑奖；中国作家协会主编的《红色记忆：中国作家2016年重走长征路作品集》一书收录了拙作《贺龙敲石鼓，红旗漫天舞》；孙淑玲、罗焰两位女士主编的《白庚胜文化遗产保护心影》一书也开恩收录了三篇陋文；全国政协常委、中国作家协会专职副主席白庚胜先生更是以无比博大的胸怀激励后进，使得我以前的习作忝列

《纳西族现当代作家作品选集》,《白浩作品选集》方才得以羞涩问世。

虽然不是严格意义上的作家,但我仍将一路相伴、热心关注全国和地方的文学事业包括民族民间文学事业。作家等知识分子应当是所处时代群体的良心、智慧、灵魂、先行者……尽管也见多了假冒伪劣、心灵世界比常人更加肮脏、精神境界比常人更觉破败、认知能力比常人更显低弱、言行举止比常人更为龌龊的“文人雅士”及其“道德文章”,但吾辈岂能被浮云遮住望眼?我不追求真善美,那究竟要追求什么?还能追求什么?学海无涯,艺无止境。我愿不断绳愆纠谬、黾勉向前、且行且珍惜,深刻学习领会践行习近平文艺思想,努力接近“胸中有大义、心里有人民、肩头有责任、笔下有乾坤”的时代要求,渴望着在有限的生命里与天下的同仁们共同走进“人民的文艺”更加美好灿烂的明天。

八里庄旧事

一

揣上鲁迅文学院第26期少数民族文学创作培训班的录取通知书，挎起简单的行李，告别亲朋好友、孑然一身从三义国际机场飞向首都的时候，是2016年9月19日。心中除了对市文联党组书记鲁若迪基、省作协副主席胡性能以及真心支持我学习、批准我请假的报社主要领导的感恩之心外，我没有兴奋，甚至还有些痛苦，亦即身体的痛苦和内心的不安。

五天前那万家团圆的中秋节，我也是一个人度过的。是啊，随着年岁的增长、烟酒的摧残、锻炼的缺乏、免疫力的下降，最近五年，上天又恩赐给我一种以前闻所未闻的疾病——季节性鼻炎。发作的时间，正好是每年农历八月十五前后。可别小看这病，它完全无法自控，又是鼻涕又是喷嚏，真像个小孩。每天至少要一卷筒纸擤鼻涕，几天后甚至轻碰鼻子也如泰山压顶。因为与鼻孔相连，眼睛也遭了殃，又酸又痒。又因为有裙带关系，整个头也晕晕乎乎、昏昏欲睡。自然，由小脑控制的食欲也跑得远远的，胃仿佛跟各种食物结下了不共戴天的仇恨。什么团圆、什么美食、什么开心，简直是想都不敢想的奢侈品。最没辙的是，这几年，从江湖游医到著名大夫、从山野荒郊到繁华都市、从地摊杂铺到正规药店、从民间偏方到权威药物、从传统中医到西方医术，我算是浪费大把时间转了几个圈。结果，该来的依旧如约而至，该走的仍然恋恋不舍。唯一的解决办法，就是顺其自然，让它自生自灭，但前后要坚持三个星期左右。

另外，我们《文化周刊》只有两个编辑。我走后，另一个人要连续作战四十天，他扛得下来吗？外人并不能体会我们的工作的艰辛，我还能不知道？还有一件让我忧心的事情是，女儿刚考上高中，军训结束后择校、择班的事还没完全落实，该不会又陡生变故？

就是在这样的窘境和忧虑中，我出发了。坐在飞机上，脑海里忽然又闪过一个书本里“专家”的说法：季节性鼻炎也和生活环境比如气候、海拔等有关。伟大的首都、祖国的心脏，您那里能治好我的顽疾吗？我可是从触及云端的横断山脉飞来一马平川的华北平原的啊！

照例又是事前得到消息的叔叔、婶婶、妹妹盛情款待，并送到校区——朝阳区八里庄南里27号鲁迅文学院。这才发现，鼻炎依旧对我不离不弃，再次感受了“青山处处埋忠骨”“何处美酒不醉人”的普遍性，又一次觉得“专家”的不靠谱。

对于首都，我既陌生又熟悉。陌生是因为这座超大城市每时每刻都在发生变化，外地人隔一段时间来就足以找不着北；熟悉是因为此前我来过四次，游玩、治病、读书。这里有我读研究生的母校，有我的亲人，还有纳西族同胞一千多人，其中好朋友三四个。

安顿下来，稍微感觉意外的是，经过攀谈，第一个抵达的来自怒江州兰坪县的老板诗人或叫诗人老板寒狼兄（和耀君，白族，祖籍丽江石鼓）与我竟是同机抵达，座位只差两三排。虽不能说“无缘”，倒也是“对面不相识”。人生的轨迹，确实太玄奥，许多时候真的由不得自己。

空旷、狭长的鲁迅文学院，以一栋教学和物业管理共用的五层楼、一栋学校老师办公和食堂共用的二层小楼为主。校园内有石榴二三苗、古树五六棵、银杏十几株。有亭名曰聚雅亭，有石上刻“风雅颂”，四周草坪绿茵。因是金秋时节，果实垂枝、花儿盛开、喜鹊筑巢。在寸土寸金、车水马龙的北京城，如此一大片素淡雅致、祥宁静谧的土地用作文学创作培训基地，实在是中国作协领导的一片苦心和文学的幸运。

大门口有鲁迅先生的头像，教学楼大厅立着鲁迅先生的铜像，“横眉冷对千夫指，俯首甘为孺子牛”镂刻在上。无疑，我确实已经置身于多少作家、文学爱好者梦寐中思恋的“作家摇篮”了，内心很是惴惴：我何德何能？既非作家、诗人，亦离文学渐行渐远，不过一地方党报记者、编辑而已。硬要扯上点联系，恐怕只有“少数民族”“报纸副刊编辑”几个字了。我觉得我被错爱了，真的。

后来知道，在鲁迅文学院喜庆六十周年生日之际，即2010年10月26日,鲁迅文学院新校区搬迁至芍药居现代文学馆路，专门举办高级研讨班，而八里庄老校区似乎就成了少数民族文学创作培训的专用基地。

在党中央、国务院的关怀下，我们这些来自五湖四海的少数民族学员是中国作家协会主持的“中国少数民族文学发展工程”的直接受益者。“中国少数民族文学发展工程”是为贯彻落实党的十八大精神、进一步繁荣发展我国少数民族文学事业，在中宣部、财政部支持下，中国作协于2013年开始实施的文学发展项目。该项目为期五年，就少数民族文学人才培养、扶持重点作品创作、扶持优秀母语作品翻译等方面给予政策支持和经费投入。

且看我们的待遇：一人一个单间，门上贴着名字，电视、电脑、空调、暖气、洗澡间一应俱全，一日三餐虽然限量，但品种繁多、费用全免。据说，以北京的吃住条件而言，我们可以说享受了厅局级领导干部的待遇。天哪，“仕途”如此顺畅，我还有什么理由不好好学习，竭力回报党和人民呢？

离家时准备好的御寒衣服是用不上了，9月底的首都，依然酷热难当。明天就正式报到，等待我的会是什么呢？冲个冷水澡、打开空调，在辗转反侧中，我与鼻炎一起睡去。

二

9月20日，素不相识的同学们（有的身着民族盛装）开始陆续报到。等我报到后拎着学习材料出来时，被两位老师叫住。一位是培训部副主任、美女博士赵兴红老师，一位是我们的班主任、刚从北京大学中文系硕士研究生毕业的青年才俊程远图老师。他们说，我的个子比他们想象的还要高，主要是已经看过我的资料，说既是中共党员，又是研究生学历，希望我能牺牲一点个人时间，学习期间协助班主任为同学们做点事，担任班长。

这对我不啻晴天霹雳。从小学到初中，虽然学习成绩一直不错，但老师一致要求我的是心无旁骛地努力学习，所以从没当过班干部。即使同学们选我，也是百般推辞不干。直到高中，我的班主任特意给我安排了一个班委的位置，分配下来是体育委员。显然，我依旧对此不感兴趣，因此暗地里“自毁前程”，故意最后一个迟到出操。一段时间后，恩师对我极其失望，发出了“陈力就列，不能者止”的喟叹，把我撸了下来。为此，我还暗自得意了一段时间呢。似乎大学期间也有类似的事件。人贵有自知之明，在老师们从小的教育下，我真的不会“行政管理”，不擅长组织、协调，尽管集体定下来的正确的事情我都积极参与、模范执行。直到现在，我还是以为人要靠自觉，都遵纪守法、都按规章制度办事、令行禁止，何来的谁“领导”谁。反倒是，如果不依规矩、无所敬畏，再多的法律法规、规章制度也难挡邪恶的兽性滋生、蔓延。

我首先向两位老师声明自己的慵懒散漫、自顾不暇，而后拿出不能胜任的最强证据——指着塞在鼻孔里的两团纸叫苦，让严重的鼻炎无声地推辞。两位老师倒也没有强人所难。但第二天的班会上，仍委以我“第一小组长”的重任，说就这么定了，组员包括班长等九人。我又被错爱了。

2016年9月23日的《文艺报》头版，刊发了“鲁迅文学院第26期少数民族文学创作培训班开班”的消息。其中，有这么一段话，“罗凌（藏族）、白浩（纳西族）、包龙（蒙古族）、曹海英（回族）等学员代表先后发言，表示将珍惜此次难得的培训机会，抓紧时间学习充电，争取在各方面有所收获和提高。”这说的是9月21日的开学典礼，中国作协副主席、党组成员、书记处书记、鲁迅文学院院长、著名诗人吉狄马加（彝族），常务副院长、著名作家、评论家邱华栋（据说是当今全国阅读文学著作最多的人），美女副院长王璇等领导出席并讲话，对我们寄予厚望。在这个仪式上，有一段同学们津津乐道的插曲，不妨记录下来：轮到我发言了。在赶紧拔掉鼻孔里的纸团、向领导和同学们致敬后，按照发言稿，我声明自己不懂文学，感谢鲁院的无私接纳，并介绍平日的工作状态、粗谈了对文学的认识、表达了将珍惜时光努力学习的愿望。正在侃侃而谈，不经意间抬了一下头，猛然发现四十多双眼睛正全神贯注地盯着我。刚了解到一些信息，知道他（她）们中有不少是已经成名成家的中国作家协会会员和各省区市的作协会员，故莫名地心虚了一下。又因主席台上坐着的全国文学领军人物似也在观察我，拿稿子的手竟然抖了起来，而且一发不可收拾。无奈之下，我以一种全身抖动的滑稽动作匆匆结束发言。毕竟是小地方来的人，在这种场合还不能做到处之泰然、若无其事。事后，男同学见了我就故意抖动右手，女同学则亲切地称呼我为“抖哥”，直到分别。失之东隅，收之桑榆，想不到一次意外倒快速拉近了与同学之间的距离，获得了不少人缘。邱华栋先生笑呵呵地说，你说的鲁若迪基是我的同学，人不错。山东淄博的诗人王衍杰在回忆文章里把我正常的生理反应“身体的抖动”上升到“文学的激动”的高度，真是妙笔生花。也有件令人啼笑皆非的事情，好多同学见到我的鼻孔总是塞着纸团，便全然不顾病人的痛苦问这是不是纳西族的习俗。我说猜对了，他们还信以为真。

全班四十三名学员来自十七个少数民族，回、藏、满、蒙古、朝鲜、彝各有四人，纳西族只有我。云南四人（另一位因家庭发生大事未来），来自曲靖、怒江、普洱、丽江，除我之外，都是诗人或诗歌爱好者。这也与全班的情况相符。后来的分组讨论中，大家一窝蜂地参加了诗歌组，其次是小说组，散文组的人数只够凑一桌麻将。同学中唯一的锡伯族女作家韩雅梅在2015年就由《民族文学》为她举办过作品研讨会；回族女作家曹海英是宁夏回族自治区文联刊物《朔方》的资深编辑；来自四川乐山的彝族“光头班长”阿洛夫基（我称他阿洛科夫斯基）出了好多诗集，特别崇拜普米族著名诗人鲁若迪基、喜欢丽江和文军的《纳西三部曲》；湖北的土家族作家谭成举，延边的朝鲜族作家孙文赫，内蒙古的蒙古族作家樊奇智、包龙，云南怒江的白族散文诗人寒狼，广西大化的瑶族诗人潘宽平，云南曲靖的彝族女诗人杨荟（第一首诗就发在《诗刊》），等等，都是有名气的。以年龄论，有五十多岁的，也有大学在校生；以职业论，大多是体制内的文字工作者，也有教育局长、广电局长、纪检干部、司法干部、妇联领导、私营企业老总、自由职业者；以行政级别论，有青海省海东市委宣传部常务副部长、文联主席、土族作家李永新，曾当过县长、现任青海玉树藏族自治州三江源办公室主任、州作协名誉主席的藏族作家明嘉，有县委宣传部长，也有我等泛泛之辈。同学们还戏言，我们班的“波”多，有唐波、李波、侯波、王波。总之，我不当这个班长是对的。

正式开学了。大家都全身心地、如饥似渴地投入到学习之中。鲁迅文学院的规章制度是很严格的，一切都在按部就班地进行，该不会又有什么趣事和意外发生？

三

鲁迅文学院为我们安排了实力强劲的师资队伍。可以说，每一位授课老师都是该领域的全国大家。第一周的课程有：中央党校原文史部主任、教授、博导、哲学博士周熙明讲授“社会主义核心价值观的培育与文化思维”，中国作家协会创研部原主任、著名文学评论家胡平讲授“小说的讲究”，北京师范大学文学院教授、博导张柠讲授“当下少数民族汉语文学创作及评价问题浅析”，国家民委政策法规司原司长毛公宁讲授“以中央民族工作会议精神为指导，努力为繁荣民族文学作贡献”，鲁迅文学院常务副院长、作家、评论家邱华栋讲授“21世纪诺贝尔文学奖获得者评析”。课程极具针对性，老师们以渊博的知识和密切联系社会现实，为同学们在文学创作过程存在的种种问题具体解疑释惑而深受大家的欢迎。其间还有一节由《人民文学》副主编宁小龄、鲁迅文学院培训部主任王冰、鲁迅文学院教师赵飞、谭杰主持的文学对话。此外，学院还安排了两次学员的小组研讨。第一次主要还是学员的自我介绍，以便让大家尽快熟悉起来。我这个组长勉为其难、不厌其烦，确保了每一位组员按时到场并畅所欲言。第二次则直奔主题，谈谈对所学课程的理解、体悟、感受，总体来说做到了团结、紧张、严肃、活泼。

不得不提到的是，学习不足一周，我们就有幸参加了少数民族文学的盛典——9月27日晚，第十一届全国少数民族文学创作“骏马奖”颁奖典礼在中国现代文学馆举行。中国作协主席铁凝，中国作协党组书记、副主席钱小芊出席颁奖典礼并致辞。中国作协副主席李冰、中宣部副部长景俊海、国家民委副主任李昌平，以及在京参加中国作协八届十次主席团扩大会议的全体同志出席颁奖典礼。共有二十四部作品和三名译者获奖，其中云南有三人，是原创作品获奖最多的省份：丽江市纳西族女作家和晓梅的《呼喊到达的距离》获中短篇小说奖、临沧市佤族女作家伊蒙红木的《最后的秘境——佤族山寨的文化生存报告》获报告文学奖、大理州白族诗人何永飞的《茶马古道记》获诗歌奖。获奖作家和翻译家以他们艰辛的工作和不凡的创造表达了中国各族人民特别是各少数民族人民的生活和梦想、奋斗和思考，证明了文学在这个时代宽阔、深厚、感人的力量。获奖作品中有对各民族现实生活和精神风貌的描绘，有对各民族人民在实现中国梦的伟大征程中光辉业绩的讴歌，有对民族团结、国家统一的赞颂，体现了近年来少数民族文学主旋律高昂、题材风格多姿多彩的喜人局面。马英（蒙古族）、金宽雄（朝鲜族）、何永飞（白族）、降边嘉措（藏族）、马金莲（回族）、阿拉提·阿斯木（维吾尔族）等六位获奖者代表发表了获奖感言。铁凝、钱小芊、李冰、景俊海、李昌平、丹增、玛拉沁夫、张健、吉狄马加、廖奔、何建明、陈崎嵘、白庚胜、叶辛、阎晶明、吴义勤、汤恒、武翠英等为获奖作家、翻译家颁奖。李敬泽主持颁奖典礼。阿扎提·苏里坦、冯艺、艾克拜尔·米吉提、叶梅、扎西达娃、胡平等评委代表宣读授奖辞。老乡见老乡，我也忙着向和晓梅女士、老朋友何永飞（鹤庆人）祝贺并合影留念。那是少数民族文学之夜，会场充满激动、自豪、自信的民族风，同学们也纷纷拿着红色的会议议程单效仿获奖者笑容可掬地站在领奖台留影。鱼目混珠，若是不明就里的人，还真以为获奖的是他们。但是，谁敢断言，他们当中的某几位终有一天不会是真正的“骏马奖”得主呢？真到了那时候，我必抛开一切，亲临现场祝贺！

与全国所有党政机关、企事业单位、人民团体相同，接踵而至的“十一”长假我们也放假七天。河北、山东、内蒙古等较近地方的一些同学兴奋地鏖战在回家的汽车、火车里，更多的同学选择去长城、故宫、香山、天津、山海关等地出游。而我，这一回竟迎来了父母亲、姑妈三人来到北京。虽然鲁迅文学院离他们的住处较远，自己本来不喜欢逛街，鼻炎也还没完全好，但也只能无条件地前往陪伴。

父母亲和姑妈是专程前来参加我妹妹的婚礼的。还在丽江时，我转达过新郎新娘和双方父母亲的意思，请年迈的姑爹姑妈和父母亲放下一切、国庆期间到首都潇洒走一回，顺便见证妹妹的婚礼。当时，他们毅然决然地表示路途遥远、年老体迈、多有不便、恐难前往云云。谁知道，原来是虚晃一枪，说来就来。在绵绵秋雨中，几天内一大家人绕了大半个北京城吃喝玩乐，每每乘兴而出，尽兴而归。只是我不时感叹体力竟然赶不上家中的老人，顾影自怜、黯然神伤。想来想去，在遥远的首都与父母亲聚首，此生恐怕也是绝无仅有，故自觉庆幸、珍藏于记忆。

妹妹的婚礼是典型的西方式的：草坪、花门、森林、湖水、天鹅、别墅、敞篷车、鲜花、彩球、音乐、戒指、誓言、婚纱、西装革履、伴郎伴娘、证婚人……简约而不失情调，热烈但充满理性，短暂又回味悠长。因为需要严格遵守“八项规定”，来宾的数量控制在最低线。在这里，除了我们一家人，还相遇了几位在京的丽江老乡，以及全国著名作家高洪波先生、文学研究专家包明德先生（证婚人）等。看着妹妹与妹夫深情地、幸福地、比翼双飞地牵手，大家除了祝福还是祝福。父亲急不可耐地拿着一个大红包嚷嚷，生怕别人认为他是空手而来似的。我还被朴实无华、真诚坦荡、一心上进的“富二代”妹夫折服：缠绵悱恻的韩语歌曲萦绕在四周，原以为放着歌碟，没想到以假乱真的优美歌声竟然发自他的喉咙。我的这个“酒友”，还真是多才多艺、深藏不露。其实，他在日本、韩国生活过。

欢乐的时光总是过得飞快。性子急又因为叔叔婶婶、妹妹妹夫和我假期已经结束，父母亲、姑妈于10月8日飞回丽江，真想问问他们此行的感觉感受感想，但在忙忙碌碌中，至今也不得而知。

就在国庆假期，我明显感觉到一年一度对我关爱有加的鼻炎正要慢慢离去，一如北京城上空偶尔的雾霾即将烟消云散。“革命的本钱”会恢复起来的，同学们，以后出去散步健身、喝酒消遣要叫上我哦。

四

国庆七天假期后，鲁迅文学院校园里的十几株银杏的叶子由入学时的深绿变成浅黄，与蓝天白云搭配成绚烂的画面。原本白色的果子也一批批掉落，像小鸟蛋砸在地上一样溢出淡黄的果汁。梧桐叶也渐次零落，飘舞于风中。这可苦了几位年轻的保安不时清扫。说到鲁院的三位保安，那真是“蓬生麻中，不扶而直；白沙在涅，与之俱黑”，其中一人竟然痴迷于诗歌写作，也有几分诗人气质。难怪学校的一位后勤管理老师曾在课堂上“告诫”大家不要自以为是、妄自尊大，因为“连鲁院门口的保安都是诗人”。

北京的四季是很分明的，十几天的时间内，酷热已经消失，凉意逐渐袭来。而此时，丽江的亲朋发来的图片中依旧是艳阳高照、天朗气清，还说热得很呢。同学们在顺应自然中又继续聆听各位大作家、专家、学者的教诲，精神抖擞地投入学习中。只是自我介绍时显得羞涩、客气，迎新联欢会上还你推我让、躲躲闪闪的这群人，显然已经越来越放松甚至有些放纵起来了。食堂内、校门外、课堂中、宿舍里、大街上、乒乓球桌边、象棋盘前、“聚雅亭”下，逐渐多了他们的真实面目或文人禀性：或高唱山歌、或吟诗畅饮、或笑语连篇、或相互挖苦、或“刺探情报”、或眉来眼去、或孤芳自赏，也有高深莫测的、足不出户的、装聋作哑的、冷若冰霜的，甚至有浅薄无聊的。以我的感受，大家基本上都遵守了国家的民族政策和学校的规章制度，但不自觉的地域性划分慢慢显露，大致是说“北方的”“南方的”。对于这种毫无意义的人为的区别，我倒不屑一顾，这大概可以归因于和得益于丽江是“中国的丽江”“世界的丽江”。确实，丽江的名气在我们班里也挺响亮的。都说物以类聚、人以群分，我们五六个坦率愚笨的弟兄倒地不分南北、人无论胡夷，惺惺相惜，珍视缘分，以至结业前夜还像娘儿们一样相拥而泣。

言归正传。10月8日到14日的课程依次有：中国作协党组成员、书记处书记、文学评论家吴义勤讲授“先锋小说与中国当前文学评论”；中国作协副主席、戏剧理论家廖奔讲授“从汤显祖、莎士比亚论中国戏曲与西方戏剧之异同”；中国作协副主席、党组成员、书记处书记、著名学者和作家白庚胜讲授“学习习总书记讲话精神，坚持文化自信，勇攀创作高峰”；中国作协副主席、党组成员、书记处书记、评论家李敬泽讲授“作为方法的边地”；中央音乐学院院长、教授赵塔里木讲授“如何认识不熟悉的民族音乐文化——从维吾尔族木卡姆谈起”；《民族文学》副主编赵晏彪，编辑安殿荣、石彦伟，鲁院培训部教师谭杰共同主持“文学对话”，大致内容是“如何做一位好作家”“编辑谈改稿”“学员提问”；一次小组研讨。另外，举行了历时一天的隆重的鲁迅文学院学术论坛——“多彩的旋律：中国少数民族文学创作的写作实践（中国多民族文学丛书研讨会）”，吉狄马加、白庚胜等作协领导出席并讲话，李一鸣、邱华栋、张亚丽、白描、刘大先、杨庆祥、刘琼、舒晋瑜等名家和鲁院老师，丛书入选作家方思进、向迅、马绍玺、巴兰华、杭福柱参会。其中马绍玺是我省的回族作家，是我就读大学时的学校系主任秘书，后来与我亦师亦友。据说这套丛书的入选者从几千人里挑出，他们年轻、可塑性强、视野广阔、知识储备足够。既有文化自信，传承了文学传统，又有政治理想，具备着文学眼光。他们的大作是“民族思维”“文化意义”上“与汉字文化碰撞交流而成”。我们既深感钦佩又欢欣鼓舞。

在上述课程中，白庚胜书记的授课对于我而言是无以言表的奇妙，对于同学们而言满是激动、震撼。大家从课前的大屏幕介绍中知道他是云南丽江人，纳西族，也姓白，纷纷问我认识吗。但是，当白书记完全不用讲稿，如数家珍、逻辑缜密、连接时空、激情四射地谈到历史、现实中文化自信的经典例子和文化自信的必要性、如何增强民族自信和文化自信更好地创作文学作品等课题时，大家已经不再关心此前问我的话题，把我撂在一旁，弃如敝屣。绝大多数同学全神贯注地聆听，甚至鲁院的不少老师也在旁听，也有“不太安分”的同学边听边发微信，认为他是“我们少数民族的骄傲”“令人钦佩的老头”“口若悬河的大师”。可是，他们应该不会知道，这是我与白书记之间第二次以师生的身份在同一间教室共度美好时光（第一次在中央民族大学的课堂上）。他们恐怕更难以想象，白书记现在的举重若轻、厚积薄发、滔滔不绝，是如何建立在夙兴夜寐、“头悬梁、锥刺股”“苦其心志，劳其筋骨，饿其体肤，空乏其身，行拂乱其所为”的非凡的刻苦付出之上的。在一点也不夸张的热烈的掌声中结束讲课后，同学们深为他的渊博和大情、大气、大义倾倒，纷纷向他索签名、留合影。鲁院的老师几次催促他到食堂吃便饭，但他执意自费请我们云南的四位学员到外午餐。据我所知，每一期参加鲁院少数民族文学创作培训班的云南学员他都要自费招待一下，没有例外，除非他真不在北京。

我是在“文学对话”课上第一次认识“副刊式的作品”这个名词的，突然觉得我的工作犹如一位朝夕相处的熟人倏忽间不认识了。以我愚蠢的理解，这个专有名词是略带歧视的，大概是说报纸副刊上的文学作品终究算不得“纯文学”，离“真正的”文学艺术较远。这个令人费解的名词可以说有一定道理，毕竟报纸的首要职责是舆论引导，但我以为也不能绝对化。多的不说，近代、现代、当代的不少标杆性的大文豪就与报纸副刊结下了不解之缘，他们出发于此、成名于此、关爱于此。因此，在“小组研讨”上表达了自己的以上观点，居然也有同学表示要“投奔副刊”“支援丽江的报纸副刊”。也是在小组研讨中，我粗谈了几点学习心得：一、增强民族自信、文化自觉和自信，坚守民族文化、民族文学家园，珍惜和珍视民族文化的不可替代性及深厚底蕴。具体说，就是深入学习掌握纳西族的一切优秀传统文化、向守望民族精神家园的传承人学习、消化权威学者的研究成果。二、坚守民族文化、民族文学家园与广泛学习借鉴地域外、民族外的一切人类文明成果并不冲突，努力靠近一座座文学高峰。纳西族的发展进步自古至今就与汉族、藏族、白族等民族的交流交往交汇密不可分，今天甚至与全世界牵手了，我们不能夜郎自大、闭门造车。三、坚守人格的独立和尊严。“人品即是作品”，哪怕作品再稚嫩也要诚实创作、原始创造，抵制剽窃抄袭行径，远离低级庸俗趣味。人格修行上不断绳愆纠谬、改过不吝，不因五音五色迷失人生方向。四、坚持以“双百方针”“二为方向”为编辑和创作作品的原则，不断补充完善自身各方面的知识体系，活到老、学到老，用老老实实的付出增强实际工作能力。五、终极追求是做一个“胸中有大义、心里有人民、肩头有责任、笔下有乾坤”，具备“民族情怀、中国立场、世界眼光、人类胸襟”的文字工作者。这些心得并不新鲜，回到丽江后，友人问我鲁院归来的收获，我也只是轻描淡写地说更加坚定了对文学和做人的一些原有观点。但是，身体力行地实践起来可不会那么简单，有时难免也将面对惨雨酸风，需要水滴石穿的坚韧。

本周，我们还迎来了习近平总书记《在文艺工作座谈会上的讲话》发表两周年的难忘日子；在纷纷猜测中等到了出乎大家意外的2016年诺贝尔文学奖评选结果——美国著名音乐人兼作家鲍勃·迪伦（Bob Dylan）获奖。这个诡谲的授奖事实是屡次猜中诺贝尔文学奖获得者的邱华栋先生也始料不及的。

五

天气日渐寒冷，衣着添了一件又一件还是不大敢露天活动，所有同学的身材都一样地臃肿了。我们几位习惯了吸烟的同学却不得已隔一段时间就下楼迎着刺骨的寒风吞云吐雾。在北京干什么最不方便？驾驶人的说法是开车，我的答案为吸烟。以我几次在首都的切身体会，在北京吸烟真的不亚于干了什么见不得人的事情，八竿子都打不着的路人也有可能来制止你。笼统地说，在北京，凡是抬头见不到天的地方，一律禁止吸烟。见得到天的地方，看着办，好自为之吧。看看这严厉无比的规定，想想那不停生产的烟草，心里感觉怪怪的。我坚定地支持禁烟令（本来烟龄不长、可抽可不抽），但是也近似蹇人升天地希望所有公民都能像对待吸烟一样正气凛然、疾恶如仇，维护美好的家园和无价的健康，早日扫尽人世间一切丑恶的甚至丧尽天良的人事。

10月17日，北京师范大学文学院副院长、教授、博导张清华先生给大家讲授“当代小说中的精神现象学”。这一天是周一，照理说同学们应该情绪高涨、聚精会神，外表充满艺术气息、谈吐洋溢风趣幽默的张教授也讲得很好，但许多同学早已“身在曹营心在汉”。这堂课似乎被安排在“错误的时间节点”而影响了完美的效果。心猿意马的原因是大家得悉从18日起将到湖北、湖南参加为期一周的社会实践活动，于是私下里纷纷猜测活动的内容，研讨“出行必备”，查询当地的天气状况等，像一群久困笼子里的野生动物亟待回归山林，在教授的眼皮底下上演不大恭敬的“目前教室里的精神乱象”。

因为顾忌手术后不大良好的身体状况影响参与活动的质量，更不愿给集体增添麻烦，我本来提出不参加此次社会实践，但老师说要去的基本是市区和平缓之地，并没有类似探险之类的内容，只要用心看、听、记，达到开阔眼界、有所思考、有益于学习特别是有助于今后文学写作的目的即可，于是随队出发。

次日天未亮，我们赶往首都国际机场，三小时后抵达武汉天水国际机场。现在回忆起武汉，只有一点印象突出：气派果然不小，城市真的很大。

作为我国内陆地区最繁华的都市之一，武汉被称为承东启西、接南转北的“九省通衢”，是内陆最大的水陆空综合交通枢纽，常住人口已逾千万，长江及其最大的支流汉水横贯市境，武昌、汉口、汉阳三镇隔江互为犄角。科研、教育也是武汉的一种标志，据统计，武汉有九十八所高等院校，普通高校和本科院校数仅次于北京，教育部直属全国重点大学数量居全国第三，在校大学生和研究生总数107.26万人，居世界第一。

读万卷书，行万里路。鲁迅文学院的教学安排实在令人感动，行色匆匆之间，我们在暖秋中见识了几座长江大桥，参观了大禹神话园，欣赏了汉江夜景，并重点亲近了名满天下、饮誉世间的黄鹤楼。“茫茫九派流中国，沉沉一线穿南北。烟雨莽苍苍，龟蛇锁大江。黄鹤知何去？剩有游人处。把酒酹滔滔，心潮逐浪高！”1927年2月，一代伟人毛泽东考察湖南农民运动后登上黄鹤楼，留下了深厚雄浑的《菩萨蛮·登黄鹤楼》。可我能留下什么呢？蛇山山顶海拔只有61.7米，黄鹤楼高51.4米，但是，爬到二楼我就因腿脚不便和恐高（与最低处地的相对高差还是蛮大的）慌忙退却，唯有无限景仰地在精神上追随伟人“指点江山、激扬文字”。

除了毛主席，历代名士崔颢、李白、白居易、贾岛、陆游、杨慎、张居正等都先后到这里游乐并吟诗作赋。看来，没有健壮的体魄，做什么都难。唯一来自湖北的土家族作家谭成举学长倒是在“火树银花不夜天”里尽地主之谊，请我遍尝武汉小吃，让我当一回“吃货”，羞愧至极。当然，鄙人也不是毫无用处，整个社会实践活动期间，即使由于身体欠佳不能到所有地点参观、学习，但始终出现在大家的必经之处，确保九名小组成员在熙攘的人海中不走散不走丢，不误时不误事，准点上车、就餐、休息，一天数几次人头，作用约等于导游。确实，文人往往容易突然陷入某个精神世界而在集体活动中显得拖拉、零散，需要及时拉回到现实中来。

犹如急行军，我们的队伍争分夺秒，作别武汉马不停蹄地乘坐大客车“转战”湖南长沙及附近地区。一路上秋雨迷蒙，丘陵连绵，竹林苍翠，松木繁茂，湖河棋布，阡陌交通，炊烟袅袅，空气湿润，湘音香甜。一切都在告知人们已回到了南方。

下午就抵达岳阳市，烟雨蒙蒙里来到令人“心旷神怡，宠辱偕忘”的岳阳楼沾染文气。一篇忧国忧民，将晦明变化、风雨阴晴的景和“迁客骚人”的“览物之情”交融起来的《岳阳楼记》使洞庭湖、岳阳楼声名倍增。实际上，作者范仲淹并没有到过岳阳，仅凭好友、巴陵郡知府滕子京寄给他的一封信和一幅《洞庭晚秋图》而著下千古名篇。这与鹤庆府知府、四川三台人张学懋应木增土司的嘱托，在没有到过现场的情况下，凝视《芝山景物图》，参考木土司的来函，神游之间写下脍炙人口的《丽江府芝山福国禅林纪胜记》如出一辙。奇也，古人！伟哉，先哲！重温着“不以物喜，不以己悲”“是进亦忧，退亦忧。然则何时而乐耶？先天下之忧而忧，后天下之乐而乐”的格言，唯愿于人生之路有所裨益，使自己得以尽力发出一点微弱的作为人的光芒。

湖南概貌，“前人之述备矣”，不必画蛇添足，谨录数段文字，以资窥斑见豹。“湖南之省，中国腹心之地，北阻大江，南薄五岭，西接黔蜀，占据非同一般之地位。自春秋战国始，楚繁衍于斯，屈子赋辞，成就楚辞之不朽；长沙太傅，贾谊哀鹏，壮志未殇，定忧民爱国之情操；宋之程朱，创书院、传理学，集湖湘学派之大成；清之曾左胡彭，湘军突起，叱咤历史风云，赢得‘中兴将相，什九湖湘’之称。湖湘大地，人物风流之精神，文化精髓之传承，赢得中原文化之尊重，铸就中华文化之一脉。”“梦中神牵魂绕，醒来如痴如醉，巍巍衡山险峻，汤汤洞庭浩渺，智者吟诗，仙家把酒，一代伟人指点江山如画，潇湘山秀水美，楚界人杰地灵……”“一条湘江写满了传奇。她不甚宽广，但是极富灵性，充满了神奇色彩。近代，英气勃发的青年毛泽东站在橘子洲头指点江山，霎时间豁亮出古老中国的一片东方红；数万红军在弹雨枪林中喋血湘江，血染的浪花哺育出一条革命的长征路。而此前的楚国大诗人屈原在湘江之邻的汨罗江发出《九歌》《天问》，难道只是徒然地悲愤天地？然而也从此拉开了一代帝王摧枯拉朽如瓦砾纷纷飘落的序幕。”

在湖湘大地的怀抱里，我们泛舟洞庭湖、登临君山岛、祭拜屈原祠、置身橘子洲、徒步岳麓山、小醉爱晚亭、仰望天心阁……崇敬和赞美“万山红遍，层林尽染”“落霞与孤鹜齐飞，秋水共长天一色”“惟楚有材，于斯为盛”的“芙蓉国”，“路漫漫其修远兮，吾将上下而求索”，心中的沟壑减了不少，取而代之的是苍茫、广阔、豪迈。

只是，想必尽人皆知，我们此行的最主要的、不二的目的地是神圣的韶山冲、花明楼。

六

韶山冲离长沙市区的车程不算远，花明楼距长沙就更近。韶山冲与花明楼分属湘潭市韶山市、长沙市宁乡县，相隔三十多公里。在这块神圣的土地上，诞生了两位伟大的马克思主义者，伟大的无产阶级革命家、战略家、理论家，中国共产党的第一代领导核心人物，中华人民共和国和中国人民解放军的主要缔造者、国家领导人。对此，外地人如我自然早就向风慕义、五体投地，当地人更是理所当然地引以为豪甚至引以为傲。

如今，从长沙到韶山冲可以选择多种交通工具。2014年12月16日，列车驶入沪昆高铁韶山南站，韶山步入“高铁时代”。从韶山出发，不仅可以到湖南段、江西段各个站，还能直达上海、广州、深圳等地，而韶山与北京也有了七小时的直达通道。长沙南站到韶山南站，需时仅二十三分钟。

韶山冲地势平缓，群山环抱。松竹茂密，苍翠浓郁令人有置身方外之感；空气清新，心旷神怡使我生梦回家乡之觉。田畴旷野忽隐忽现，清流幽潭时续时断。平静中蕴积紫气，恬淡里渊含玄机。更有迷蒙秋雨飘洒，五湖学友同行，加以纪念广场壮阔、伟人铜像耸天、主席故居修旧如旧古朴简洁、滴水灵洞游人如织瞻仰徘徊，让我既满足于梦想成真“到此一游”、得见真颜，又顿觉语言之无力、灵魂之苍白、修养之粗糙、境界之低下。能够来到韶山冲，不仅是我个人的荣幸，也油然想起十分崇敬毛主席的我的父亲以及已过世多年的奶奶，让我也代表他们好好看看、认真行一行礼吧，但愿能替他们了却一桩心愿。稍感杂乱的是，打着伟人招牌的旅游业如火如荼，小贩穿梭、纪念商品真伪难辨，饭馆林立、招牌皆为毛氏名店，关卡重重，出入唯认钱票证件，游客熙攘，喧哗吵闹肆意随便……当然，出于必要而由武警战士驻守并查验游人的身份是应该的。

毛主席的盖世伟业，永远也讲不完；毛主席的是非功过，早有党的权威定论。在以往的闲谈中，我比较同意一种说法：通常还没有人有资格对毛主席说三道四，尤其是那些对他老人家出于纯粹无知的、别有用心的、不负责任的、调侃戏谑的妄议和恶作剧！暂时抛开主席头顶炫目的光环，以一位虔诚而又再平凡不过的游人的角度，我完整地、仔细地参观了所有纪念毛主席的人文景物，还记住了以下的常识。

韶山，因舜帝曾在此休息并演奏韶乐得名；冲，湖南人对山间小平坝的称呼。元朝末年，农民起义风起云涌，江西吉水的青年农民毛太华投奔朱元璋。明政权建立后，毛太华以百夫长的下级军官身份，随傅友德、蓝玉远征云南澜沧卫，并被留下治镇，娶了一位当地“蛮女”为妻，先后生了八个儿子。毛太华后来告老还乡，1380年，偕妻子和长子毛清一、四子毛清四内迁。因他戍边多年且立有军功，被分配到湖南省湘乡县城北门外绯紫桥居住，得几十亩田产。数年后，毛清一和毛清四举家迁移到了湘潭县的七都七甲，开种韶山的铁陂、乌塘、东塘等处，计田四百亩。至毛泽东已繁衍生息二十代。

毛氏的这段历史是与我的家乡有关系的。云南澜沧卫即今丽江市永胜县（至今纳西语仍称永胜“拉曹厄”，当为“澜沧卫”的变音、讹音），而不是以前有学者提出的流经我省七州市的澜沧江的某一段江边，如“临沧市澜沧江边”，或“不知具体所在”，等等。原永胜报社的简良开老师对此做过深入研究，在《丽江日报·周末》连发数文，我曾参与编发并学习。永胜县有关部门及简老师还曾与江西吉水的政府、学者多方交流，达成共识。据悉，这一研究成果还得到了毛主席后人的认同、肯定。著名学者白庚胜先生考证后还认为，“毛太华来自江西吉水，其远祖为浙江江山毛氏，并与蒋介石长妻毛福梅为同宗。如果再往前追溯，可远及毛弘、毛苌乃至毛遂，始祖为周文王第七子毛伯，因封于现今山西毛公国而称其姓氏。”而其中毛太华所娶的女子，白先生认为，“关于这个‘夷女’王氏，可能是纳西族，也可能是彝族、傈僳族、白族，但绝不可能是前几年所判断的拉祜族。”

毛泽东的父亲毛贻昌，字顺生，号良弼，精明能干，主要从事把家中节余下来的稻谷加工成白米挑到附近的银田寺赶集出售，碾碎的米糠则养猪卖钱，逐渐积攒了一笔资金，赎回了父亲毛翼臣典当出去的田产，因此家道日益殷实起来。毛泽东的母亲文七妹，婚后先生下两个儿子，均夭亡。毛泽东是第三个儿子，后来又生了四子毛泽民（又名毛泽铭）、五子毛泽覃（又名毛泽琳）。文七妹还生了两个女儿，但都早亡，收养的一个女儿叫毛泽建。

光绪七年（1881），毛氏二修族谱，制订了十八条家规，家训和家戒各十则。家规涉及家庭、社会人伦道德的各个方面，由族长、房长强制执行。内容如，“凡为子弟者，务宜服务奉养以事亲，逊顺恭让以尽弟。苟有不孝养父母，不弟事兄长，大则忤逆违悖，小则言语撞触，族长传祠，从重惩戒，训之不悛，送官究治。”“子弟之成败，全在父兄之教训，故父兄之教不严，子弟之率不谨。凡我族人于子弟知识稍开，天真未漓之际，提撕训导以保天性。及长，教以正业。如有听其游荡，放辟不加约束，先以容纵处父兄，后以不肖治子弟。”家训十则为：培植心田、品行端正、孝养父母、友爱弟兄、和睦乡邻、教训子孙、矜怜孤寡、婚姻随宜、勤劳本业、奋志芸窗；家戒十则为：游荡、赌博、争讼、攘窃、符法、酗酒、为胥隶、为僧道、谋风水、占产业。

目前，全国上下正大力培育和践行社会主义核心价值观、弘扬优秀的传统文化，包括历朝历代、四海之内从名门望族到普通人家的优良家风再次受到重视并推介。学习毛氏家风，使我更加相信“大凡出人才的家庭必然有良好的家风”这句话包含的科学性、必然性。是的，怎么会出现没有源头活水的清渠呢。

另外，曾任韶山毛泽东纪念馆研究室主任的胡长明先生在《党史博览》上把“韶山冲毛氏家族的精神”概括为：一、勤奋进取的奋斗精神。毛清一、毛清四兄弟刚来韶山时，面临的生存环境严峻，他们及其子孙必须付出比常人更多努力。到清代前叶，在经济发展的基础上，毛氏家族开始建立和完善自己的文化（体系），修族谱，确立了从第七代起的派系：“立显荣朝士，文方运际祥。祖恩贻泽远，世代永承昌。”其后又三次续修族谱。建毛氏宗祠，为祭祖隆恩而设的各种祭会纷纷登场，到清末，毛氏家族形成了规矩齐全、体用兼备的家族文化体系。二、强悍好胜的尚武精神。韶山毛氏家族的民风以劲直尚气、强悍好胜为主要特征。这种民风的形成，一方面归因于长途迁徙、开创新基的家族背景；另一方面则源于从军打仗、驰骋疆场的家族传统。三、刻苦向学的求知精神。毛氏家族在艰难的生活条件之下，从未放弃过以诗书振家声的梦想。毛氏家族虽然没有出现过“科第蝉联，仕宦赫赫”的景象，但也产生了许多名重乡邦的文化人。四、成全人格的修炼精神。毛氏家族到韶山后，在相当长一段时间里必须倾全力解决生存问题，随着经济和社会的发展，家族先贤开始制定严格的文化规范，以指导和约束族人的行为。毛泽东历来反对那种父辈对子辈享有绝对权威的封建孝道，但对父母的养育之恩是深深感戴的。父母病重期间，他忧心如焚，到处寻医问药，甚至不远百里到南岳为母亲许愿还愿。父亲去世，未能给父亲送终，他一直为此感到内疚。毛泽东在领导中国革命和建设的过程中，极为重视道德人格的表率作用和激励作用，同时向往一种纯洁高尚的社会生活。他对各种丑恶现象深恶痛绝，并将它们消除殆尽。

汽车回转来到长沙市宁乡县花明楼镇炭子冲村的刘少奇故里。纪念园区占地过千亩，主要有全国重点文物保护单位刘少奇同志故居、门楼广场、铜像广场、生平业绩陈列馆、文物馆；花明楼、修养亭、万德鼎、刘少奇坐过的飞机、刘少奇母校炭子冲学校旧址、一叶湖、柳叶湖和炭子冲民俗文化村等旅游景观。从这里西南至韶山毛泽东故里、乌石彭德怀故里三十多公里，形成了举世瞩目的伟人故里文化旅游“红三角”。因行程安排太紧，我们只能走马观花地参观学习，好多地点没有亲临，留待今后有机会再仔细瞻仰、参拜。刘少奇故居比毛主席故居的房子多、宽，据载，刘家的田地、生活水平比毛家更多、更好一些。两位伟人的故居前都有一个荷塘，蓄积着清凌凌的秋水。

来自西南边陲小地方的我，诚挚地在两位伟人的铜像前鞠躬行礼。说来也奇，每当拜谒之际，天降甘霖，驱车上路，则云消烟散。莫非两位伟人真的感知和接受了来自边疆少数民族的问候?

我乐于重复一个很多人都有过的想法：如果毛主席、刘主席一生安于现状、顺天应命、循规蹈矩，也一定可以过上富足、惬意的小我生活吧。只是，整个中国肯定还要在内忧外患的漫漫黑夜里为国家独立、民族解放、人民当家做主而艰难摸索、前途未卜，中国人还得毫无尊严地、别无选择地做“东亚病夫”，如牛马犬豕般任国外侵略者和国内反动派使唤、欺凌、压榨、宰割、残害。从这个意义上说，把毛主席和他的志同道合的马克思主义战友们比喻成不是仅仅为某些人群、某个角落，而是无一遗漏地普照世间万物的“金太阳”，哪里夸张了呢？无论中外，像他们一样“不以一己之利为利，而使天下受其利；不以一己之害为害，而使天下释其害”“以天下为己任”“救万民于水火，解乾坤于倒悬”，为了追求光明和真理，维护公平与正义，“天下兴亡，匹夫有责”“虽千万人，吾往矣”的杰出的仁人志士们，始终是我长期坚定地崇拜的偶像、追捧的巨星。而且，中国共产党从诞生之日起就明确是无产阶级政党，是代表最广大人民群众的根本利益的。党的宗旨就是全心全意为人民服务。“我们党除了人民的利益，没有自身的特殊利益，没有共产党人的自私要求。”这样的政党在人类历史上难道不是最博大、最先进的吗？我们党从来就不反对正当的物质追求，但是，毋庸讳言，随着社会的发展进步，整体环境的巨大变化，确实有一些党员和党员领导干部迷失了方向，失去了信仰，背离了党的宗旨，腐化堕落甚至与人民为敌。他们或以“劳苦功高”自居，或以“势力庞大”自诩，或以“本领高强”自欺，或以“八面玲珑”自慰，拿着党和人民给予的权力蝇营狗苟、花样百出，加以他们的丑陋行径不是单个孤立完成的，从而盘绕着一群臭味相投、各怀鬼胎的尾随者，败坏了一方水土的风气，给党和国家、人民造成极为严重的伤害。十八大以来，在以习近平同志为核心的党中央的坚强领导下，党内正在以“刮骨疗毒”“壮士断腕”的勇气和极大的智慧进行严肃的反腐败斗争，“打老虎、拍苍蝇、猎狐狸”，清理了一大批祸国殃民、数典忘祖、骄奢淫逸、胆大包天、丧尽天良的腐败分子，取得了阶段性成果，这实在是顺应民心、为民谋利、让人民群众拍手称快的伟大行动。习近平同志指出，“人心向背、力量对比是决定党和人民事业成败的关键，是最大的政治。”我们既不能愧对毛泽东、刘少奇等老一辈革命先驱、共产党人的孜孜追求，不可忘却无数先烈“抛头颅、洒热血”的慷慨而悲壮的牺牲，更不能破坏鱼水关系而被淹没在人民群众的汪洋大海里。这是我参观伟人故居后一点真切而肤浅的感慨。

此行的另一大感受是，毛主席诗词里对家乡景物那磅礴、雄壮、浑厚、苍茫的描绘，倒不是凭空臆想出来的产物，而是在事物本来面目的基础上略作了艺术加工而已，正所谓“一方水土养一方人”。在橘子洲头、湘江两岸、韶山冲等地方，我们看到的景色与毛主席看到的几乎无异吧。只是，人人可见可知的事物，一旦附着上他渊博的知识、华美的文采、天赐的神气后，一切都升华了，精彩得无与伦比、光照寰球。我曾听说和比较认同“作家不是培养出来的”这一观点，似乎又多了一个佐证。感谢党中央、国务院、中国作家协会及鲁迅文学院让我们这些来自天南地北的少数民族同胞尽情领略祖国的大好河山、博识洽闻；感谢湘鄂大地和伟人故里包容我们，给予我们营养，启迪我们珍惜当下，进一步牢记“不忘初心，方得始终”，返视内照、克尽厥职，沿着伟人光辉的足迹、借着伟人不灭的精神火炬之光，继续前行，奉献哪怕是相当微弱的正能量。

七

学校统一组织的课外活动（实际上也是教学内容）除了到湘鄂开展社会实践、出席“骏马奖”颁奖典礼外，尚有去国家大剧院、国家博物馆、现代文学馆等聆听讲座、观摩文艺。同学们自行安排的课余生活想必也都丰富多彩，因为许多学友办理了金额不少的北京地铁通行磁卡。如果没有课程，他（她）们甚至不来离宿舍咫尺之遥的食堂免费就餐，不知隐没在人满为患的首都的哪个角落潇洒或励志去了。我不喜欢逛街，没精力应酬，也从未打开过电视机，除了偶尔翻翻书、与遥远的亲人用不大熟练的微信简单问候交流，抑或在方圆一公里的空间活动筋骨外，仅剩一点僧侣静坐参禅的架势，这实在是因为我术后今非昔比的身体条件（有的同学看我身高体胖，一叶障目地经常邀约厮杀乒乓球、网球或去征服八达岭长城，虽倍感荣幸，但实难从命，也并不解释个中原因，不过也想发问一下“奈何公亦颠倒若是”、感叹一下“树欲静而风不宁”罢了。偶有几次与赤诚之辈在夜幕中的校门口举杯邀明月、把酒问青天，以“蛮夷”的豪气和病躯与“胡狄”的率直和真心对抗，略无谦恭礼让之意，仅剩天涯比邻之心，宁伤身体不伤情谊，抛却多少繁杂的心思，放浪形骸，结果往往“两败俱伤”，飘飘然不知今夕何夕）。尽管神疲体衰、顾影自怜，但有幸参加的活动也不算少，诸如亲人聚会、同胞聚会，虽远必至。这些弥足珍贵的短暂团聚里总有杰出人士的身影，耳濡目染，使我常生不学以能之梦。

有些经历将如影子般伴随我一生，并产生积极的影响。即如，10月16日，丽江鹰猎文化基金会成立暨《纳西族现当代作家作品选集》出版发布会在中国国际文化交流中心隆重举行。云南籍的四位学员——曲靖的杨荟（女，彝族）、怒江的和耀君（寒狼，白族）、普洱的罗杞而（白族）及我荣幸地受到国际纳西学学会会长白庚胜先生的邀请。广西河池罗城仫佬族自治县广电局长韦光勤（壮族，结业后上任县教育局长）同学自己东寻西觅后前来“赞助出席”。

丽江鹰猎文化基金会成立暨《纳西族现当代作家作品选集》出版发布会由国际纳西学学会、中国非物质文化遗产发展基金会（筹委会）主办，北京纳西学学会、丽江鹰猎文化基金会承办，光明日报出版社协办。这是一次有规格、高层次、内容丰富、充满正能量、令人心潮澎湃并且必定写进历史的文化盛事。仪典包括中国作协副主席吉狄马加致辞（临时有事未到），国际纳西学学会会长白庚胜致辞，英国鹰猎协会联络人Simon Haworth致辞，武汉龙巢集团有限公司董事长、丽江鹰猎文化基金会监事会主席郑延宁致辞，光明日报出版社副总编辑段英作《纳西族现当代作家作品选集》出版发布发言，中国非物质文化遗产发展基金会（筹委会）常务副秘书长李华发言，丽江市作家协会主席和晓梅发言，丽江鹰猎文化基金会理事长和丽萍作中国丽江鹰猎文化基金会成立发布发言，丽江鹰猎文化基金会与英国猛禽保护基金会签订合作协议，北京有关企业向中国丽江鹰猎文化基金会捐献书画作品。罗焰介绍《李霖灿纳西学论集》出版情况，李在中作《看似一幅画，又像一首诗——么些先生的纳西族神路图》的演讲。

杨四龙、张福龙、李实、和绍全、拉木·嘎土萨（石高峰）等纳西族同胞从彩云之南赶来；《读城》杂志社副总编白郎（和文军）、西南民族大学旅游与历史学院院长喇明清（摩梭人），宜宾市翠屏区委常委、区委宣传部部长昂进率领的一行七人组成翠屏区代表团从四川赶来；著名学者、台北故宫博物院原副院长李霖灿先生的儿子李在中从台湾赶来；Simon Haworth先生及委托人从国外赶来。中国作协办公厅主任李一鸣，中国散文学会会长王巨才，中国散文学会常务副会长周明，《文艺报》原副主编吴泰昌，中国作协民族文学委员会副主任包明德，《民族文学》主编石一宁，《民族文学》原副主编李宵明，《民族文学》副主编赵晏彪，《十月》主编陈东捷，八一电影制片厂美术师张春和，中央音乐学院教授和云峰，全国人大民委办公室主任彭建华，空政歌舞团一级演员孙少兰，北京戏曲学院教师孙淑玲，光明日报出版社编辑室主任周文岚，中国机器人运动工作委员会执行主席、全国高校体育机器人教育联盟副主席兼秘书长何晨光，北京市海淀区科协主席李云飞，国家民委影像出版社社长景宜，国家非物质文化遗产专家委员会副主任刘魁立，徐小力、李东、李宁、吴国新、王红军、丁春艳等国家社科基金重大项目（12&ZD234）“世界记忆遗产”东巴经典传承体系数字化国际共享平台建设研究课题组的专家、学者、子项目负责人，北京东巴文化艺术发展促进会会长张旭，中国数字出版集团资深导演白枫，中央教育电视台导演万伟，民族出版社汉文室主任罗焰，中国民间文艺家协会《民间文化论坛》副主编冯莉，鲁迅文学院常务副院长邱华栋，鲁迅文学院培训中心主任王冰，鲁迅文学院培训部副主任赵兴红，中国画院副理事长曹广新，尹全生、王培静、陈丹江等在京的纳西族同胞和热爱纳西族的各族各界杰出人士与会。这可是名副其实的“群贤毕至，少长咸集” “胜友如云，高朋满座”“发聋振聩，群山四应”。新华社、《人民日报》《光明日报》《解放军报》《中国民族报》《北京晚报》《文艺报》《中国文化报》《中国艺术报》《中国民族》《民族画报》、人民网、中国作家网、搜狐网、百度网、腾讯网、中央电视台、中央教育电视台、北京电视台、丽江电视台等媒体悉数到场支持。拉木·嘎土萨、白郎担纲活动上下部分的主持人，礼仪、服务方面的义务工作人员均为纳西族在京在校大学生。

中国作家协会党组成员、书记处书记、副主席，国际纳西学学会会长白庚胜先生对丽江鹰猎文化基金会成立暨《纳西族现当代作家作品选集》的出版表示祝贺，并介绍了纳西学近年来取得的丰厚成果：纳西族文化建设及纳西族文学创作已经成为我国民族文化的重要组成部分。纳西学已经成为一门国际学科，吸引着越来越多的民族学家、人类学家的关注。悠久的纳西族鹰猎文化则很好地诠释了人与自然的和谐相处，是迄今为止世界上为数不多的仍在延续的民族风俗。保护纳西族丰富多彩的民俗文化、东巴文化等，对助力国家“一带一路”建设，提高民族文化自信，提升我国民族文化软实力，促进中外文化交流，具有重要的示范及现实意义。在遐迩闻名的丽江，纳西古乐与东巴文化在这里传承，古丝绸之路与滇藏茶马古道在这里交汇，这些人类共同的文化遗产，要通过政府主导和社会、民间力量的支持，做好民族文化的传承和保护工作。

几乎所有与会者都对白庚胜先生为建立、发展、完善、壮大纳西学学科体系的筚路蓝缕表达了浓重的敬意。我深切感受到他们说的不是客套话，觉得嘉宾们完全是奔着神话般的纳西族、纳西族文化以及白先生的赤子之心、人格魅力而来的，不存在庸俗的功利目的，也了无敷衍搪塞之意。我们久居家乡，或许对身边的人事熟视无睹，拿珍贵的文物当给小鸡喂水的碗也不是不可能，但真能让纳西族、纳西学以至丽江登上国家、国际舞台并且受到世人发自内心的敬重，实在不是闹着玩的，其中包含了多少代各行各业优秀儿女的呕心沥血！我们或许往往满足于在表皮上喊几句慷慨激昂的“口号”，却难以掩藏之后因为“空悲切”而索然无味的尴尬。没有人辛勤播种，哪来的喜悦收获？前不久拜读了中国文学艺术界联合会刊物《神州》的记者对白先生的专访文章，犹记得其中几句话非常精彩也很实事求是，窃以为触及了白先生的精神实质：“一个人有着怎样的生命能量，能做成这么多别人想不到、不会做、做不久的事情？这样的人，大抵，一定有信仰的支撑。这信仰，该是对祖国的深情和对中华文化的敬畏、挚爱，所以选择为它的守护与传承献出自己的全部精力。”看着即将年届花甲的白先生日益增多的双鬓银发和日渐消瘦的容颜，我关心的首先不是他取得的非凡学术成就和人们热衷谈论的官阶，而更多的是他的健康状况，尽管他的身体不再仅仅属于个人已经很久很久了。

对于鹰猎及其文化，我一窍不通，但与会后觉得丽江鹰猎文化基金会必将为丽江的社会发展尤其是文化的繁荣发展发挥积极的较大的有目共睹的作用。至于与基金会命运攸关的“丽江国际鹰猎文化公园项目”，《丽江日报》在2015年8月初做过新闻报道，引文如下，不妨重温复习：“笔者从古城区招商引资局获悉，通过前期的充分论证和友好协商，古城区人民政府与武汉龙巢集团有限公司于近日成功签约丽江国际鹰猎文化公园项目。丽江国际鹰猎文化公园项目位于古城区金山街道办新团俄罗村，占地约四千亩，计划总投资五点二亿元（不含土地款）。项目将以纳西族鹰猎文化为主线，建设鹰猎文化交流中心、纳西鹰猎牧场、鹰猎俱乐部、野生动物救护中心和鹰猎文化基金会五块内容，将打造成集观赏、趣味性和科普教育为一体的大型飞禽公园。丽江国际鹰猎文化公园项目的建设将深入挖掘纳西族传统的鹰猎文化，进一步保护传承和发展纳西族鹰猎文化，并将民族文化与国际接轨。项目以‘鹰’为核心，用自然、文化、科技的理念和方法创建独具特色的丽江‘非遗’旅游生态圈，将其打造成为一个全新的旅游景点，将成为丽江旅游二次创业的一个重要内容。该项目的建设也将对旅游发展和新农村建设相结合产生极大的带动和示范作用。”

而说到《纳西族现当代作家作品选集》，不才在国际纳西学学会暖洋洋的关照下忝列其中，受宠若惊之间虽已经按时、仓促交稿，但仍羞怯不安。发布会前还得到消息，首发共有五人的五部作品，是出版社和印刷厂加班加点赶出来的，因恰在鲁院学习，五本中含不才的一册。我自知七拼八凑的拙作过于稚嫩，丑媳妇如今即将面对公婆，既无颜无胆又惶遽不安，忐忑之下，协助搬运新书途中也曾小心找寻，所幸并不在列，终于如释重负。原来，我的名字在参会人员名单上打印成了“白洁”，出版社与印刷厂检索后查无此人，所以不在此次印刷范畴。我因此“歪打正着”“躲过一劫”，还替胞弟白洁参加了这次盛会。后来发现鄙人被列为编委会秘书长，还由同去的学友免费宣传，想我何德何能，不过联系、催促了几位本土作家约稿、交稿事宜，竟而受此厚待，总是难去无地自容之念，实生愧汗怍人之感。

《纳西族现当代作家作品选集》当然属于纳西学的一个重要组成部分。纳西族从明朝开始通用汉文，并出现了用汉文写作的文学作品。“五四”白话文运动后，纳西族文学也进入新的历程，进步作家李寒谷成为用白话文进行文学创作的纳西族第一人。新中国成立以后，纳西族文学佳作迭出。在此基础上，由白庚胜、和良辉担任主编，精选了新中国成立后四十位纳西族作家的作品汇成《纳西族现当代作家作品选集》，由光明日报出版社出版，体裁主要有小说、诗歌、报告文学、影视作品、戏剧文学、评论等，共入选作品四十部。这是纳西族文学史上的一次文学积累工程，也是对纳西族现当代作家的一次集中检阅，丛书的出版彰显了当代纳西族文学对中华文明、中华文学的贡献。

2017年5月27日，到川滇公干的白庚胜先生充分利用在家乡短暂停留的时间，市文联党组书记鲁若迪基、副主席李承翰、市作协主席和晓梅等竭力奔波，市委宣传部江勇部长、市文广局余丽军局长等鼎力支持，完美促成《纳西族现当代作家作品选集》丽江首发式和发布会的举行。一样的高朋满座，一样的伤时感事，一样的欢声笑语，一样的振奋人心。面对那么多杰出的本民族作家和日益繁荣发展的纳西族文学事业，我异想天开：烙下似水年华里那些无法抹掉的迷蒙、青涩印痕的“作品集”问世到此已成如烟往事，感谢所有关爱我的人！明天，我要如何熟稔人民的呼吸，倾听大众的心声，修正难返的愚过，闪烁流萤的光亮，奋力接近文学的高峰，方能不负伟大的时代，不负静好的岁月，不负家乡壮丽秀美的山水和一路真心庇佑磕磕绊绊、施施而行的我的亲朋好友、良师益友？

八

光阴在社会实践活动紧张充实的行程里已悄然走进暮秋，霜降节令的前一天下午，全体师生从长沙黄花国际机场飞回首都国际机场。朔方的秋风凌厉地萧条众芳，呜咽着扫荡落叶，无形中实际占领了一切露天空间。听说香山的红叶愈发灿若晚霞了，该不会也是飞舞着的模样？剩余的日子里，不得已临时买了几件地摊上的名牌毛衣套上，仍觉瑟瑟发抖。一日胜过一日的冰冷空气使我更明白了什么是四季分明，什么是温暖而寒冷、璀璨又萧瑟的北京的冬的边缘。看着一个个同学多少像霜打的茄子，世界仿佛一下子沉静。我暗自庆幸违背不能过量运动的医嘱，被热情的向导牵着鼻子（还替她们举了两三天的导游小旗帜）急匆匆地增广识见一个星期后，终于没有缺斤短两地回到了学校，还多了一番人生阅历和一大包被当地人讲得无与伦比的土特产品。

结业前还有五节课，分别是：中国作协党组成员、书记处书记、评论家阎晶明讲授“创作趋向与作家的选择”，国家广电总局剧本研究中心主任苏小卫讲授“近年电影创作中的几个关键词”，鲁迅文学院培训部副主任、评论家赵兴红讲授“小说创作中的戏剧性设置”，《文艺报》总编、评论家梁鸿鹰讲授“多重视野下的文学写作”，鲁迅文学院原常务副院长白描讲授“中国精神与玉文化研究”。依旧是博学儒雅方家、大名鼎鼎翘楚的真知灼见、知无不言、循循善诱、诲人不倦，仍然是渴求知识的目光、聚精会神的姿态、唰唰唰记录笔记的声音（学校规定授课内容不得录音、摄像）。淡淡的悲情却弥散四周，大家都清楚，短暂的相聚已经进入倒计时，再过几天，犹如院内已经成批成批零落的五彩夺目的银杏叶和梧桐叶，我们又将回到起点、天各一方。而学院的那些树，始终会挺立在那里，等待再一次的枝繁叶茂。四十多天来，鄙人时时享受着这些琼林玉树的庇护，但愿以后能为她们的青春永驻充当有益的肥料和水分。宿舍楼里举目可见收拾行囊的身影，充耳皆闻预订车票机票的电话。对于云南籍的同学可以报销飞机票的待遇，有些人似乎因为没体会过山高路远而觉得不大爽。他们想歪了，我们报销的是打过多折的经济舱机票，与一些省份的同学报销的高铁票差不多。

事实上，学习培训还没到后期，有的同学因为亲人亡故提前告别，有的同学因为单位催促无奈散场，有的同学因为久病不愈难以坚持，有的同学因为官升一级得意离去，还有的同学莫名其妙不辞而别……缘起缘落，谁能主宰？剩下的人是不是应该倍加珍惜呢？但也有人到最后也终于不曾交谈过，乃至名字和人都是模糊的；也有的人因为诸如通讯录的形式与内容、留什么感恩的纪念品给母校等事情小题大做，不厌其烦地、鲁莽幼稚地重复印证着“有人的地方就有矛盾”这个常识，暗地里与班委进行“没有硝烟的战争”。尽管他们完全没有付出劳动，平日里还总以令人崇敬的诗人、作家自居（至今也不大了解是否有真才实学、真情实感）。距离产生美，人啊，善良的人，陌生的时候设法套近乎，亲近了却又往往不会珍惜，或因为太过熟悉而肆意妄为，或因为区区小事而相互伤害，或因为一言不慎而冰火难容，或因为无心之过而记恨终生，或因为期望破灭而心灰意冷……一粒粒温暖柔和的内心偏要人为地让神秘莫测、冷若冰霜、面目可憎的皮囊包裹着（自然也有恰恰相反的人，一副弥勒佛的壳子，满口的仁义道德，一肚子男盗女娼的坏水，浑身上下变色龙的基因，还美其名曰“艺术”“水平”），从而制造了多少完全可以避免的误会或悲情！（善良人之间的误解、矛盾、过错与那些坏人的丑恶思维、行径、目的有着本质上的不同，万万不可相提并论。但正因其本来不恶，才在多少显得愚蠢、可爱的同时也更加使我悲戚、叹息。）如鲠在喉、不吐不快，我在班级微信群里讲了几句公道话，引得有的人不快，班主任连呼“注意团结、保持和谐”，其实他也清楚事情的真相是什么。作为引领人类高尚灵魂的劳动者，作家与新闻工作者一样，是“社会的良知”，是“时代风气的先觉者、先行者、先倡者”，要吹响“时代前进的号角”，“发现生活的规律，发现更深刻的人性，指示生活的价值归依，从更高的视觉呈现生活秩序，为人们提供教益，这是文艺的当然使命，责无旁贷。”我曾自嘲自己的秉性或工作就是喜欢在冷多暖少的人世间愚蠢地发现、挖掘、制造、传播温度或笑脸，尽管会被坚硬的铁石和冷酷的冰窟反弹、速冻，抑或像在玉龙雪山顶上种植椰子树，却依旧乐此不疲、痴心未改。要改也难呐！打小亲人和老师就是这样教育我的，圣贤书里也是鼓励这样做的。各位作家同学以后肯定会真正无限接近做大作家的梦想，但在奋进的旅途中，我愿意用曾经听说的这句话与大家共勉：一个好人不一定成为诗人、作家，但一个坏人注定不会成为好作家。是的，正如一个人的外貌丑一点不要紧，但心丑了就无药可救了。我们不是也曾遇到美丽的毒蛇和随处可见足以麻醉神经的“美文佳作”吗？

我们五个老庚（不含女同学）就还算投机：内蒙古的一人，四川的一人，广西的一人，云南的一人，请允许我重复兄弟们的名字：包龙（孛儿只斤·龙）、樊奇智、王学贵（云子）、潘宽平（三半）。我们的职业五花八门，我们的经历各各迥异，我们的生活习性天差地别，我们有蒙古族、藏族、壮族、纳西族，但是，一个多月来，我们以文学培训的名义结识，以少数民族的身份聚拢，以同年生人的机缘亲近，彬彬有礼，婉婉有仪。剩下的日子不多了，五人都不约而同地想到了做东道主主持明明知道迟早离散的筵席，还剩下五天，五个人，刚好轮流安排。许多人喜欢谈论的属相方面的学问是不是也有一点道理？我们的秉性也差不多！我们都热烈地欢迎其他同学也参加进来。多少令人扫兴的是，唯我不宜喝酒还入口过猛，往往早早溃退。“连续作战”数次，有一天，班主任（现在说来，只能称为弟弟，他也私底下叫我白大哥）可能看到我颜色憔悴、形容枯槁，询问同学后硬拉我去喝粥、吃点心，还要带我到最近的医院输液。他对我的豪爽给予褒扬，对我的豪饮表示担忧，希望一定保重身体。我们用心交流，并相约今后在首都或丽江再无酒精相伴地聚首，我期待着与他——刚从北大中文系毕业的硕士研究生、不到三十岁的亦师亦友的程远图先生——愉快重逢的那一天。

大家都忙的另一件事，是撰写一个多月来的学习总结。这是必须完成的学习任务。我勉强地、耐心地最后履行职责，收齐了九份文采飞扬、情真意切、内涵丰富的总结上交（因为老师的错爱和的确糟糕的身体状况，整个学习期间几乎没能为同学们奉献什么，至今想来依然觉得十分惭愧）。接下来是拍摄结业合影，中国作协副主席、鲁迅文学院院长吉狄马加，中国作协副主席白庚胜（开学典礼时因在贵州公干未能出席），学校其他领导、教师与少了三五人的鲁民26期学员在感恩心、祝福声中定格难忘的永恒瞬间。

与迎新联欢会相比，10月31日的结业晚宴就喧闹和放纵了很多。原本分别在大食堂和回族食堂就餐的同学们今夜济济一堂，当初做新娘状扭扭捏捏、似高僧样深不可测的学友们此刻争抢麦克风，或“发表重要讲话”，或扯破嗓子引吭高歌，或声情并茂朗诵自己的“不朽诗章”，或积极主动地展示曼妙的舞蹈身段……在特许饮酒之下，觥筹交错之间，有的温文尔雅，有的胡言乱语，有的默然安坐，有的步态飘摇，还有的与恩师抱成一团称兄道弟、认姐结妹。我又顾影自怜了，藏在一角静观这免费的演出，但还是没躲得了，十几位男女学友轮番上前，又握又抓，又搂又抱，声泪俱下，大意还是三生有幸彼此认识、要我今后一定珍重健康。冰雪聪明的他们可能从为数不多的欢聚中早已看出了这个伟岸的纳西人其实完全不适应酒精，担心我伤身、系念我误事、顾虑我丧失“光辉形象”。从呱呱坠地到坎坎坷坷、风风雨雨走进不惑之年，加上记者的职业也让我有机会更近距离地接触社会的方方面面，虽有优秀的人物和美好的事物不断浮现于脑海、铭记于心灵，但也曾经觉得看够了海市蜃楼的景、听烦了冠冕堂皇的音、见多了道貌岸然的人、尝遍了盛衰成败的事、历罢了千浪万波的情、阅尽了不可估摸的心，因而很有点“妾心古井水”“波澜誓不起”的意味，对周围的人事几乎消失了“毫无意义的”热情、激情、豪情，不敢再奢求及期盼什么奇迹，默默行进于波澜不起的人生轨迹，专注于赖以为生的本职工作。但每每遇到现在的情景，却总是恍然发现人生的情生情灭不会有终止的一天，红尘中的我依旧在“眼耳鼻舌身意、色声香味触法”的六根六尘里徘徊挣扎，此生是肯定不可能五蕴皆空而得道的咯。

11月1日，结业典礼在留下我们呼吸和友情一个多月的教室隆重举行，吉狄马加、白庚胜、邱华栋、王璇等领导亲手给我们颁发“鲁迅文学院结业证书”，同时，凝结着全体学员情意的“因为师傅多而差点歪了房子”的纪念品——大幅剪纸作品《鲁迅先生》也在作协领导讨论决定后有幸被学校收藏。《国际歌》高昂奏响，“是谁创造了人类世界？是我们劳动群众！一切归劳动者所有，哪能容得寄生虫？”真的到了离别的时刻！我们将团结起来到明天，奋战在各自的行业和工作岗位，为祖国的繁荣富强、民族团结添砖加瓦，为实现各自的人生追求和理想而不懈努力前行！

聚散苦匆匆，聚散两依依。脑子里莫名地蹦出一句出了名的医疗广告——“开始了吗？已经结束了！”从黑龙江到云南、从内蒙古到广西、从青海到山东的学友们，我们虽然难以逃避“明日隔山岳，世事两茫茫”的无奈和不甘，但已熟知谁有什么疾病、谁有何特长、谁喜欢笑谁爱哭、谁曾入围“全国道德模范”……笃信“相知无远近，万里尚为邻”，确信“才华自负如椽笔”的你们会大有作为、捷报频传。到时候，别忘了分享喜悦和快乐。当然，如果愿意，委屈和困难也一定要在平日里共同分担。我与诗人寒狼先生在飞往丽江的机舱内，“曾记同窗日月酣，未忘分道梦魂憨”。再见了！若是有缘，定然再见，无论时间，不分地点，何愁场面。

亲情友情

清明思亲

电子信箱和信件来稿中弥漫着感伤的气息，忽然意识到清明节又悄然而至。

年年清明，今又清明。不同的是产生了一种想要说点什么的冲动，莫非自己变得多愁善感了？或者用最近时髦的语言说，变得成熟起来了？

祖坟就在屋后，隔一条丽宁公路，直线距离五百米，搬动过几次才到这里。据说，祖先的坟茔最早在离家好几公里的罗城，为的是满足先辈中的“公子哥儿”们扫墓时骑马驰骋纵横的快意。而且居然也有专门照看坟茔的守墓人。不过，犹如郊游一般的骑马扫墓固然惬意，但家人亡故，抬着灵柩走远路去安葬却不好玩，于是祖坟迁到了今天的团山水库附近。后来，家道逐渐中落，加上风云突变，沧海桑田，祖坟遭受破坏，墓碑、墓石都成了人家的屋基和洗衣台。

现在的墓地里躺着十多个先人，我真正认识的却只有两人：我的奶奶和一位近房的爷爷。是的，我没有见过亲爷爷。正如千千万万同一时代中伟大的人民群众，我的奶奶勤劳、善良、贤惠。勤劳的她不仅要承担起繁重的体力劳动，干男人的活路（听说我的爷爷因为身体不大好，基本不能干重体力活），把家里家外的事情做到最好，还利用一切时间自己做或者教人做一些手艺，譬如熬制糖、磨豆腐、打饵块、编竹具、绣衣裳等，我们村子里的很多妇女如今会做的手艺，有多半还是奶奶传授的呢。虽然我们小时候生活艰苦，但也能经常吃到奶奶用麦芽、棕榈树的果子熬制的糖，心里香着呢。善良的她从不与人发生争执，从来不讲难听的话，有什么好东西从来不会藏着掖着，即便自己饿得慌、有急用，也要慷慨地送给客人和来求助的乡亲。贤惠的她孝敬老人，关爱弱小，与同龄人和睦相处。据说，爷爷和曾祖父的脾气很坏，经常发生冲突，要不是奶奶每一次都及时出现，是断然不会善罢甘休的。她走路从来不走路中央，这倒不是她胆子小，照她的解释，是因为要把路中间留给别人、留给德高望重的读书人和老人。

奶奶的一生，是在风风雨雨中用她的纤纤弱躯，护佑一家人尽可能健康快乐地生活、成长的一生。1999年，她以八十七岁高龄溘然辞世，走得很是安详。有人送自作挽联，认为她“懿德传梓里”“垂范启后生”，我以为这一点也不过誉。她的一生，虽然没有悲壮的事迹，没有特殊的贡献，但是，也没有敌人，连那些最喜欢嚼舌头搬弄是非、专门揭人之短的“义务宣传员”“乌鸦嘴”也没有说奶奶的什么话柄。这是不容易的，因为，她四十多岁就守寡了，而且强忍着五个子女相继夭折的悲痛。她的一生，平淡、温馨、从容，艰难而快乐地活着，留下不尽的芳香、纯洁而去，以至于一提起她，所有认识奶奶的人都要发自肺腑地感慨唏嘘一番。

有一件事至今让我难解：奶奶斗大的字不识一个，却能如滔滔江水般背诵《三字经》。当然，文中的意思她并不理解。奶奶曾解释过，小时候她的兄弟们在私塾里读书，而她，作为女孩子不能享受这种待遇，只能天天去放猪。她是从兄弟们的“教室”外“偷听到”《三字经》，甚至比“同学们”更早就牢记于心的。对于这个解释，我一向认为难以解释。

我在十几岁的时候，遭到了村子里同龄人的嘲笑。原来，不知他们从何得知，我仍然跟着奶奶一起睡觉。这是事实，无可辩驳。我只觉得，和奶奶睡在一起是多么温暖、多么安全、多么香甜。听着奶奶讲着情节丰富、寓意深刻的“一箩筐”故事入眠，那是何等地幸福！有一个奶奶从叔叔那里“剽窃”来的日本故事，至今铭记于脑海：一个丈夫惧内，他的老婆对婆婆简直不能入眼，命令他把亲生母亲丢到深山老林中去。一路上，可怜的母亲不停地采摘树叶丢下。儿子觉得很奇怪，问母亲怎么了。母亲回答：孩子，娘是担心你找不到回家的路，用这些树叶给你做记号啊。结果正如大家所料，良心发现后的儿子毅然背回母亲，与媳妇一起好好赡养老人到送终。

老家的平房与丽宁公路相距不足一米。一天，一辆满载柴薪的手扶拖拉机因为下坡时刹车失灵，鬼使神差地从天而降，开到了平房上面，毁坏了房子的一大角。当时只有奶奶在家，在吓了一大跳后，她急忙出去查看，关切地询问拖拉机驾驶员伤着没有，伤得重不重，不断安慰驾驶员。所幸人倒是真的没伤到。听说我的父母亲干活回家得知此事后，对于奶奶的“菩萨心肠”不以为然，认为“肇事者”理当赔偿，但奶奶已把他“放”了，现在去哪里找？很显不满。孰料人心都是肉长的，不久，那位“肇事者”主动前来“负荆请罪”，反倒让一家人难为情了。我总喜欢把这事与孔子的“厩焚。子退朝，曰：‘伤人乎？’不问马”相提并论，也不知道妥当与否。

“2·3”大地震发生时，奶奶正在大具乡空阔的大地上走着去赴宴。在营盘的姑妈家休养期间，奶奶每天下午都要在围墙下晒太阳，当天，因为邻村的一位侄女请客，奶奶没在围墙下，而地震后围墙随即坍塌。尽管如有神灵相助，让她躲过一劫，但是，在路上，奶奶还是亲眼看见了从哈巴雪山纷纷滚落的巨石和漫天飞扬的尘土。从此，一向健康、坦然、诙谐，再大的困难也压不垮的她患上了冠心病，多次治疗均无明显好转。再后来，她直接跟我们说，不要再浪费钱财和精力，我不再治疗了。人终归是要走的，对于今生，我已经感到很满足了，只是希望你们活得更好，活得对社会更有用。

岁岁清明，今又清明。我的干枯的笔端，岂能述尽奶奶的无限懿德。

跟着大师爬高山

丁酉年冬日，金沙江水蓝得发紫，玉龙山雪似无还有。天高云淡、万物萧索、寒气逼人，相干不相干的老人辞世的消息不绝于耳。何况到了肥壮的年猪连连哀号、百年好合的喜事绵绵不断的时令，丽江大地再度进入长盛不衰的请客高峰。曾有人瞎说丽江为“艳遇之都”，有人妄称丽江乃“殉情之都”。其实，长期生存并扎根于丽江土地上的人们大体认同的可能是这个颇有自嘲气息的雅号：请客之都。纳西人请客的理由五花八门：家里的奇葩绽开了可以请客；觉得自己连续不走运了可以请客；故事记载，阿一旦家可怜的母狗生下一堆狗仔后也请木老爷务必赏脸光临，而木老爷亦欣然赴约；鄙人也真受到邀请参加过一位朋友的一截围墙的竣工盛宴……越刮越盛的请客之风原本来源于纳西族人民热情好客、重情重义、喜欢交流的少数民族传统，只是不知不觉中越来越多地糅杂了外来文化的攀比炫富借机敛财的恶俗，终于搞得主客双方强忍着心酸欢笑、扣戴着脚镣跳舞，熙来攘往、稀里糊涂、吆五喝六、机关算尽之间，纯洁的心灵和真挚的情感倒是与我微薄的薪水一道几乎荡然无存了。悲哉！

谁说文化没有力量？如果自己不会尊重族群的文化，保持定力从先辈的文化里寻找有益的营养、继承弥足珍贵的生存基因，却一味地崇洋媚外，那么优秀文化和文化糟粕、无孔不入的所谓“强势文化”以及防不胜防的显得更弱的“新鲜文化”都足以影响一个民族乃至整个社会的前途命运。最终，大家都有可能被打磨成工厂流水线上统一制作出来的残次零件，机械地尴尬地麻木地面面相觑。文化包括文学并不是用来炫耀的某些个名词、不仅仅是拿来推理演绎的几个概念和营造的一些意境、绝不是可以作为一般商品进行交换的物件、更不能当作沽名钓誉升官发财的道具。文化其实就是一个人每天重复又变化的生存生活方式，具体表现为一个人的生活习惯、生活态度、价值取向等，它深深根植于人的精髓。读过书的人不能说就有文化，读书越多并不意味着文化越多；没文化也不是指目不识丁、没有近视眼镜，很多艺术门类的高手和道德楷模在民间，但他们就极有可能写不好自己的名字。窃以为，“文化大师”不是指那些自我感觉良好的貌似文雅的张口闭口“文化”的人，那些极端自私、无利不起早、里外两层皮的“文明人”更是一开始就离文化人十万八千里。

“文化大师”首先应该是一个品质确实出类拔萃的令人折服的优秀的人，他们有渊博的飘散着人间烟火味的知识，有广博的悲悯的心胸，有平等的欣赏的是非清晰的价值判断力……作家梁晓声多年前就用“植根于内心的修养，无须提醒的自觉，以约束为前提的自由，为别人着想的善良”作为判断一个人有没有文化、有多大文化的依据，实在是思考深邃、慧眼独具、言辞优美，不妨作为我们区别好人与坏人特别是真文人和假道学的重要参考指标。如能胸怀“以天下为己任的担当”、具备“全心全意为人民服务的不变初心”就更好了。古人讲得好，与真正的文化大师相处，“如坐春风，如沐春雨”。如今，这个“家”那颗“星”满地乱窜满天乱飞，溜须的人毫无原则别有用心，被拍马屁的“家”竟然也暗送秋波会心笑纳，“你好我好大家好”“大家好才是真的好”，除了脸皮厚心肠黑胆子大根基浅令人惊悚惶恐而外，哪里管得了不学无术、欺世盗名、为非作歹、误人子弟、妖惑众生、遗臭万年，赶紧满足自己的私欲和兽性要紧哪。这样一来，便不可避免地把无耻当作“资本”，把践踏党纪国法和规章制度视为“能耐”，男的偷、女的卖、暗里骗、明着抢也就司空见惯了。狐狸或者豺狼见了也会替这些“高级动物”的鲜廉寡耻害臊不已、自叹弗如吧？《增广贤文》曰，“君子爱财，取之有道。”奸猾之辈断章取义，恐怕自以为取名、取权、取人就可以例外。岂不闻“贞妇爱色，纳之以礼”“官清书吏瘦，神灵庙主肥”“德不配位，必有灾殃”。

“闲话”少扯。就在这个时节，有贵人自北而来——到迪庆藏区公干结束的家叔为应邀出席某活动在丽江逗留两天。按照“家”“星”的逻辑，他是应该忙于走亲访友或者闲于休养生息的，甚或前呼后拥、颐指气使、高谈阔论、唯我独尊、指点江山的，但是，学者就是学者，仁人便是仁人，刚满花甲的家叔不仅悄然默然、绝不惊扰旧友故交，还净往艰险难行的荒郊山野跑，一则为了解决“灯下黑”的问题，逐一深入求证家乡附近的山川田园村寨的地名和历史，身体力行“活到老学到老”的古训，不负国家“地名文化影视工程总负责人”的称号；二则专程寻找和确认连他都素未谋面的他的祖母、我的曾祖母的出生地，绝不做人们日渐习以为常的“不肖子孙”。我三生有幸，拖着弱躯滥竽充数一路乘车随行。

照例是从青少年时期至今与家叔相交淡如水、大事小情却不离不弃的张叔叔义务驾驶私家车。

首日进发九子海（汉名，因夏季水潭多得名）、腊日光（汉字记音的纳西语，“拉日埚”，虎迳谷之意）。打小，我就记得这里的村民经常到我们村子用土豆、木炭交换米面、苞谷、秸秆等，大人说他们就住在后边的悬崖之背，因此一直认为是我们金山老乡。此行才弄清楚九子海、腊日光在行政区划上属于古城区束河街道办开文社区，原先归属白沙乡。张叔叔驾车一路北上从玉龙雪山景区往右折进小道。实际上，腊日光直线距离与城区北部近在咫尺，怎奈有一段道路始终未通。我们算是在绕一个大圈子，真期盼这段显而易见的捷径早日变通途。蜿蜒颠簸行进不短的时间，看到“艺术青年”心目中的游玩胜地九子海在冬日里显得异常枯败，沿途植被多有砍伐破坏，小坝子的草原满目疮痍，“海”更是无从谈起。到了数十户人家聚居的村庄，炊烟几缕、鸡鸣一二、狗吠三五而已。因为青壮年多外出打工，好不容易找到几位“留守”妇女，甚是热情好客，对于身边山川的纳西名字有问必答、知无不言言无不尽。家叔耐心倾听记忆，连连道谢，但我觉得其中的一些说法显然已经经过加工、篡改、汉化而充满了“现代气息”。无论如何，这些也算是一家之言，还是要非常感谢她们的倾情赐教。令人意外的是，从九子海通往腊日光的途中，居然有一段厚实宽敞的水泥路，即便放在城区，也堪称阔绰大气。腊日光的居民分散又聚居，基本上是汉族，但有不少纳西族和其他民族嫁进来的媳妇，一位纳西族妇女还坚称她的子女都被要求讲纳西语。家叔始终如一地见到一个人就像遇到一块宝一样赶紧下车请教一些问题，对方也确实热忱，态度是知之为知之、不知为不知。也有村民可能觉得家叔的问题有些不可思议，常常转换话题扯起了当地的生产生活和发展前途、实际困难，亦即“无可否认的进步、无限美好的前景和无能为力的险阻”。家叔凝神关注，表示愿意尽力帮助。我深知家叔说话做事历来一诺千金、有始有终，还屡屡听闻他一下乡往往就空空荡荡而归——见到太多的穷苦人民，先是给钱，然后送手表、钢笔，最后还会脱下大衣外衣皮带相赠。我也知道乡亲们所说的困难基本属实，只是默默期盼诚实而机智的他们千万不要误认为家叔是什么呼风唤雨的父母官，不要拜错了菩萨。家叔真的只是两袖清风的学问巨擘、文坛精英。家叔当然也是党的优秀的高级干部，但是所谓远水难解近渴，祖国的心脏离咱们还是很远的。尽管家叔这一次并没有“暴露”他“显赫”的身份。

虽不能说扫兴，但是，“全球通”的手机铃声还是频频响起，几次打断了家叔的采访活动，如痴似醉聆听他讲述精彩生活、各种冷门知识的我都觉得不胜其扰。最后，家叔决定下山赴约——刚刚参加了全国少数民族电影展、获得第26届中国金鸡百花电影节少数民族电影优秀新片奖、在人民大会堂举行首映式的纳西族题材电影《云上石头城》的大部分主创人员如导演张春和、王磊，演员赵晓明、韩月乔、祝新运、梁春书和刘媛媛、德勒少爷已经会聚在张春和先生家中吃杀猪饭，大家都盼望着与白主席一晤。于是，我们从东南的另一条出路盘旋而下，不一会儿就在团山水库上方与丽宁路交汇。不知这段路是不是在老路的基础上扩修而成，事实上，它已经给山体留下了一道巨大的伤疤，与不远处的“企业行为”一样非常扎眼刺心。依稀听说这个“壮举”是由一位当地出产的“人才”使力促成的，真希望这样的“人才”还是越少越好、没有更好。在半山腰，家叔指着水库上方一片茂密的林地告诉同样年纪轻轻就在外求学的我，那就是曾经显赫一时的白氏的祖坟所在地。联想到后来的被毁、几次被迫搬迁祖坟，心情郁郁难平。沧海桑田，真不过一瞬而已；盛衰兴败，实在于数念之间。

我从来不知道曾祖母的半点事迹，仅仅在她与曾祖父的合墓前学着大人的模样磕过头。真是罪不容赦。家叔说，他也没见过祖母，甚至我的奶奶也没见过她。因为她在二十八岁就离世了。生下两个儿子，一个很小不幸早亡，剩下的一个就是我的爷爷白公讳汝云。时光走进我的曾祖父白公讳文光时期，已经完全是农民、石匠了。不过，老人家依旧多才多艺，非常重视对下一代的文化教育。由于父母早逝，身为老大的他把三个弟弟拉扯成人，却在相当程度上牺牲了自己的幸福，大概是成为大龄青年后才从“远处”找了曾祖母成家立业。据传，我的曾祖母是一位非常漂亮的女性，肌肤白腻，身材高挑，面若桃花，“比城里的美女还美”，也像当时所有的妇女一样特别勤劳能干。令人扼腕叹息的是，一天早上她独自上山捡松毛，下坡时不慎摔倒后被背松毛的绳子紧紧勒住脖子无力呼救。等到亲人们发现她时已经羽化归西多时……近百年过去了，后人们竟无一人到过她的家。姑妈、父亲、家叔掌握的仅有线索是，我的曾祖母为龙山罗霍（今金安镇龙兴村民委员会）人氏。所以，次日一早我们便前往金安镇。

常听人说，学问是走出来的。可是，说这话的人倒往往喜欢悠闲自得地坐在房间里诲人不倦。说到做到方能令人信服，纸上谈兵总是后患无穷。车子还在丽江坝子，家叔就敬请张叔叔不走公路而穿村过寨。凭着幼时的记忆，他历数各个村庄、每座目之所见的山陵、每条河流的名字，用纳西语、白族语、汉语交互解释其中蕴含的意义。一见到有村民，他立即要求停车，反复求证已有知识，或请教稍有困惑的想法，咨询以前不掌握的盲点。这样一来，近两个小时倏然而逝。“英古居”（丽江山）浑厚坚实，直插云霄，俯视家乡的美景，家叔又展现出他对植物学的了然于胸，不停地用纳西语、汉语说出半山腰的各种植被的名称，还连连考我。我自然支支吾吾、张口结舌，恨不得跳下车找一道缝钻进去。实际上，对于我的孤陋寡闻他倒不以为意，可能是觉得当今世上无知的人不仅仅是“贤侄”吧，见惯不怪嘛。可是，再没用的人也会有点收获，愚笨不堪的我还是拾“叔”牙慧，记住了一些知识：龙山的纳西语称呼是“打饶”，“饶”自然是“下”“下来”的意思。那“打”是什么呢？不是霜、不是霾，而是霰。合在一起就是“降霰之地”，盖因该地海拔高、天气寒冷而取之；当地人称金安镇政府所在地的村子为“带读”，殊为费解，实际上是“呆庐”的变音，即“老地方”“旧宅基地”之意，也可解作“狐狸鸣叫之地”。景色优美牛羊成群的“埚古”，必须同时满足三个条件——海拔高、气温低、地势缓……“跟着啥人学啥人，跟着巫婆学跳神。小兔跟着狐狸跑，又偷饺子又偷盆。结果挨了一顿训，从此没脸再见人……”真是近朱者赤、近墨者黑啊。

不大的龙山坝子里有六个纳西族村庄，为了逐一考证它们的名称、来历、演变，张叔叔忙于不停地刹车，家叔不停地下车，我也不停地向采访对象递烟。“收获满满”之时，又是数小时过去。稍显劳累又寒冷的张叔叔提议去金安镇政府讨一杯开水歇一歇脚。许是冥冥中早有安排，稳重健谈又热情似火、年轻有为的副镇长和泸松先生代表已经下乡忙碌的镇党委、政府主要领导盛情相待。他早就熟知家叔的一些事迹，得知此行的重要目的是“寻亲”“寻根”后，立即表示愿意全程带路陪同，尽力组织寻找有用线索，因为刚好他也要去龙兴办公事。

过了龙山坝子，沿着国道可直达华坪、攀枝花等地。不显眼地左拐进入对面的村道，就来到了龙兴村委会，也就是“罗霍”（两山之间的峡谷真的深不可测）。在基本上星星点点散居的山坡上探听一位百年前的女性，实在不是容易的事。好在有一个条件可以排除很多干扰——新中国成立后被划为“富农”的人家。这又是旧时的“门当户对”等因素在作怪，因为我们的家族的成分也不好，我家原本险些被划为“富农”的。在和镇长的帮助下，我们很快锁定了一户人家，但不巧饱经沧桑盛满了历史和故事的男主人去远处放牧了，午后才会回来。这样，家叔又建议先把金沙江上方、公路沿线的所有村庄地名来个“一网打尽”。好事总是多磨，待到太阳偏西折回原地时，老人家讲来讲去，说的是一个男人曾经到我们家乡上门的往事。又说，符合我们的条件的似乎有一家，但还有很长的路，当天怕是难以往返，最主要的是还不能确定就是他家。

无论如何，家叔已经找到了我的曾祖母家的蛛丝马迹，她老人家肯定会最终真正走进我家先人的大门，并接续那段漫长的久违了的割舍不断的血脉亲情。对此，我深信不疑。

一个充满了大情大义的人需要我们仰视；一个对人对事细致入微的学者需要我们崇敬；一个有着山一样高厚的巨大成就而依旧低调谦卑（绝非那种包藏祸心的伪饰和东施效颦的恶心）的人近乎神圣。一个人的理想信念、人生境界、工作作风、处事态度，都能从各种细节中体现出来。任何人想要达到一定修为、做出显著成绩，也必须从小处着手，从细节做起。此行的甘苦和硕果，一定会出现在家叔的皇皇巨著当中，我翘首以待。鲁迅先生深刻指出，“我们从古以来，就有埋头苦干的人，有拼命硬干的人，有为民请命的人，有舍身求法的人……虽是等于为帝王将相作家谱的所谓‘正史’，也往往掩不住他们的光耀，这就是中国的脊梁……这一类的人们，就是现在也何尝少呢？他们有确信，不自欺；他们在前仆后继地战斗，不过一面总在被摧残、被抹杀，消灭于黑暗中，不能为大家所知道罢了。”而孟子亦曰，“居天下之广居，立天下之正位，行天下之大道。得志，与民由之；不得志，独行其道。富贵不能淫，贫贱不能移，威武不能屈，此之谓大丈夫。”我有如此超然卓然、顶天立地、春风化雨、润物无声的家叔，焉能不自豪、不自励、不自奋？高山仰止、景行行止，实愿从各方面绳愆纠谬、升华自身，大者不负国家社会人民，小者兢兢业业、老老实实，有一分热发一分光，有所为又有所不为。但凡有利众生之事，当作匍匐之救。只行好事，不计前程。

从金安镇到城区，驱车不过一箭之地、眨眼工夫，但家叔惜时如金、争分夺秒，决意从贝子、羊见、龙潭一线的大山深处回城。丽攀高速的建设工地忙忙碌碌，道路难行；逢村遇寨他依旧对人恭敬求教。待到了亲朋好友引颈相盼的晚餐地点欢聚，国际旅游都市丽江城早已华灯璀璨、夜幕沉沉。

纸上得来终觉浅，绝知此事要躬行。老骥伏枥，志在千里；烈士暮年，壮心不已！想我每每悔恨于太过于浪漫幼稚遇人不淑，时常徒增痴心嗔念、“自废武功”，分心于工作；戚戚于区区不足挂齿之腿疾，沉湎于感慨世事无常，多有横秋之老气而几至不能自拔、辜负于韶华。更觉自己燕雀不知鲲鹏，蝼蚁自比大象，真是荒唐可笑。榜样的力量是无穷的！爬山吧！人生天地间，白驹过隙而已，庸庸碌碌的生存状态，当一雪再雪。

党佑英才

2017年5月底，《纳西族现当代作家作品选集》丽江首发式和发布会简朴热烈地举行。风尘仆仆一手组织、见证这一重大仪式的叔父曾经私下里向家乡的亲朋好友谈及，因为组织安排，他极有可能在全国政协兼职……我明白党的关怀无比珍贵、组织的决定不容讨价还价，也非常清楚叔父无论在哪一个岗位、投身哪一项事业甚或人在异国他乡的时光，都充满着对党和国家、人民的忠诚、干净、担当、无私奉献，完完全全不会顾及一己私利、个人得失包括身体健康状况。因此，虽说“革命人永远是年轻”，但也略微担忧年已花甲身兼数职的他精力能否扛得住。同时，我也暗暗思忖，“天底下的人多了去了，蝇营狗苟争名夺利之徒更是如狼似虎蠢蠢欲动难以计数。可杰出的能者贤才就一定要多劳吗?”

时光飞逝，转眼来到2018年。1月25日，星期一，腊月初九。一大早，接到来自首都的简短又厚重的信息：“全国政协委员已公布，在民族宗教界。”迅速打开电脑点击浏览，果然在铺天盖地的公布名单（经过各党派各单位各方面充分民主协商，由中共中央提出建议名单，政协第十二届全国委员会常务委员会第二十四次会议认真审议、协商决定）里找到叔父的大名，括号里的“纳西族”三个字显得分外沉甸。是啊，在五十五个少数民族里，纳西族既不是人口众多民族，又不属于人口极少民族，不过屡屡被外界（包括自身）称为“先进民族”“优秀民族”。个中的滋味，在“博闻强识”的我这还真有点“只可意会，不可言传”的奇妙感受。此时，丽江的世态进入“达瓦纳西努”的程序——纳西人在几乎整个腊月里忙碌于过春节的各项准备工作，似乎一年的辛勤付出就为了过个好年，县城这个小小的物资集散地和市场一时人头攒动、波滚浪涌，难以理解的外人连呼“疯了”，同胞之间相顾一笑，也颇以为彼此“疯了”。这显然正在逐步成为历史，我本人也只在童蒙时期肤浅地稍有记忆、在外国人拍摄的老照片中“一睹真颜”。如今，无论城乡，大家嚷嚷着“天天都在过年”，吃好喝好住好玩好身体好后，乡亲们也和其他民族的兄弟姐妹一道多多少少添了些“牢骚”——年味越来越淡了！过年没多大感觉了！我从不觉得年味变淡变浓，因为淡或者不淡，年就在那里；淡还是不淡，都属境由心生。何况又有了“新任务”——及时告知远离政治生活的亲人们叔父的近况和最新发展方向、成果，给他们的年饭“添一道好菜”；恭祝几十年没能回家过节团圆的叔父一家新春大吉，同时期待布谷鸟、百灵鸟、喜鹊频传他们的佳音。

提到人们所“诉苦”的“年味变淡”，其实稍加思索就能发觉这哪里是“年味”变淡了，分明是因为经过改革开放几十年、全国上下齐心协力的艰苦奋斗，人的需求逐步变浓了、变高了、变得丰富多彩了。俗话说，“人心不足蛇吞象”，伴随着国家日新月异的巨大进步，我曾耳闻目睹多少人沉醉于非分的难填的欲壑里扭曲变形直至丢掉性命，见识过不少“吃饱了饭骂娘”的忘恩负义的混账东西，接触过党员干部中堪称“披着羊皮的狼”的极少数心里完全没有人民的渣子败类，领教过否认优良的大环境着意彰显自己的“卓越”“非凡”的夜郎国王，尤其常见的是以“事不关己高高挂起”的姿态尸位素餐，把党和人民的事业当作电影、小说“选择性”观看的形同小市民的“聪明的旁观者”。这些无疑是些令人寒心叫人泄气让人鄙夷的现象。当然，我更多地看到的是通过诚实的遵纪守法的劳动不断改善生活水平、提高人生品位的执着的劳动人民，以及报纸、电视上每天出现的德才兼备、心怀天下、任贤图治、夙兴夜寐、呕心沥血的党和国家领导人的身影。即便是挖空心思冷嘲热讽、蓄意捣乱的敌对分子，也无法否认我们业已取得的举世瞩目的伟大成就！大多数人的欲望的确是无穷的，然而其中合情合理的正当的那一部分却是人类社会发展进步的不竭动力。基于时代发生的实质性变化，党的十九大正确地、敏锐地、及时地一锤定音：“中国特色社会主义进入新时代，我国社会主要矛盾已经转化为人民日益增长的美好生活需要和不平衡不充分的发展之间的矛盾。我国稳定解决了十几亿人的温饱问题，总体上实现小康，不久将全面建成小康社会，人民美好生活需要日益广泛，不仅对物质文化生活提出了更高要求，而且在民主、法治、公平、正义、安全、环境等方面的要求日益增长。同时，我国社会生产力水平总体上显著提高，社会生产能力在很多方面进入世界前列，更加突出的问题是发展不平衡不充分，这已经成为满足人民日益增长的美好生活需要的主要制约因素。”中央党校教授辛鸣解析，“美好生活需要”的内容在当下更加广泛，不仅包括既有的“日益增长的物质文化需要”这些客观“硬需求”，更包括在此基础上衍生出来的获得感、幸福感、安全感，以及尊严、权利、当家做主等更具主观色彩的“软需求”；发展的“不平衡”主要体现为领域不平衡（经济领域的发展一马当先、奇迹频现，政治社会文化领域的发展虽稳步推进，但与经济领域相比尚有一定差距，至于说生态文明建设方面的差距可能更大一些）、区域不平衡（东中西不平衡、城市与农村不平衡、发达地区与欠发达地区不平衡，甚至城市内部、发达地区内部、一些农村内部也存在不平衡现象）、群体不平衡（不同社会群体在共享发展成果方面有差距，建立在良性橄榄型社会结构上的财富公平正义分配格局有待形成）。此外，具体到各个领域内部也存在很大不平衡；发展的“不充分”主要是指整个社会的发展总量尚不丰富、发展程度尚不够高、发展态势尚不够稳固，发展方式有待充分转变、依法治国有待充分推进、精神文明有待充分提升、社会事业有待充分发展、生态环境有待充分改善等等。怎么办？实现更平衡更充分的发展，主攻方向是建设现代化经济体系，着力点是供给侧结构性改革，制度保障是全面深化改革。结果呢？随着我国物质、政治、精神、社会、生态文明的全面提升，社会财富的意义将发生根本性变化，不再是或者说不再主要是一种衡量成功与否的标志，而是成为一种保证人生存与发展的、不太稀缺的“一般公共品”。一句话，明天只会更好！年味也不会变得寡淡，每一个公民的人生滋味只会越来越甘醇浓厚！同志们还需要撸起袖子加油干！

3月3日，正月十六。清晨，惊奇地发现中国人民政治协商会议第十三届全国委员会第一次会议主席团名单对外公布，叔父的姓名再次赫然在列。因是周六，意外之余按时打开电视激动地观看开幕式盛况，无须刻意搜寻就多次清晰地见到依旧和蔼可亲的叔父与各界精英一起端坐主席台，近距离起立鼓掌欢迎总书记进入会场的镜头更是久久难忘。是夜，总觉得有话要说，乃仿“文人雅士”之举，鸲鹆学舌、照猫画虎，打油一首（平起入韵）遥寄叔父：

丽郡有真男，才名世界谈。
品行追日月，党性映江山。
独步凌霄路，浑身济世丹。
乡邻皆仰止，啧啧赞芝兰。

很快得到回复：愧不敢当。“伟男”之“伟”既属仄声，又夸我过之，建议将“伟男”改为“儿郎”（后我自作主张改为“真男”）。另附一首答诗令我不敢造次：

贤侄有赠诗，自愧不敢当。
晚岁风景好，因得沐春光。
恩在祖德懿，更赖后人仰。
众星拱月亮，岂忘金太阳？

不久，又在《文艺报》见到他的大作《满江红·参加十三届政协感怀》。得知我打算在《丽江日报》上将该词推介给家乡的读者后，叔父两次嘱咐将“五十六族共振奋”先改为“五十六族共奋飞”，后定为“五十六族共伟业”，为的是使平仄、韵脚更加工整。其为人的低调、治学之严谨令我叹服。

两会期间，我还屡次通知、动员近亲关注《新闻联播》的两会报道，一起分享盛会的许多精彩镜头，叔父与中共中央政治局常委、全国政协十三届一次会议主席团会议主持人汪洋（新当选的全国政协主席）在少数民族界讨论会上微笑着交流互动的画面相当亲切，似一道山野清风蓦然涤荡了我的俗气浊气。央视网题为《总书记的话是我行动的指南》的报道，简介了这位“出生于云南丽江贫苦农民家庭”的纳西族委员艰难、自强、励志、传奇的成长历程，并着重提到，“参政议政绝对不能混饭吃。第一次当选全国政协委员的他认认真真地准备了提案。‘新时代的政协要有新的议政水平，我们政协委员也要有新作为。’为此，他奔走四方，与各方专家讨论，听取意见，提案修了又修改了又改。在对新时代民族文化工作的建言中，他实地考察了泸沽湖摩梭文化保护情况，提出尝试建立跨自然地理与行政区域的民族文化特区，采取特殊政策对其做统一规划，制定统一标准，进行统一协调，确保民族文化的生存发展、延续完整，以及永续利用，防止其被碎片化、分割化，导致中断、消亡。还提到了进一步加强民族文化法制建设的重要性，要理顺现有法律、法规、条例之间的关系，强化其实施、监督、检查，克服主观性、随意性、临时性、盲动性，所有的内容都要在社会主义法制框架内行动。”《人民政协报》《中国旅游报》等报刊对他的独到见解也做了报道。在人人都讲文化、人人都漠视文化的不良风气里，但愿经过叔父等有识之士杜鹃啼血般的呼吁，文化的尊严得以恢复到应有的地位，因为文化的尊严实质上关乎人的尊严！

3月14日，星期三。中国人民政治协商会议第十三届全国委员会第一次会议胜利闭幕前一天，作为优秀的中共党员、全国文化界和少数民族界的杰出人才，叔父全票当选为全国政协常委，又开始了崭新的人生道路和革命征程。从委员到主席团成员再到常委，我心悦诚服地遥遥祝贺叔父又扬起奋进不息、奉献不止的人生风帆。

“我们都是来自五湖四海，为了一个共同的革命目标，走到一起来了。我们还要和全国大多数人民走这一条路。”走进新时代，实现新作为。在以习近平同志为核心的党中央的坚强领导下，新时代中国特色社会主义各项事业必将披荆斩棘、乘风破浪，无往而不胜。中国人民政治协商会议这一中国人民的爱国统一战线组织，中国共产党领导的多党合作和政治协商的重要机构，中国政治生活中发扬社会主义民主的重要形式也必将遵循“长期共存、互相监督、肝胆相照、荣辱与共”的方针，必将更好地对国家大政方针和群众生活的重要问题进行政治协商，并通过建议和批评发挥积极的参政议政、民主监督的作用。我觉得自豪的是，其中就有叔父代表着我们的民族、地域在充分发挥聪明才智，神圣履职。

这是因为，叔父已经不仅仅属于我们家庭，而是属于民族、地方、党和国家，从学术研究成果贡献的层面讲甚至属于全人类。全心全意为人民服务本来就是中国共产党和每一个党员的不变宗旨，而实现自我价值可能是所有人的美好追求。倘若我能“冒着枪弹”顶着“举贤不避亲”的嫌疑，使天下的志士仁人从叔父的为人处世中得到点滴的精神动力，诚以为幸甚至哉！他是这样一个人：始终保持一种平常心态；朝着认定的方向义无反顾地前进；为了信念夙兴夜寐追求不懈；通达而广济天下，奉献而不图回报；不拘束、不呆板、不僵化、不偏执；光明磊落、无欲无求、堂堂正正；不汲汲于富贵，不戚戚于贫贱……

天道酬勤，厚德载物。朗朗乾坤，风静无尘，四宇清澈。春回大地，万物竞发，党佑英才！

父亲

父亲已经步入古稀之龄，但大家都说他像个小伙子。他走路生风，做事迅速，有时候冬天的中午还用冷水擦洗身子。自从他的鱼塘正式经营运转后，一直住在鱼塘边的铁皮房里。我们请他住在家里，他说要防偷鱼贼；让他多带些被褥，他说本来就热得不行。他喜欢开一辆助力车，风风火火。我们劝他慢点，他说一点问题也没有的。他是很执拗的，说不了就算了，只要他快乐、得意。

父亲是丽江地区中学的老牌初中生。听说，毕业后曾在化肥厂工作过，表现优异，但是，由于家里阶级成分不好的原因只得回家务农，一直到上世纪80年代初。党的十一届三中全会以后，国家高度重视科学技术，农业科学技术推广工作全面铺开，父亲受过教育，年龄也符合，便被聘为农技员，先后在丽江县农业局农技推广中心和金山农技站、七河农技站、龙山农技站工作，任站长。经过努力，他还被评上中级职称，是农艺师，五十八岁时提前退休。闲了几年，他又心血来潮地经营起早先几近荒废的鱼塘。

父亲的口才是出了名的。虽然大多是不着边际的瞎吹，但广大农民都认识他，都乐于听他讲话。他是纳西族，但也能够熟练地用汉族话、白族话在汉族村、白族村推销化肥、农药、种子。据说，很多人原本并不想买他的东西，只因父亲如簧巧舌的鼓动才愉快地接受他的推销。父亲的嗓门挺大，百米以外就能知道他来了。住在公路边的很多农民告诉我，接送我侄子上小学的那段时间，父亲已经成了他们的闹钟：远远地听到父亲一路高嗓门的话音，大家都知道该起床了，或者可以准备生火做晚饭了。

父亲对于子孙的文化教育是非常重视的。我生在一个艰难的岁月，但父亲从小就教我唐诗宋词、东周列国故事等，也不知道那些书是哪里来的，灌输给我“万般皆下品，唯有读书高”的理念。等到我上小学、初中、高中，家里的条件虽然略有好转，但依旧不富裕。可是，父亲咬紧牙关，从来都是按时给我生活费、学费、书费，尽管有时候还不得已借贷。就这样，在父亲钢铁般的意志的支持下，我省吃俭用，居然也大学毕业了。对我的弟弟、妹妹和侄子、侄女、女儿，父亲也是毫无两样的教育态度。父亲很爱看书，家里不容许有浪费书本和纸张的行为。直到今天，我所订阅和编辑的报刊，父亲总要拿一些回去慢慢读。不过，他也爱买爱看一些街头地摊上的“揭秘”“传奇”“内幕”之类的所谓书刊。我曾经劝说这些读物的危害，但他依然痴心不改。

父亲是乐观主义者，口头禅是“好人自有好报”，成天乐呵呵的，似乎没有什么让他忧虑的事情。其实，他的内心深处是很多不堪回首的经历和往事，是那个“以阶级斗争为纲”的特殊年代留给他的阴影。当然，这是全国性的问题，并非只有他一人经历过。不过，父亲的乐观倒不是装出来的，而是天性的一部分。

能够亲力亲为的事，父亲从不会让人代劳，洗衣服、做饭、扫地等家务活和一些农活样样都干。他还喜欢写作，有每年在《丽江日报》上至少发表一篇文章的自定任务。但自从我在报社工作后，似乎是为了避嫌，他再也没有寄过一篇稿件。父亲不抽烟、不喝酒，说抽烟是烧钱买病，喝酒是买水养病。随着年事越来越高，我鼓动他带上妈妈去外面的世界多走走、多看看，但他坚持认为要去看的地方电视里都有，要知道的事收音机里也有，何况把家里的床铺闲着而掏钱去睡人家的床，本身就是极其愚蠢的行为。我无言以对。好在他迷上了钓鱼，多少算是有点爱好了。

因为执拗与迷信书本和“专家”的话，父亲还留下了很多趣事。比如，有一年，父亲参照《农技推广》上的文章，在我家的稻田里严格栽秧、施肥、灌溉、除草。结果，水稻倒是越长越高，但不会结穗，最终收获了一堆稻草。后来，我看了那篇文章，人家说的是湖南那边的经验。比如，在1996年丽江“2·3”大地震后的第二天，他片面地从收音机里听到主震之后无大余震的说法，立即爬上屋顶整理被震歪的瓦片。村民们看到“白科技员”若无其事地爬在房顶便纷纷效仿，不料马上来了一次较大的余震，害得不少人屁滚尿流地从房顶摔下，至今不敢上房。又比如，我早就劝他开摩托要慢点但不管用。一天，他去接放学的侄子到我的住处，由于车速太快，他风驰电掣，走了很远才发现把孙子颠进了沟里。也因为骑摩托过快，一天早上他与一群骑自行车打工的妇女剐蹭，受伤的是他。等我接到电话赶到医院，他连脸上的血都没有擦一擦就在忙着开单子就诊，最后，他被迫住了几天院，成了大受欢迎的人。他谈天说地，似乎不是病人。我问他那些妇女会赔偿一点药费吗？他说当时就告诉她们快点走得了。他说她们也挺不容易的。后来，他发现病室是19号，便嚷着要赶紧出院，说住在这里太不吉利。

我的苦难的又似老顽童的父亲就是这么活蹦乱跳的一个人。有时候想想，他的生活方式也有道理，那健朗的身体、蓬勃的朝气就是明证。

怡然自得的姑父

前些日子，我在秋风秋雨中不经意虚荣了一把：先是父亲对我去年底问世的稚嫩的“作品集”极尽溢美之词连连赞赏，说已经准备看它第三遍了。许多亲友见后也都夸我了，还催促我多写快写，赶快制造出第二本来。紧接着，姑爹可能是在父亲历来显得夸张的渲染下受到感染或刺激，“慕名”屈尊来到陋宅索要该书，恐怕是为了仔细阅读后提出独到的看法，以免人云亦云。我一直认为“作品集”存在着明显的弱点和缺点，以至于不敢轻易示人。但是，知道居然有人喜欢看，而且是我的至亲，因此觉得还有点意义和价值的。无意取悦而能让始终直接间接关爱我的亲人们高兴，自己也感到很愉快。这近似于我不过简单、随便、匆忙地做了顿饭，得到的却是客人的满堂喝彩，因此竟然真的相信起自己的厨艺确实还行。

“因过竹院逢僧话，偷得浮生半日闲。”我与姑爹趁着久别重逢的机缘，稍稍抛开辈分的束缚，“取诸怀抱，悟言一室之内”，其乐也融融。

如果生活中的一切都能够正常地演绎下来，那么，我的爷爷奶奶是有八个子女的。这也意味着，我的姑爹就不是现在这样别无选择地仅此一位，而是会有四位。从中，我依稀看到了历史的某一片暗淡天空，深切感知今天生活的光明和幸福。每次扫墓面对那一堆堆小冢跪拜，一次更比一次令我唏嘘：那是怎样一个困苦、饥饿、落后、纷乱的时期？连爷爷奶奶都无力让亲生骨肉吃饱穿暖、生病得到及时有效的医治，甚至只求他们能够像野草灌木一般成活都难遂愿？那是怎样顽强的爷爷奶奶，在接连痛失骨肉和风起云涌昏天黑地中依旧不屈不挠地直面惨淡的人生，收藏起沉重的实际困难和精神枷锁相互搀扶着前行，乃至设身处地地为凌虐伤害他们的人着想，以德报怨，始终放射着巨大的人性光辉，随后爷爷也过早地撒手人寰，只有奶奶一人艰难地独自用爱和祈祷养育剩下三个子女成人，使他们完全无害于社会抑或大有作为？

但是，历史一旦改写，姑爹姑妈、伯伯叔叔多了，我本人却极有可能不会来到这个世界了。是夭亡的几位前辈用生命的代价换来了我的降临吗？我时常莫名地这样想，深感自己罪孽深重。

事实无法变更，时光不会倒转，唯有面对现实。我的姑爹姓王，中等偏矮的身材、喜欢半睁半眯着双眼、神情坚定又超然物外……几十年来，最让我钦佩的是他那不疾不徐、慢条斯理的脾性，金沙江畔炽热灼人的气流和虎跳峡里的惊涛骇浪似乎对他的情绪影响不大。好几次我坐在姑爹对面，迷迷糊糊中仿佛遇到了大德高僧或学问巨擘，又疑似急惊风撞着慢郎中，稍感不适。这种性格与姑妈那雷厉风行、敢爱敢恨、说一不二的作风本来水火不容，但竟然也奇妙地彼此消长、互为补充，二人磕磕绊绊若即若离又难舍难分地走到了今天。人真是很奇怪的动物！夫妻之间当一方在呱啦呱啦地慷慨陈词时，发现有一个静穆的听众居然无动于衷，除了感叹驴唇不对马嘴、知音难求之余，可能也迅速产生了一股极大的飘飘然的满足感。时至今日，不见姑爹，姑妈就东寻西觅；见到姑爹，几句话后又明显表达不满不屑之情。而姑爹呢？任凭风吹雨打，我自岿然不动，展示出“泰山崩于前而不瞬，卒然临之而不惊”的大将风范。

姑爹姑妈是怎么走到一起并一直到今天还像欢喜冤家？我旁敲侧击地打探了一番，为的是通过一段普通人的故事了解某段历史的基本面貌，并没有什么猎奇、揭秘之类的其他意思。

姑爹的身世大体如此：玉龙县大具乡营盘村人氏，今年七十四岁。姑爹家在营盘繁衍生息到他这里仅是第五代。姑爹的高祖父原为古城区大东乡人，不知如何意外发迹后看中了营盘的水土气候、人文环境，于是在此购田置地、建房筑屋、生儿育女。曾祖父的下一代和再下一代都是女孩，所以姑爹的祖父、父亲都入赘。姑爹的父亲几年前以高寿溘然辞世，原籍为大理州鹤庆县城南门一带的郭氏，民国时期因躲避兵役辗转迪庆州香格里拉后跨江来到对岸的大具。盛衰隆替、周而复始，万物皆然，如今，姑爹和儿子、孙子已是接连三代独儿子。

从我们老家到下虎跳峡旁的大具营盘在当年确实算山重水复、长路漫漫。即便到了我上初中、高中时期，寒暑两假沿着玉龙雪山脚下的公路艰难抵达营盘时，因为一路上弯道太多、路面太差、车子太简陋，每一次都面如土色、头晕目眩、胆汁都吐了出来，所以每每发毒誓再也不来了。姑爹姑妈这两个天南地北的青年男女是如何见面、认识、结婚的？怎么会“千里姻缘一线牵”呢？原来，从我们家到大具还有一条静静掩藏在群岭万壑之间的山道，即一直往北到大东后又翻山越岭一路崎岖坎坷向北的山道。我的奶奶是大东旧时望族张家的千金，她的好几个侄女已经通过这条物资通道、恋爱通道、婚姻通道成了大具人家的女主人。有一年，我的两位表叔从大具到七河近亲家做客路过我家。此行，热心的他们热忱地邀请姨妈到大具体会一番风土人情、过一段悠闲的好日子，实则为了完成一桩“阴谋”。有意无意地要聪明在我奶奶面前都无异于布鼓雷门、班门弄斧。奶奶不动声色，委婉地表达了谢意，同时也顺水推舟地把我的姑妈交给他们去那片美丽富饶的土地开开眼界。而此时，我的姑爹（两位表叔的好朋友）暂时抛开白天纷乱无序令人头疼的阶级斗争，“悠哉悠哉，辗转反侧”，在“寤寐思服”中极力想象即将见面的女朋友。而我的姑妈最终碍于母命难违，忍痛离开了多少存在少男少女感情纠葛的故土，五味杂陈地来到被亲人们描绘成人间天堂的大具与男方见面。及至她发现似乎哪里不对劲时，身躯已经被高山阻拦，心灵也慢慢被姑爹和亲戚的甜蜜言语融化。一段时间后，营盘多了一位来自远方的女人，老家也走远了一位勤劳能干的漂亮女青年、一位母亲的唯一女儿和两个弟弟的好姐姐。我估计，这就是姑妈大半辈子时常显得郁郁寡欢地感叹人生、抗争命运的根本原因！

姑爹是独儿子。直到今天，在不少农村家庭，这样的身份依旧和养尊处优、娇生惯养等联系在一起。我多次见过姑爹的父亲，老人家看来信仰“沉默是金”的人生准则，而且相当会生存和保养。每天早上牵着马连放牧带溜达一圈后，一眨眼的工夫，那矮小的身躯便消失得无影无踪，天将擦黑又悄然出现在饭桌前，据说主要是去找玩伴“斗十四”了。姑爹可以说深得父亲的真传，除从不参与大小赌博外，也极其珍惜自己的体力，见到脏活累活似乎喜欢绕着走，并且拿出一套理论作为安慰自己和应对别人的借口。当然，姑爹的身体与我们相较确实羸弱单薄，这倒是装不出来的。他的“聪明才智”在平时就经常被姑妈一针见血地指出，农忙时节更有抱怨的意思。姑爹的“机智灵巧”甚至引起过我的不满：一个暑假里，我也作为劳动力与姑妈、表哥、两个表妹在离他家近一公里的稻田里顶着炎炎烈日拔稗子。且看姑爹的办事节奏和效率——早饭过后就在家里又是找绳子又是牵牛，还把胶轮车抬到门口打气，说是为了不让我们受累，安装好牛车后由他来负责运输肥料。但是，等到我们完全清理了一块田，姑爹的牛车却还没有安装好，失望和泄气代替了我对他的尊敬。不过，姑爹很快用善解人意的诚恳语词抚平了我心中的怨愤。大具的夏天实在太热，白天，我常跑到那条满是鹅卵石的河里躺着；晚上，只能在凉席上浇一盆冷水再睡。就在这样的日子里，姑爹家买的柴火运到了门口。连续几天，姑爹经过柴堆却目中无物、若无其事，或端坐着“学习”，或安详地睡午觉，而我这个远方的客人则抡起大锤砸着短铁钎，挥汗如雨地劈一大堆圆木。

姑爹告诉我，年轻时候他还是很有血性的。为了实现“男子汉来到世上一定要到过昆明”的雄心壮志，读了一年农中后他毅然主动退学步行来到丽江城，满怀理想地报名参加工作。随后，货车拉着他经过昆明，算是实现了人生的第一大目标，还抵达玉溪元江做了一名林区修路工人。后来，他又被分配到大理云龙的一个林场做后勤、出纳。几年下来，也是小有成就。孰料“文革”突然席卷全国，百业瞬间凋敝，他们也被遣散还乡。如前所述，在两位好朋友挖空心思的牵线搭桥下，他认识了我的姑妈，订婚、结婚、养儿育女。

姑爹的兴趣爱好是痴迷于论阴阳、卜吉凶、占八字等《周易》的初级之学，也能和丽江著名的“易学”研究者和文戬先生作长时间的心得交流；徘徊于拉二胡、吹笛子、弹琵琶等音乐殿堂的门口，却也因此到过山西太原演出纳西古乐；停滞在下中国象棋的入门阶段，竟也可以偶然赢几下小有名气的棋手。从小到大，他最大的爱好还是特别用心地阅读各种报刊、书籍，努力搜寻让他眼前一亮的知识，“四大名著”可以脱口说个大概……毕竟是农民，成天不干农活装什么文艺青年、知识分子、文化大家？因此，姑妈经常责怪姑爹的“不务正业”，指明身为农民的“正确出路”……结果，装睡的人叫不醒，姑爹总以装聋作哑应付。

从十几年前开始，因为表哥、小表妹都在城里工作、安家，姑爹姑妈也随着来到城里生活，大具的老院子已是大门紧锁。他们先是帮忙照看孙辈、专心后勤服务，如今没什么忙要帮，所以几无拘束、自得其乐，各在一处安享晚年。姑爹还有一份收入很低但也不苦不累的完全适合他的工作。闲暇时光，他总是揣着一张老年卡坐车出门，然后步行走遍了丽江新城古城的每一个旮旯，只为增广见识。可以说，他依然保持着旺盛的求知欲，同时也几乎成了一份丽江活地图。

用他的话说，现在的他已经远远超过了父辈的生活追求和所抵达的人生高度。看来，他还是很有获得感的，幸福指数不低。

这个世界上，能够做出一番丰功伟绩的人毕竟不多，而数不胜数的芸芸凡夫，他们可能没有远大的理想和抱负，没有崇高的境界和追求，也难免有这样那样的毛病、陋习，但也确实值得我们尊敬。因为他们往往没有非分之想，能够真正做到无损于社会、无害于他人，他们遵纪守法、勤俭持家、相夫教子、敬畏神明、安贫乐道，自苦自吃、自尊自重、自强不息、洁身自好、自得其乐，坚守着自己的人生信仰和做人底线。他们就是亿万个儿女背后那默默无闻的纯朴善良的生身父母！而一些“高级”“优秀”的“人才”包括他们的一些子女竟以为“老百姓”愚蠢、没情调、无能耐、不会来事，从而肆意践踏、欺骗、愚弄、鄙夷他们，上演了一出出貌似合理实则引人作呕、令人发指的人间丑剧，深度污染、扭曲了他们的灵魂和心田。这种言行造成的恶劣后果不容忽视，从大处讲完全背离了党的宗旨，往小节说一个不会尊重别人、帮助有难者、同情弱小者的人，究竟“尊贵”在何处？“杰出”在哪里？“卓越”在什么地方呢？说穿了，不过是几具隐藏在阴暗肮脏的角落里痴迷于意淫和自慰的自私冷漠的寝陋枯骨罢了。

谢谢一直与世无争、怡然自得的姑爹能够喜欢我的“作品”！我期待着他的宝贵意见。祝愿姑爹姑妈在白首偕老中继续修炼，终于达到平心静气、互为依存、长寿安康的至善境界！

四　叔

两年前的初夏，我家祖坟添了一堆新冢。那是我的四叔的阴宅。

亲族中血脉最近的两家里，我的父辈男子有四人（嫁出去的姑妈倒有五个之多），四叔最小，是近房叔叔。大概是他出生于新历的年初，而旧历还在岁末，关于他的真实年龄就有相差一岁的两种说法。为他出殡的当天，主持人快刀斩乱麻地平息了家属的争议，宣布以居民身份证上的出生年月日为准。这就是四叔享年四十五岁的依据。所谓盖棺定论，原本也包括亡者年龄。主持人说得并没有错，四叔的母亲、哥哥、姐姐的记性也不至于太坏，自己究竟在人世生存了多少天只好由四叔去跟阎王爷算清楚了。何况，现在的人似乎都急于去干几件惊天动地的大事，都希望匆匆念完悼词、送灵、吃饭，紧接着大肆娱乐，四叔的寿岁也就成了不值一提的鸡毛蒜皮的琐事。亲戚或余悲，他人亦已歌，丧事里还有喜丧呢。

四叔的坟茔由几十块空心砖草草砌成，还没来得及立一方刻上尊姓大名的墓碑。左边是他生前无言的老伙伴——一张我记忆里陈旧磨损的藤椅。藤条早已像他一样被火化，带着一缕青烟钻进四叔的阴宅，剩下空落落的铁架子被风雨侵蚀后锈迹斑斑地表达着对主人的不离不弃。墓地里遮天蔽日的松林，风起时松涛阵阵，如诉如泣；山鸟啼鸣，又似乎在禀报四叔九泉之下一切安好的佳音。这是今年清明节扫墓时我见到的情景，与下葬时相比，周围不过少了那些花花绿绿的花圈和酒瓶。四叔的栖居地在祖坟的位置不上不下，孤零零的，显得清冷寂寞。

四叔走路一瘸一拐，仿佛“植物大战僵尸”里竭力前行的路障僵尸，只是病发时比那僵尸多了一根拐杖。他还会大小便失禁，如影随形着一股不好闻的气味。曾经有福尔摩斯的高徒告诉我，那是因为他小时候太调皮捣蛋，去村子里的瓦窑瞎闹时不小心一屁股坐上了火堆或烧烫的石头伤到了筋腱、神经而落下的残疾。真相是，他一生下来就患上了小儿麻痹症，但一直得不到有效治疗，日积月累就成了真正的残疾人。村子里学会走路没多久的小孩，很喜欢在四叔身后模仿他飘忽不定的行进姿态。四叔很生气，说现在的人没有教养，也不可能有好的报应。这倒是真的，小孩懵懂无过，但大人应该及时正确引导，邯郸学步也要因人因事而异。因为身上的特殊气味，除了亲人，大家都有点要离他十万八千里的意思。于是，四叔尽量不露痕迹地、知趣地移动身躯，与人群保持适当距离，努力做到不卑不亢、和平共处。

为了生活，人们四处奔波。劳动力都很忙，四叔就当起了他家的“后勤部长”。烧水做饭、打扫卫生、喂猪食、养牛马等样样拿手。据说他家的牛、马、猪、狗、鸡能懂得他传递的基本信息。但是，这些简单的事务在四叔的眼里显然不算什么，他还学起了草编、竹编，制作和修理农具、工具。因为材料上好、质量上乘、工艺精湛、童叟无欺，他用像重度酒精中毒而引发剧烈抖动的双手生产出来的“纯手工产品”深受村子里及附近地方的村民欢迎，不时有订单。这也羞煞了许多自诩资质过人、心灵手巧的妇女。尽管这样，人家定做产品，还得看四叔高兴不高兴、有没有时间。记得四叔还养过一群黄牛，有公有母，有大有小。牛群拥挤地晃动尾巴、脖子上的铃铛丁零当啷地招摇过村时，多少人在暗暗地帮他计算财富。其实，他早就靠有限的信息分析过养牛的美好前景，心里早有了一笔账。听说市场上的羊肉越来越贵，他还打算养一群山羊，可惜我连羊膻味都没闻到他就离开了人世。四叔还识得好几种草药，常常挖来自用或卖钱。他也善于捡松茸、钓鱼、养用来诱鹰的鸽子，管理着家里的果园、鱼塘。他的“枪法”一流，用弹弓打鸟弹无虚发，还擅长制造铁丝扣隐藏在屋后山路边的灌木丛旁给雉鸡、野兔下套，屡有斩获。不过，他也曾经捕猎了比他更早更勤快地上山的村民，所幸均无大碍，“猎物”朝着天空大骂几句脏话，一笑了之。随着年纪的增长，四叔的灵活度、协调性越来越差，跑了一些医院，都说错过治疗小儿麻痹症的时间已经太久。也就是说，今生就这样了，认命吧。四叔对于疾病无力回天，但从不愁眉苦脸、消沉颓丧。村子里唯一的小卖部被他家盘下后，他又当起了店小二，认真学习起辨认钱币的面额，用拙劣的特殊的算术为村民服务，尽职尽责。目不识丁的他还在这里因为耳濡目染很快学会了打麻将，为的是在“三缺一”的“关键时刻”顶上，以使众消费者或闲散人员皆大欢喜，直到病重再也参加不了这项据说很高雅的活动为止。我想，四叔可能考虑过男女的事，但终于孤独一生。这是意料中的事情，哪个女人会嫁给他？反过来，四叔也不会干误人害人的事情，说破天可能也只是空想而已。这应该是被允许的。

老天给一个人关上一扇门的同时，一定会为他打开一扇窗。四叔有一种几乎过目不忘、过耳难忘的功能。我们村子里在外工作、学习的人多，只要有人回家，喜欢凑热闹的他不知不觉中接收了许多有用无用的信息，并稍做加工后，变成了他亲闻亲见的事件。他绘声绘色地、欲言又止地拿出来讲给比他更闭塞的健全人听，大量的新鲜语汇把可怜的听众搞得云里雾里。有些唯恐天下不乱的好事者也使尽手段向四叔打探村子里的“新闻”“秘闻”，但四叔三缄其口，往往无可奉告，很好地保护着人家的隐私，以证明他不是当奸细、叛徒的材料。四叔还简直是一本皇历，今天是某年某月农历初几、哪天哪里的哪一家办红白事、谁什么时候在什么地方干过什么事、说了什么话（往往是坏事和于他不利的话）等，尽可翻阅他的大脑。除掌握了纳西族的不少俗语、谚语、歇后语等，四叔还能讲汉语。他的小侄子娶了个川妹子，小两口常回来探亲。一家人都抱怨川妹子说话太快听不懂，只有四叔能够靠平时接触各色人等以及看电影电视掌握的汉语应对如流。我以为这也是不容易的，村子里完全不用、不懂汉语的男女至今依然存在。慢慢地，人们得出一个公认的看法：如果四叔不残疾，那么……

村里人还有个共识：我与四叔形同哥们儿，两人都没大没小。这是真的。当着四叔的妈妈、我的小奶奶的面，我也敢直呼四叔的大名，四叔也会偶尔与我以弟兄相称，因为本来我们年纪相仿。虽然是亲戚、邻居，但是，用时髦的话说，我俩从小并没有什么交集，我读我的书，他却从未进过课堂。追忆孩童时光，我俩似乎还干过一架，但愿是我记错了。我们的友情升华于我高中毕业那一年。因为高考前两个多月突然身染急性疾病又被医生错用了过敏药，我平生第一次住院就几乎丢了小命，病危通知书像边关告急文书、鸡毛信一样连连交到父亲手里。虽然奇迹般苏醒过来后勉强应考而名落孙山。眼见十几年的寒窗苦读已付诸东流，一时间，我像一位忧郁又旷达的游侠无所适从地“体察民间”，并且准备好了当一辈子农民。就在这段时期，四叔成了我的“尾巴”或者“高参”，两个苦命的沦落人感叹时运不济，惺惺相惜，形影不离。我们游荡在有限的空间里，精神却飘飞于无际的宇宙。我陪他干活，给他讲故事，带他到最近的场所看电影，要他躺在水库坝上听着钢琴曲数星星，给他弹“发出鬼一样声音”的吉他，让他认识和欣赏足球、篮球技艺……他给我当“采购员”“运输队长”“保镖”，还用他本已困难重重的脚步在黑灯瞎火里送我回家，也曾狡黠地出谋划策让我在不知不觉间为他做事……每天天一亮，我像虔诚的教徒赶着朝拜似的飞奔到他那里，奶奶和父母亲都认为我已经着魔了，而他家好像也认可了我这个“家庭成员”。

一条社会考生（没有在学校补习的人）也可以参加高考的信息在两年后最终改变了我的人生轨迹。尽管离期望中的象牙塔相距甚远，但毕竟也是本科。病急了难免乱投医、饿疯了连吃人的心思都有，穷途末路的我哪里还有挑剔的余地和时间？我虽心有不甘，终于又与四叔分道扬镳了。但是，每逢寒暑两假，我还是经常与四叔在一起。这已经成了习惯。毕业回乡参加工作后，四叔偶尔也会进城找我，尤其是前几年，我居住的小区旁的市场每年搞几次物资交流会和棒棒会，我总能看到一个熟悉的矮小身影迈着摇摇欲坠的脚步微笑着向我走来。坐在饭店或我家里，他或者沉静地喝喝茶，或者羞赧地问能不能帮他写个申请、填张表格，内容都是争取国家对残疾人的政策照顾。这有什么不能的？我责备他的客气。这种时候，我才发现，四叔的大名竟然被很多办证机构写成了他的乳名或写错了字，搞得证件之间彼此打架，而他竟然浑然不知！

得知他患了并发症病重、并在短暂住院医治无望后回家，出差归来的我正打算快点去陪伴他。不料，噩耗来得更迅速，四叔走了。听说最后几天，性格刚烈的他居然放了一把尖锐的刀子在身旁，因为他实在不堪病痛的折磨，也不想再连累夜以继日地照顾他的亲人。他要自行了断，坦坦然然地、了无牵挂地走向天国。副作用是，这样一来，极有可能从此给世人留下一个颇有争议的麻烦话题。

四叔走后，我极度惆怅，能为他做的也就是手握颤抖的笔写悼词、挽联，而他似乎正在凝视着我指出字词的错误，说他根本不值得夸赞半点。记得四叔最后找我的心愿是尽快换一本丽江县区县分设后新的残疾证，还想加入市残联。我努力过，也有了些眉目，但没等到结果他已西归。告别四叔的当天是个阴雨绵绵的日子，古城区社会福利院及一直关心他的各界热心人士都前来送行，带来了党和政府的温暖以及人间真情。

四叔来自泥土，复归于泥土，像一颗绝大多数人没能注意到的流星，发过热、闪过光，却也走得太过匆忙、太过凄凉。只是，与剧烈的病痛相较，诀别人生对他而言又何尝不是解脱？他生前寄居人世的房间和亡后化灰长眠的阴宅相距仅几百米，那或许是因为皇天后土都知道他腿脚不便，难以跋涉生死两茫茫的崎岖险路吧。人间的精彩并不都属于杰出的、健全的人物，四叔是那么细微、那么可怜，但从没给旁人增添不必要的麻烦，没给社会增加过任何不合理的负担。相反，他还创造了一些物质的、精神的财富。无论存亡，他都是极有尊严的，其实也极为干净，一直与虚荣、奸猾、伪善、贪婪、凶残、懒惰等无缘……又到清明，我稀里糊涂地还想约四叔一起去扫墓，却发现我俩阴阳相隔久矣，只能在他的墓旁小坐瞎想并祈愿：待到重整坟茔时，四叔的墓碑上一定要刻上他正确的大名——白庚宏。

人生转折中的弟弟

我向来不喜欢追风逐浪，对于“高科技”“新发明”同样既不排斥也不迷信，认为一切事物都具备“双刃剑”的性质，也都不过是供人使用的工具，倒是喜欢关注人们如何对待、应用这些“尖端产品”“最新科技”“伟大发明”。较小范围里的观察结果觉得不太乐观。比如，应用者往往只用这些产品替代一些简单的完全可以身体力行的功能，同时却遗弃了不少人性的美好；而推广者的用意虽然讲得天花乱坠或者犹抱琵琶半遮面，其实目的昭然若揭——唯利是图。消费者是“上帝”？他们就是“上帝”的爹娘。也许纯属坐井观天全无见识吧。显而易见地推动了生产力发展和社会文明进步的那些劳动工具另说。

在我极其有限的微信朋友圈里，有一个名叫“山村情”的群聊，里面的成员都是同辈亲戚，有我的弟弟、弟妹、妹妹、妹夫，表哥、表姐、表弟、表妹。还有七八个上初中、高中、大学的侄子侄女不顾繁重的学业，按捺不住激情在群里“活蹦乱跳”。按说，这是一个非常普通的社交圈，却因为群的名字是中国作家协会副主席白庚胜先生所赐，因而变得弥足珍贵。事情的起因大概如此：前年，北京外国语大学毕业、曾先后在澳大利亚和英国留学读取硕士后在京工作的妹妹回丽江举办极其简单的结婚典礼。说是结婚，其实最主要的目的是不忘根本，并集中拜访认识从事各行各业、身处不同地点的近亲。趁着这个短暂的机缘，平日里难得相聚的亲人们兴高采烈地济济一堂。其间，有“时髦”的“弄潮儿”提议以加强平日沟通、增进骨肉之情为宗旨建立一个群，凡是会玩微信的人都得参加。一呼百应后，大家挖空心思、绞尽脑汁纷纷各抒己见发表高论给这个群取名，但乱哄哄地难以达成共识。众人的眼光不约而同地转向了白庚胜先生。白庚胜先生历来没有半点官架子和文架子，横溢的才华和质朴的本性完美地融为一体，只要能帮得上的合理要求，地不分南北东西、人无论亲疏远近、事哪管巨细难易，始终有求必应。只见他稍作思索，在众人意见的基础上定下了“山村情”三字。解释的大意曰：我们都是大山的子民，绵延不绝的群山养育了大家，要时时记住这一点；仁者爱山，要永远学习大山包容、厚实、坚定、高远、巍峨卓立的品质；不要小觑大山和山村，我们党就是通过“游击战”“农村包围城市”的伟大战略战术最终打垮一切敌人和克服所有困难取得国家政权的……

群名一锤定音。随后的数月里，“山村情”显得很热闹，但慢慢复归于平静，似乎依然跳不出人们只有烧三把火的激情的陈腐窠臼。其原因可能又是大家都很忙，连我也会偶尔淡忘还有一个“山村情”。直到有一天弟弟在群里给我发话：“我已顺利抵达武汉。”什么？我愣了一下才反应过来，已经身为某民营公司工会主席的弟弟当天下午确实已经乘飞机离开丽江。此前我还要为他饯行，但他说已经有大批的朋友安排好了，很有点不忍目睹我那微薄的月薪又要见少的同情。

我的老家在丽江东坝子，离城不远，景色宜人，一直以来既不属于贫困村，也没有丽江古城和城中村租房卖屋的“先天优势”。恰恰因为如此，“十里不同天”，人民生活稳定、平淡、宁静、知足，宅心仁厚、长幼有序、邻里和睦、怡然自得，还如绝大多数纳西族村庄一样，历来以耕读传家为立世根本，好学之风很盛。参加工作的人但求尽力燃烧自己多做奉献，并无意汲汲于名利；寒窗苦读后终究名落孙山的学子也能够无怨无悔在家辛勤劳作，言行举止颇有文士之风，属于人们所说的“刚放下锄头又可以拿起毛笔、乐器”的群体。在我从小至今的记忆里，人们普遍缺乏做生意的兴趣和发大财的美梦，也不像邻近的白族人民一样全家老小齐出动打工赚钱。大家似乎并不以物质的相对匮乏为不幸，而是以无知无识和违背人性人伦为耻，违法犯罪就更是未闻久矣。换言之，大家普遍尊崇的不是暴发户、不是鼻子里讲话的大小官员，而是腹有诗书的知识分子、掏心掏肺的诚心交往、天下无事的恬静生活。村民们可勤快了，什么活都拿得起、干得漂亮；他们勤快，做事又都是适可而止、点到为止。半闲半做、劳逸结合、不卑不亢、不紧不慢之间，村民还喜欢谈论宇宙的浩渺无穷、天下的风云际会、人类的未卜前途……曾经有不少口出狂言、居高临下的“高官”“达人”“富翁”来村里做客或者游玩，竟然被深明大义的“无知愚民”“教训”得哑口无言，灰溜溜做丧家犬状悻悻离去。所谓“一方水土养一方人”，故乡的水土和人约莫如此。按照马斯洛的需求层次理论，我以为村民们颇有点达到了“被人尊重”“自我实现”的高级需求的意味。当然，因为生产生活方式有典型的小农社会特征，万千年来人类共同的劣根性尤其是小农意识也是普遍有遗留的。不过，我们国人办事似乎总是喜欢绕一大圈圈子又折回来，有时候我想，绕来绕去，世人孜孜以求的圆满人生、幸福生活其实不过如此吧——物质文明日益发达、人与自然和谐相处、人与人之间诚信友善、个人心灵宁静安详。老家的人民能够这样确实当属不易，须知他们仅仅是“草民”啊。“人民对美好生活的向往，就是我们奋斗的目标!”这是中国共产党人至善至美的崇高追求。各级党员干部首先要做到的，就是精准了解掌握“人民的向往”有些什么具体内容，以免无的放矢、画虎类犬、越俎代庖。

弟弟就是在这样的环境下生活了几十年。听说，中考的时候，他错过了两门学科的考试，成绩倒逼近高中录取分数线。父亲要求他复读，可他坚决不干。为什么错过考试呢?还是听说，是做好人好事而耽误了进入考场的时间，仿佛是去帮同学修理自行车了。具体情况不得而知。为什么不复读呢?因为他是个“有想法”的人。虽说不屑于考取功名，他对于人生也有自己独到的规划和自信，年少轻狂时还是家乡的“名人”。但是，很多时候，弟弟“这山望着那山高”的秉性也日渐显露出来，因此做过的事情可谓五花八门，经历也丰富多彩。我隐隐约约地从别人的嘴里得知，弟弟是十几年前为数不多的每天都可以从游戏室机器里赚钱的人，方圆几公里内熟悉他的人不敢和他玩“带彩”的棋牌，因为他有着极强的记忆力。不过，这些都是一去不复返的“江湖传说”，我并未亲见，不足以信。但简洁地说，弟弟的确算得上“有胆有识”。从小，他就有一个“弥勒佛”的绰号，属于那种“不笑不说话”的人，上至走路一步三摇的耄耋老人，下到蹒跚学步的黄口小儿，他都可以迅速打成一片，惹人开心一番。有时家里来了大城市的人或者外国人，他也可以陪着聊一聊。遇有年轻力壮牛气冲天不知规矩者有胆敢“冒犯”，他就“恩威并施”地“教育”一番。

我们三兄妹中，我还在读高中、弟弟还在上初中，父亲就把妹妹的户口随他转为“非农”。想来，父亲是觉得我们两兄弟不用他帮忙也会成为“非农”的。我最后历经波折果然不负父望，但弟弟却意外“落马”成为“农业”。世事难测，父亲恐怕会觉得这是他此生最大的“失策”了，因为我能明显感受到父亲的最大寄托还是弟弟。但我疑心世人的福气是早有安排的，所谓“有福自然来”是也。弟弟娶了个美貌与美德并存的勤劳智慧、相当般配的妻子，两人还生了我们三兄妹间唯一的男孩子。这可把我的父母亲乐坏了。父亲为此慷慨地扛起作为爷爷的“义务”拿出“孝子贤孙”的实际行动，在物质上、精神上给予孙子众多的特殊恩惠，引得我的女儿和外甥女颇有微词。没办法，在老一辈人的灵魂深处，“重男轻女”观念的确还是存在的。围绕着这个宝贝儿子，弟弟也曾经在城里住了几年“陪读”。如今侄子已是大二学生，回首走过的日子，还真留下了一件“有惊无险”的趣事：侄子的知识来源于五大方面——学校、爷爷、父亲、大伯、社会。学校教育和社会教育与他人几无差异。不提也罢。爷爷、父亲、大伯三人的教育理念差别太大，甚至有激烈冲突，因此常常搞得年纪轻轻的侄子头昏脑涨、无所适从，正应了“木匠多了房子歪”的古训。如果侄子接受的知识相对单纯，我以为他完全应该上更好更有名气的大学。

弟弟的“绝活”是，无论他做了什么错事或者根本没做什么事，总能把老婆和父母亲“哄”得团团转。他确实可以让人“破涕为笑”、自己“化险为夷”。作为兄长，我对此很是不以为然，尤其对父母亲和弟媳的“不分好歹”“没有原则”“姑息纵容”感到相当失望，然而依旧没有办法——难道我要他们时时一本正经地愁眉不展？实际上，弟弟还是非常讲究做人的原则的，简言之，就是义字当先。他的“圆通”仅仅是对亲人和朋友邻里而已。我长期以来觉得世界上最大的滑稽就是根本谈不上聪明的人喜欢装聪明，还“兜售”他们的“价值观”，而最大的谎言就是一个人可以与任何人都相处融洽。这恐怕又是“遗传基因”在作怪，因为我逐渐发现我的亲人当然包括弟弟的身上都流淌着这么一股血——正直、善良而不容践踏底线；知之为知之，不知为不知；不要别人一根针，却可以倾尽所有给“不相干”的人；刀子嘴豆腐心，但也刚烈执拗；不屑于甚至鄙夷“八面玲珑”、使心眼、耍手段；不轻易允诺，可是一诺千金；认定了一个方向比如理解了一个好的国家政策就痴心不改地踽踽前行；爱得深沉、恨得痛快……这些当然不是王婆卖瓜，实在是因为较全面客观地认识自身是一件非常有必要的事。

我和弟弟仅相差一岁，记得小时候还发生过一些冲突，因为都是“男子汉”嘛，公鸡之间难免争斗。但大多数时候，承蒙他抬爱，依然以我为“标杆”。我与弟弟妹妹的朝夕相处其实仅限于童年时期，因为从初中一年级开始，我就开始了漫长的住校生活。一家人并不都能够时时见面、相互间了若指掌。随着年龄的增长，我们埋头于各自的生活，他居然对兄长的“身份地位”和“远见卓识”不以为意！我平时抽的烟他想接又不想接的；他身上穿的竟然是名牌；他到我的陋室后戏说伸展不开他的手脚！的确，与他的高门大院相比，我是显得寒碜了一些，但人生并不能以此作为衡量优劣的标准，又哪里值得为“生不带来死不带去”的物件炫耀？我也没见过他从事什么伟大的事业、干过什么伟大的工程，怎么就一副阔绰的姿态？这真是我的一大人生困惑。另一个困惑是，我们家有双博士、有硕士、有本科生、有中级职称退休的父亲，怎么聚在一起讲着讲着反而要倾听他这个初中生的“高见”？还是那种聚精会神的“倾听”？却原来，他和弟妹一样，至今有一个令人吃惊的说不上好坏的习惯——每天夜里不看书睡不着觉。吾尝终日而思矣，不如须臾之所学也。天道酬勤，此言不虚。

一个国家、一个民族、一个人的有所作为并不是靠吹吹打打塑造出来的。一个人的思想意识、生活习惯也不是从天上掉下来的，更不是一朝一夕间养成的。所以，归根结底，弟弟的惬意生活既是千百年来祖先的阴德积淀的体现，更是强大国家、伟大时代的大环境所造就。党的十八大以来，党和国家“深入贯彻以人民为中心的发展思想，一大批惠民举措落地实施，人民获得感显著增强”，习近平总书记在十九大报告中再次明确，“增进民生福祉是发展的根本目的。必须多谋民生之利、多解民生之忧，在发展中补齐民生短板、促进社会公平正义，在幼有所育、学有所教、劳有所得、病有所医、老有所养、住有所居、弱有所扶上不断取得新进展，深入开展脱贫攻坚，保证全体人民在共建共享发展中有更多获得感，不断促进人的全面发展、全体人民共同富裕。

建设平安中国，加强和创新社会治理，维护社会和谐稳定，确保国家长治久安、人民安居乐业。”“必须坚持人民主体地位，坚持立党为公、执政为民，践行全心全意为人民服务的根本宗旨，把党的群众路线贯彻到治国理政全部活动之中，把人民对美好生活的向往作为奋斗目标，依靠人民创造历史伟业。”生活在这样的时代背景下的中国人民，都能切身感受到生活水平的快速提高、精神文明的巨大进步、自我实现的广泛可能。无视和否认这些翻天覆地、日新月异的可喜变化的人，用通俗的话说是“没良心的”；不谈优良的发展环境而着重强调自己“本领高强”“智慧超群”的人则只会彰显夜郎自大般的荒唐可笑。弟弟的潇洒人生实际上是当下全国不少农民的一个缩影。

因为种种机缘，弟弟成为民营集团公司的一员，与当年父亲首先被聘为“科技员”极度相似。“肩负重大责任”后，看得出来，他的言行还是发生了一些喜人的变化。出于对他的较深了解，我百分之百地相信他能够把本职工作干得漂漂亮亮，还有能力实现更大的人生价值。在微信回复里，我建议他可以去饱览黄鹤楼、“八七会议”会址、晴川阁、古琴台等武汉名胜。不料，他这样作答云：“哪里有时间和闲情雅致！”真的没有吗？果然如此，在为期长达半年的强化培训后，他就一定会成为该领域的翘楚。

好样的弟弟

2018年8月初，堂兄弟们的微信朋友圈里流传着这样一篇人物通讯——《守护在川西林区的“绿色卫士”白春》，来源是“今日头条”，作者为公众号“中国森警”的徐昆鹏、曾鹏。我赶紧揉了揉眼睛，确认讲述的就是堂弟的光辉事迹后，心里暗暗吃惊：这小子，居然一声不吭就爬上了“今日头条”！仔细拜读完全文，更多的倒是愧疚：堂弟从军十四年，我除了解他的一些大体情况比如已经在部队结婚、媳妇是川妹子、育有一女一儿，完全没有更进一步关心他的工作、生活。没想到他竟这么优秀，已经逐步成长为一名训练标兵、优秀教练员、优秀共产党员、士官优秀人才、川西林区防火灭火先进个人……还是班长、代理排长、四级警士长。士别三日，当刮目相看，何况阔别十余载！尤其震撼我心灵的是，通讯中写道：2013年的一场森林火灾中，白春放弃春节探亲假期，带领战友们冲锋陷阵，连续奋战四天四夜扑灭突发的大火，保住了闻名中外的康定“情歌风景区”，他本人却因为防火面罩被烤软又错过最佳治疗时间，造成了局部面瘫，评定为十级伤残。这可是五年前的事情了，但在以后我们极其难得的相逢中，他只字不提此事，我也从没能在他英俊的脸庞上发现什么异样。这是怎样的粗枝大叶！我不禁责备自己太不会察言观色了。

我们的祖先在清朝后期以军医的身份随军落籍丽江，而后因驻守关卡定居在今天的村子。所以，族中后人代不乏投身行伍者，有的老军人我还见过，有的只听过他们的传奇故事。据说还有朱德元帅早期的亲密战友和朋友呢。我这一辈，除了白春，还有另一位堂弟更早入伍，也很优秀，服役期满后即回家自谋职业，现在是一名驾校的教练。他俩都是初中毕业后入伍的。我在老家边养病边劳动边复习文化课程准备以“社会考生”的身份参加高考的那两年时间里，躬身践行小平同志提倡的“足球要从娃娃抓起”，把足球运动带进村子，组建了一支由小学生组成的足球队，这才和孩童们日渐熟悉起来。我要求队员早起，冬天的早晨也在团山水库洗脸；要求他们认真学习，做一名好学生；要求他们尽力帮助父母做家务；特别要求他们在规定时间内刻苦训练，从内心深处热爱足球。搞得还算有板有眼，并不亚于专业队伍。我曾经跟他们戏言，再不济也要把身体练得棒棒的，这样今后也会有不少出路。没承想因为体格格外硬朗，其中果然出了几个人才。白春嘴巴很甜，和其他队员一样，踢起球来既动脑子又有股玩命的劲。印象中的他很是腼腆，可能由于平时语言、动作相对显得慢腾，还被小伙伴起了个“老奶奶”的绰号。

现在，这个腼腆、镇定的毛头小孩已经成长为一名身强体壮、阳刚英武、听党指挥、专业过硬的武警英雄，虽在情理之中，亦属意料之外，不由得令我惊诧。

在丽江日报社领导的关心下，很快，日报的微信公众号就以原题转发了“今日头条”的图文。仅仅多出一句话，是介绍白春的籍贯、民族，因此佐证丽江和纳西族自古以来确实钟灵毓秀、人杰地灵，文才霞蔚、英雄飙起。

不料这不过是大戏刚拉开帷幕。9月12日中午，白春打电话来，说已经携妻子远在北京，正被二伯一家设宴款待。此行的唯一任务是将于次日一早出席武警森林部队第五届“绿色卫士”暨第二届“好军嫂”颁奖典礼！原来，他从全军武警森林部队的十八名候选人中脱颖而出，作为武警四川森林总队的官兵代表已经被评为武警森林部队十大“绿色卫士”，并荣立个人二等功！

我没能看到一定无比振奋人心的颁奖场景。不过，很快就从“中国森警”微信公众号了解到一些情况：武警部队总政治部、国务院应急管理部的领导出席典礼，颁奖典礼通过电视综述、舞台故事、现场采访、文艺表演相结合的方式，热情讴歌了广大官兵扎根基层、忠诚使命的时代风貌。还特别邀请获奖者亲属们到场，共同分享荣耀时刻，接受全体官兵最崇高的敬意。既落实了习主席“让军人成为全社会尊崇的职业”的指示、贯彻了新一代共同条例规定，也进一步提升了官兵荣誉感和亲属自豪感。在丰富多彩的图片集锦中，我看到了英姿勃发、戴着勋章却还是显得拘谨羞涩的白春，性格直爽、毫无心机的弟妹。这位川妹子，老家的亲戚接触过后普遍认为其充满了女汉子的冲天豪气。

仔细了解白春在部队的成长历程后，我折服于他的荣誉真是来之不易、当之无愧。

入伍不到一年，堂弟就凭着韧劲和倔劲在中队预提指挥士官选拔考核中夺魁，并破格入选总队预提指挥士官集训队，当年年底就成为尖刀班的副班长。半年后的“康巴劲旅军事大比武”中，他在五公里越野、负重登山中名列第一。在器械、四百米障碍、灭火机具操作、灭火战术基础动作中均进入前三名。但是，初中毕业后可能再没有碰过书本笔墨的他受到了老天公正的“惩罚”：军事理论零分。这也导致白春一下子跌出前八名，而他带过的两位新兵却因为军事理论满分而取得综合成绩第二名、第三名。

面对这近乎耻辱的失败，白春那一股不服输的劲头又涌上来。他买来《新华字典》和录音笔，课堂上生怕漏掉老师讲的每一个字，课外，那翻得破损了的字典和按得失灵了的录音笔见证了他持之以恒的刻苦。几年后的2007年，从零分到九十五分，白春以优异的军事理论成绩补上短板，从而获得了武警四川森林总队军事大比武的总评第三名。百尺竿头，更进一步。2009年，他还拿到成人自考大专毕业证，彻底告别了文化素质低下的历史，走上允武允文的全面发展之路。

白春的汗水没有白流，是部队这个大家庭让一个年轻人从懵懵懂懂走向日渐成熟干练。他认识到：“水泵就是森林官兵手中最精锐的武器。只有把武器弄明白，才能发挥它的最大战斗力。”所以，从对各种灭火机具一窍不通，到不管白天黑夜查阅资料学习理论、反复研究机械构造和运行原理，白春终于熟练掌握水泵的操作技能和维修技巧，还自创了机具维修“望、闻、问、切”的绝技，甚至让以前被宣判了“死刑”的五台老旧水泵全都“起死回生”。慢慢地，白春成长为整个中队第一灭火分队主力风机手、总队水泵和灭火机具维修专家，逐渐名扬川西高原。作为总队的优秀教练员、水泵专家，他多次担任总队装备维修培训队教练员。每年防火期前，都主动请缨到支队所属单位培训机具维修骨干、维修保养灭火机具。十四年来，累计维修水泵等各类灭火机具三百六十多台，为部队直接间接节约经费一百多万元。

入伍以来，白春先后参加了“5・12”汶川大地震抗震救灾、“11・22”康定地震抗震救灾、“9・19”泥石流救灾等应急抢险救援任务二十多次，参与组织灭火作战80余次，林政执勤和防火宣传勤务三十多次……康巴高原的绿水青山间到处留下了他矫健的身影、踏实的足迹。

很难想象，这个腼腆的班长做起战友的思想工作来也可以如春风化雨、润物无声，在生活中还是战友们公认的贴心老大哥。有一位新战士因为自身性格的原因坚决要求部队把他退回原籍，甚至产生了私自离开部队的想法。白春得悉情况后，主动更换床铺，与这名战士住到一起，白天带他训练学习、晚上与他谈天说地，并陪他加练体能，形影不离地激励他放下包袱、直面挑战、超越自我。最后，这位新战士竟然成长为副班长。就这样，白春秉持新老更替传承的态度，倾情倾心培养了五十多名灭火机具维修技术骨干、二十八位班长骨干、士官考学五人、军校提干二人，是中队里出了名的带兵育人“辛勤园丁”“知心大哥”。

从报道的描述来看，满载荣誉归队后的白春面对各路记者的采访显然狼狈至极。与那些从来不懂得付出却居然也能脸不红心不跳地侃侃而谈的“人才”截然不同，训练场上龙腾虎跃、火灾现场出生入死的代理排长在记者面前满脸通红、磕磕巴巴，紧贴裤缝线的双手在夏裤上印出两个粗大的手形。“熊样！”一旁的中队长很有恨铁不成钢的感慨。稍早前，他刚“逮到”千方百计回避采访的白春，并调侃，“明明是个强人，却摆出一副熊样。你以为装成‘熊大’就能躲过采访?”但我知道，真的猛士，敢于直面惨淡的人生，敢于正视淋漓的鲜血；真心英雄，不畏艰辛甚至牺牲，却往往以表现自己、夸耀自己、给自己脸上贴金为难事，哪怕说一句不含半点作秀成分的话也羞于启齿、难于登天。

我的堂弟们大都是安分守己、自食其力、孝敬老人、挈妇将雏又逍遥自在的山野村夫，几位参加工作的也都在丽江。如今的农民生活确实惬意，前些年他们组织起来搞了个“化賨”，轮流坐庄，直到今天仍在有序开展活动。每次聚会，我总觉得少了点什么，直到白春偶尔回来探亲，才恍然意识到他还没有当过“賨长”。平日村子里、族内有大事小情，弟兄们也总能见面，但依旧少了白春。而电话联系呢，我们只能被动接收他的来电，应该是部队有严格的通信纪律。白春的母亲、我的三婶经常向我表达对小儿子、儿媳和孙子孙女的想念挂念之心，“儿行千里母担忧”，真实不虚。只是，在我们的正统观念里，大家认同“好男儿志在四方”、主张“读万卷书、行万里路”，为实现“立德、立功、立言”的个人人生价值而付出不足为外人道的努力受人追捧，而为国出力就难免“自古忠孝不可两全”……所以，我既为其他弟弟的平平淡淡、共享天伦、其乐融融而高兴，也为有白春这样在远方施展才干的堂弟而骄傲！其实，父母和哥嫂已经帮白春修好了新院子，而白春也大概可以光荣退役了吧。但我又意外得知，面对领取巨额的退伍安置费回家或转业在地方继续参加工作，白春毫不犹豫地选择了后者。好样的，弟弟！纵然我们将会因此延长隔着千山万水茫茫难两知的时光，可还有什么比听从祖国的召唤、服从组织的安排、全心全意为人民服务更高尚、更有意义的人生！你没有被眼前的巨款迷住眼睛，决意续写为国为民尽心尽力的壮志，那么，众多的哥哥们一定会给你看护好家园、照顾好双亲！祝福你，弟弟！步入而立之年的你已然伟岸屹立着，坚信在今后的人生路途中，你一定会不负祖训家风，堂堂正正、干干净净、顶天立地，精心培育并尽情怒放出更加绚丽多姿、芳香馥郁的生命之花！同时为亲人、家乡、民族、国家增光添彩！

访亲杂记

弹指一挥间，飞逝十余年。上个月底，我前往“阔别已久”的宁蒗彝族自治县，直奔隶属于县城大兴镇的华岗村委会所在地，依照《云南省农村扶贫开发条例》规定的定点挂钩扶贫责任制度与脱贫攻坚帮扶对象见面，实地了解贫困原因、程度和脱贫进度、难度，探讨帮扶措施，履行帮扶职责，交流学习借鉴帮扶经验。

丽宁公路原本从我家老屋后穿过，几十年来也算是村子不可或缺的一个组成部分。它从毛路土路到柏油路，让一代又一代村民见证了社会的发展进步。但进入新世纪后，随着城市建设的迅猛发展，车流量剧增，拉石料、土方、钢筋、水泥的各型货车昼夜穿梭，搞得老百姓一夜数惊，难以入眠。加上一些超载车肆虐，刚铺好两三年的柏油路没多久就破损不堪，导致路无三尺平，而且越填越烂、越修越破，泥水四溅、尘灰飞扬、大地颤抖，还时有交通事故发生，极大地危及当地成人、上学路上小学生的生命安全。村子里的人难以出行、怨声载道，在外工作的人也对周末回家看望亲人望而却步。百般思索、仰天长叹的淳朴村民在“关键时刻”

无奈想起“人尽其才、物尽其用”的道理，承蒙过高估计在下的能力、过低判断发生事情的复杂因素，见我一次就近乎“命令”我一次向“有关部门”反映情况。我生于斯、长于斯，是家乡的山水养育我长大，觉得难以推脱、义不容辞，所以多少也算是出了一些力。

前些年，穿过两个村子的这段老路终于改道至山后，仿佛一度置身战地的团山村、永安村才“重见天日”，恢复了静谧恬淡、空灵洁净的本来面目。此后至今，我还是第一次乘车经过改扩建后的丽宁路，这不仅因为繁杂的本职工作导致分身乏术，也由于我多年腿脚不便，遵从医嘱不敢轻举妄动。此行，宽敞平整的路面和西川垭口、沙力、万格等隧道、几座修建中或已投入使用的路桥、县城新貌等令我耳目一新。交通先行的发展理念确实已经化为了实际的社会效益。一路上，往返于丽江到泸沽湖及宁蒗各乡镇的各种车辆如过江之鲫绵延不绝，用滚滚车轮讲述着国际旅游城市的恒久魅力和社会发展的快速便捷、人员和物资流动的频繁密集。虽然还可偶遇小规模的滑坡和落石，一些去时畅通无阻的路段在返程已被临时封闭改道。然而，无论如何，与旧日九曲十八盘、狭窄粗糙、急左猛右、一路颠簸令我晕车的探险式的新闻采访旅途相比，整条道路的质量确实有了极大的实质性提高；与当年频发险情不得已绕道永胜县城挺进小凉山报道震灾和恢复重建的情形相较，所花时间无疑也大大节省了。

初秋的丽江天气依然多变，阴晴没有定数，时而细雨蒙蒙，时而云雾缭绕，时而丽阳朗照。一天之内可以快速反复冷热的气温，倒也培植出了丽江各族人民强健硬朗的身躯和坚韧不拔的性格、随机而变的生存能力。公路沿线初现“烟光凝而暮山紫”的秋日美景，只是金沙江水依然浑黄，远不到“潦水尽而寒潭清”的绝佳境地。

言归正传。华岗村委会属于山区，距离大兴镇30公里，海拔3400米，年平均气温16℃，年降水量90毫米，辖10个村民小组，700多人，劳动力近500人，从事第一产业人数225人，有耕地2662亩，林地3169亩。农民收入以种植、养殖为主，农作物主要为荞子、洋芋，经济林果以花椒、核桃主打，销售市场基本上在县内。统计数字显示，截至2011年底，全村无一户通自来水、饮用井水、有线电视，60户通电并拥有电视机，安装固定电话或拥有移动电话的农户达69户，有13户居住于土木结构住房。全村无一亩有效灌溉面积及高稳产田地。到了2013年，全村经济总收入305万元，农民人均纯收入达到4328元，常年外出务工人数82人。其中，在省内务工47人，到省外务工35人。

综合该村目前存在的主要困难和问题：长期贫困，集中连片贫困，易于脱贫后返贫，文化教育任重道远、医疗卫生条件糟糕、人畜饮水困难较大。改善基础设施，大力发展种植业、养殖业，较快提高农民的纯收入；发展特色产业、技能培训、就业创业、易地搬迁、安居工程、资产收益、以工代赈、贫困村提升等专项扶贫措施，改善贫困地区生产生活条件，提高扶贫对象自我发展能力；制定优惠政策措施，加强农村贫困地区的交通、水利、电力、通信通邮、信息网络等基础设施建设，提高贫困地区的教育、文化、医疗卫生、社会保障、环境保护等基本公共服务水平，加大信贷、保险、资本市场等综合性金融对扶贫的支持力度等思路、措施、办法似乎均适用于当地。大家以前就耳熟能详的“扶贫先扶志（智）”“治穷先治愚”“再苦不能苦了孩子，再穷不能穷了教育”在这里绝不是空洞的口号。事实上，当地党委、政府多年来一直都在花大力气投入教育事业。

华岗村的小学生以前在村委会附近的小学就读，由于居住分散、山高坡陡，上下学路途坎坷难行，非常人能想象。我翻阅过一篇题为《无悔的坚守——记宁蒗县大兴镇华岗小学教师陈贵权、王富林》的短文，记述的内容感人肺腑、震人心魄。诸如，“三年前，陈老师因生了场大病，就没有担任教学工作，看守、保护学校成了他的工作。陈老师的家离学校有两公里多，要翻过一个山梁，走到谷底，再爬到半山坡。陈老师每天都要去学校看看，周末就住在学校。在陈老师的记忆里，华岗完小最多时有140名学生，10名教师。‘那时学校热闹得很，不像现在冷冷清清，只有几个学生。’”而“王老师担心孩子年纪小，路上不安全，每天都会翻过山梁去接送。遇上下雨天路滑，王老师就背着年纪最小的，直到把孩子们送到安全的地方，才又转回学校。白天，有孩子们在学校时，学校有些活力和生机。下午，每当学生离开学校，空荡荡的校园里就剩下王老师一个人度过漫漫长夜。王老师自己做饭，菜是回家时从山下带上来的，摆上几天也就不新鲜了，吃得也很简单”。“每到周末，王老师骑着摩托车回近20公里外的家。15年来的每个周末，王老师奔波在从学校到家的崎岖山路上。”“最让两位老师伤感的是，近几年来，由于当地很多村民外出务工或是搬迁到山下居住，学生流失，如今只剩下5名学前班的学生。但王老师表示，只要这个教学点存在一天，哪怕只有一名孩子，他都会坚守下去。”

据说，这里的中学生就读要到红旗乡中学，九年义务教育的在校学生中，小学生有80人，中学生20人。

如今，在各级各部门、社会各界的鼎力帮助下，当地群众只争朝夕、艰苦奋斗，把县城往泸沽湖的公路右侧一个岔口到村委会的羊肠般盘旋而上的山路全线改造为水泥路面，面包车、摩托车偶有往来。进山后可见一条山溪，许是降雨量大的原因，水流湍急且较为清澈，两岸有零星的木楞房院子。车行至半山腰，几所钢混平房围成的村委会雄踞眼前，犹如鹤立鸡群。院落干净整洁，每个房间门口均挂着表明职能性质的牌子，大量的各种材料、资料袋码放整齐，有厨房、火塘；有水管，扭开水龙头流出自来水；通电，通手机网络信号。站在村委会前小块平地上环视四周，三面山岭重叠连绵，目不能穷尽，苍翠欲滴，但多是小松林、核桃林、灌木和草坡，可以依稀遥想当年原始森林密布的情景。村委会后是几座壁立千仞的石山，灵草冬荣，神木丛生；岩峻崷崒，金石峥嵘；云遮雾绕，变幻无穷；村委会下方有相对集中的民居。据介绍，每座看得见的山背后都还散布着村民小组，出入需要步行，运送物资都要人背马驮。部分村民已由政府统筹规划实行易地搬迁到县城至泸沽湖的公路边，一批崭新的洋房正在等待主人入住。一部分村民在公路附近购买了宅基地修建住房（他们的耕地、林地则还在高山之上）。村支书、村主任年轻而开朗，对工作驾轻就熟、如数家珍、认真负责的同时洋溢着革命的乐观主义精神。

我的帮扶对象叫安有哈，彝族，“80后”，大家都说我俩长得像亲兄弟，包括外形、肤色。这一点也不奇怪，同在家乡的蓝天下，都是汉藏语系藏缅语族彝语支的同胞嘛。去年，他在公路边的土坡花几万块钱买了几分宅基地安居下来，与同是彝族的妻子育有两女一男。两个女孩在设立于对面汉族村子的完小上学，老三是儿子，新学期就要入学。安有哈身材高大，身体健壮，以前在深圳、昆明等大都市长期打工，从事过多种职业。因为见多识广、勤劳能干、在群众中有一定威望，因此于去年当选为华岗村委会副主任。不料，这倒给他带来一个“麻烦”：按照有关规定，村干部不能列入贫困名单，不能享受国家相关脱贫攻坚的政策性扶持帮助。而事实上，他的家庭的确贫困。我私底下觉得，当选是民意，贫困为事实，万事可商议，人心不要违。好在安有哈奋发有为，承诺在今年底以前完全可以脱贫，从此就能一心一意为人民服务了。

从交谈中得知，安有哈原来的汉姓为“毛”，祖先是南诏国的“皇族”。世事沧桑，斗转星移，对于先辈如何辗转来到小凉山他也说不清楚，只是说后来办理相关证件时有个族人说图个“安全”，才整个家族都改汉姓为“安”。看来，对于姓什么他们倒不大在意。他的新居离公路很近，不过要爬一段几乎垂直的田埂小路，所以单位统一安排的一点慰问品也就只好靠别人在炎炎烈日下帮我扛上去。他的房子周围都是高大茂密的青纱帐一样的玉米地，一派即将大获丰收的景象，但这跟安有哈没有什么关系，田地的主人是附近的汉族居民。他家还没有大门、围墙，两所彝族传统建筑木楞房共有6间，除卧室外，其余用于储存粮食。我想挨个看看，又顾虑这是失礼的举止，何况还有铁将军把门。其中一间算是客厅，空落落的室内就地放着一台小彩色电视机，小女儿和儿子看得十分投入、兴致盎然，另有一间是空房。在小路边，他还建了几间放置杂物的水泥砖平房。比邻居显得阔气的是，院子一角安放着一个铁制的高2米左右的蓄水缸集山泉。院子的下方是一排空心砖搭建的猪圈，里面有好多肥猪和猪仔隔室而养。童言无忌，大女儿说大猪小猪不久前比现在还多，最近才拉了好几头到外公家去了。身为村干部，安有哈不得已陪同我们一行9人到各自的“亲戚”家认门串门，我这个“亲戚”就由“女儿”“儿子”来招待。大女儿要上六年级了，聪明伶俐，很能干。除了切猪草，她还要不时“教育”一下妹妹、弟弟。所切的那一大篮子猪草，显然是她刚割来并背回的。这稚嫩的双肩和身躯，过早地承受了不相匹配的压力。我们用汉语交流，全无障碍。她说自己的学习成绩还可以，将来要上好大学。问都去过什么地方。让我意外的是，至今她连宁蒗县城都没逛过，丽江、泸沽湖等也只是听说而已。问怎么不见妈妈。她说是在一个很远很远的地方打工。彝族人很讲礼节，3个小孩一定要给我烧水泡茶，邀请我看电视，但我莫名地谢绝了，反而有些“走火入魔”地沉浸在自己的童年记忆里，想起很多往事。我鼓励3个孩子好好学习，筑牢“知识改变命运”的理念，并且完全相信她（他）们一定会美梦成真。我也坚信，华岗村未来的主人们在各级党委、政府的大有作为中必将得到良好的系统的学校教育，早日拥抱文明幸福的生活。

一天的时间倏忽而过，离开“亲戚”又投入紧张繁忙的工作多日，但安有哈的心愿还在耳畔萦绕：充分利用闲置的林地种植花椒，殷切盼望有实力的投资商与他合作。我默默祈愿着有钱有识的人士以合作共赢的方式帮帮他，让安有哈一家尽早脱贫致富。

“对自己的痛苦敏感，而对别人的痛苦麻木不仁，这是人性可悲的特色之一。”在全国上下为全面建成小康社会而昂首阔步向前的征程中，扶贫开发已进入啃硬骨头、攻坚拔寨的冲刺期，除了项目、资金、物资等实实在在的扶持，我以为情感上、精神上的关注和激励同样必不可少。虽然我们整体上仍然属于经济欠发达的“少边穷”地区，自己也不富裕，同样困难重重和俗务缠身，但我还是盼望人们都挤出一点点哪怕是几秒钟时间向贫困地区投去关切的目光、送上诚挚的祝福……“衙斋卧听萧萧竹，疑是民间疾苦声”“百姓多寒无可救，一身独暖亦何情”，人间的悲哀莫过于冷漠自私以至于形成风气，而无情无义其实就是灵魂的瘫痪、人性的夭折。

清明踏青

上中学以前的我，当然不太明白什么文绉绉的“踏青”。但事实上，每一年的春天我都在“踏青”，因为一直生活、学习在乡村。岂止是春季“踏青”，一年下来还得不停地“踏山”“踏水”。一个小孩目之所及、力所能至的家乡的山水，几乎都走遍了、玩遍了。这并非自小就有浪漫情结，而是不得已而为之：到田里给大人端水送饭、去山上放牛牧马，也下河摸鱼、上树掏鸟、跳水游泳……

读小学时，学校组织的春游，地点不远，也不在乎风景美丑，最吸引我的是可以名正言顺地向大人讨要一碗米、几个鸡蛋、一点腊肉去野炊。父母只能无条件地满足我们，因为这是学校组织的活动，堂而皇之，不得扯皮推诿。后来到城里上初中、高中后，觉得春游的性质变化较大：不仅要去鹤庆等“很远的地方”，而且目的地或有深厚的文化底蕴，或有极强的教育意义，吃得好不好倒似乎无关紧要。这就是城乡的区别吧。我甚至疑心城里的同龄人身体孱弱、多愁善感、目光飘逸，就在于他们不好好吃饭。那些超凡脱俗的高士就喜欢说“肉食者鄙”。

弹指飞逝二三十年，“踏青”于我竟然变得稀奇。是啊，总在大千世界的是是非非、虚虚实实、喜怒哀乐、盛衰康疾中浸淫，许多原本熟悉的花草树木鸟虫野果在记忆里已经模糊。多少年了，忽略了月的阴晴圆缺，遗失了在如水的月光下像一个特立独行的诗人那样漫步的夜晚；多少岁了，几乎没机会再听春草拔节的拍子、春燕呢喃的欢歌、春雨润物的节奏、春花绽放的旋律……

事有凑巧，清明节当天要回老家上祖坟培土、扫墓、祭拜，但家里的、老乡的车子都没坐上。于是，坐几站公交车到丽江师专后步行回家，可以算是正式意义上的“踏青”了。

新修的公路四通八达，吞噬了昔日的农田；新盖的洋房鳞次栉比，代替了传统的建筑；新添的汽车如过江之鲫，塞满了宽阔的马路；新新人类奇装异服，彰显舍我其谁的风骨。只有四围青山还苍翠，幸运或不幸的几块田地中油菜花金黄、麦苗儿葱绿，倔强地守望故园的果树梨花白、桃花红、杏花粉，沟渠的水依旧清澈，河畔的柳还在婀娜，水库的碧波还是绿如蓝。而最大限度地保持着本色的是春风，吹面不寒、和煦柔情、清正无邪。

自然而然地回忆起了到城里上学后星期天从家返校的春天的路上，我总是沐浴着春风在无垠的绿油油的大地之间抄近路穿行，闻着庄稼的清香，听见百鸟的啁啾，看到蜜蜂的繁忙和蝴蝶的招展。感觉累了，便随意躺在不知主人的麦田的沟里看高尔基、卡夫卡的著作。之后，算准时间往学校食堂赶晚饭。那是怎样的惬意、自在？没有刻意、没有做作，我幼小的身躯早已在浑然不觉中与天地万物融为一体。

来到祖坟，为远在京华的亲人以及我觉得我应该代表的人向每座坟茔插上“之推柳”、敬献祭品、磕几十个头，跑上跑下一圈下来累得还真够呛。据说，我的祖上颇有些公子哥儿的气质，仅仅为了释放清明节纵马驰骋的快意，便把祖坟安置在数公里外的罗城。但是，随着家道的衰败、给新亡人送灵不堪重负，祖坟才离家越来越近，直到现在与家直线距离仅一箭之遥。

我不敢与祖先争食，也坚决反对一些人在亲人健在时不尽孝道甚至忤逆，而在亲人亡故后却大张旗鼓地操办丧事、出手阔绰地修建墓庐、声势浩大地组织祭拜的行为。在路口，我遇上年迈的表爷爷非要打听“什么时候开发我们的家乡”？这真是个令人头疼的问题，只得婉转地说“城外的人想进去，城里的人想出来”的道理，指出现在的村民算不得大富大贵却也远离了贫穷日子，在安静、干净、清新、人情味依然浓厚的环境下生存有什么不好？但表爷爷坚持认为农村只有变成城市才是一好百好。我“落荒而逃”，心里五味杂陈。其实，表爷爷应该知道，我哪有什么规划权、指挥权、决定权？

似乎是有心灵感应，手机短信不早不晚地发来了白庚胜先生即兴所赋的古诗一首：“团山曾被重山困，今日山乡为山成。绿野青岚如仙境，蓝天白日灿明澄。更兼一库缘翰墨，再谢祖宗创基恩。龙脉从来钟孝悌，懿德自是佑来生。”每逢佳节倍思亲，白先生无论所从何业、官居何职、身在何处，随时心怀故乡、情系同胞，每每令我动容。其言善也，其见智哉。我不无情绪地造次应对，聊添笑耳：“我当故里为仙境，怎奈村民只要城。绿野青岚难造币，蓝天白日不觉澄。前人建库结翰墨，后代薄情忘深恩。何必家园荒废尽，方悔不应怨三生。”

清明节包含了许多功能，它既是节气，也是节日，有感恩、郊游、约会等内容。有关它的诗词，古人可谓佳作迭出，如程颢的《郊行即事》：“芳草绿野恣行事，春入遥山碧四周。兴逐乱红穿柳巷，困临流水坐苔矶。莫辞盏酒十分劝，只恐风花一片红。况是清明好天气，不妨游衍莫忘归。”白居易的《钱塘湖春行》：“孤山寺北贾亭西，水面初平云脚低。几处早莺争暖树，谁家新燕啄春泥。乱花渐欲迷人眼，浅草才能没马蹄。最爱湖东行不足，绿杨阴里白沙堤。”吴唯信的《苏堤清明即事》：“梨花风起正清明，游子寻春半出城。日暮笙歌收拾去，万株杨柳属流莺。”徐元杰的《湖上》：“花开红树乱莺啼，草上平湖白鹭飞。风日晴和人意好，夕阳箫鼓几船归。”孟郊的《长安早春》：“日日出西园，只望花柳色。乃知田家春，不入五侯宅。”苏轼的《踏青游》：“踏青游，拾翠惜，袜罗弓小。莲步袅。腰支佩兰轻妙。行过上林春好。”王令的《春游》：“春城儿女纵春游，醉倚层台笑上楼。满眼落花多少意，若何无个解春愁。”陆游的《山城》：“天晴山雪明城郭，水涨江流近驿亭。客鬓不如堤上柳，数枝春动又青青。”郑燮的《春词》：“春风、春暖、春日、春长。春天苍苍，春水漾漾。春荫荫，春浓浓，满园春花开放。门庭春柳碧翠，阶前春草芬芳，春鱼游遍春水，春鸟啼遍春芳。”等等。但我最喜欢的还是黄庭坚的《清明》，认为它最贴近清明节的本意和情境，还有着深邃的生死考量，并鼓励世人要志趣高雅、品德高洁，而声色犬马不过是一时的幻影——“佳节清明桃李笑，野田荒冢只生愁。雷惊天地龙蛇蛰，雨足郊原草木柔。人乞祭余骄妾妇，士甘焚死不公侯。贤愚千载知谁是，满眼蓬蒿共一丘。”人的差异在各方面都较大，但只要沿着真、善、美的方向努力、奋斗，就至少可以“回首往事时，不因虚度年华而悔恨，也不因碌碌无为而羞耻”。其实，在“共一丘”的蓬蒿中仍有贤愚之别。不然，时人何以至今留下口碑乃至文字？

大姐的高兴事

刚进商店，我就察觉出大姐异乎寻常的高兴劲。她笑眯眯地把烟递给我，一定要我坐一会儿再走。一股快乐欢喜感浓烈地在空气中弥散，我迈不开腿，在那逼仄的小店坐下。

以往，大姐也很欢迎我，说是喜欢我给她讲一些简单的丽江历史、民风民俗、社会新闻，喜欢有人陪她唠嗑。有时，她甚至说买的东西也不用给钱，反正也不值几个钱。但是，她眉飞色舞如今天，我可是头一遭看见。

有些事一定要说清楚，免得那些具有无限想象力的“聪明人”展开胡乱思维的翅膀：大姐今年六十五岁，东北人，两口子原来是靠近边境线的一个县城里的国有企业职工。丈夫去世多年，唯一的女儿远嫁丽江后，她像一片孤零零的落叶从北国飘到西南边陲的丽江，再也不想回老家了。终老于丽江是她的愿望和追求。无论如何，生活总要继续，于是租了现在的店面卖一些日用百货，每天的大部分时间基本在店里度过。她还喜欢翻翻报刊、看看电视，关心一下天下大事。

大姐迫不及待地证实了我的感觉：今天可真高兴，因为就在昨天下午，一向对她冷若冰霜的房东不仅露出了久违的、比阳光还罕见的笑容，突然变得和蔼可亲、学会了嘘寒问暖，还痛快地答应她可以放心地洗个澡。

这算什么事，还高兴到现在？我简直有些不屑。

“你不知道啊。”大姐说，“平日里房东对俺可是横眉冷对、处处刁难，要跟他们搭个话、套个近乎，比登天还难呢。还时时用涨房租等手段想逼迫俺滚蛋。为什么？不就因为俺是孤苦伶仃的外乡人，也没个男人为俺做主。其实，俺从没拖欠过房租，也一直唯唯诺诺，但心里老憋屈了。就说洗澡吧，俺一周洗两次不算多，却把俺弄得跟地下工作者似的：想洗澡了，隔几分钟就探头探脑观察洗澡间的门开了没有，有没有其他人洗好要离开的，或者看能不能找个伴同去。如果瞅准了时机，马上抓起早就准备好的洗澡用品以百米速度溜进去。至于商店门还大开着也顾不上了。但是，就算洗澡艰难地‘得逞’了，等待和迎接俺的也不过是主人家鄙夷又嘲弄的神色。”

我有点晕。

依稀听着大姐还在用她的方式讲述她和房东之间不得已进行斗智斗勇的种种事迹，我的思想却开了小差：人们都怎么了？大伙吃饱饭、过上好日子也没有多长时间啊，我们的社会主义核心价值观跑哪里去了？彼此理解和宽容的心哪里去了？很多人，自己或者往上推两三代人，可不都是再平凡不过的农民、工人、军人、商贩甚至是贫民，怎么“人一阔，脸就变”？何况还不一定“阔”了呢。就是大姐租房的这个城中村，早几年也还只是郊区的普通农村嘛。另一方面，随着旅游业的兴盛、知名度的攀升，天南地北形形色色来丽江淘金和定居的人也日渐增多，他们与丽江这座小城和本地居民之间各种各样错综复杂的关系也确实成了问题。

我好想安慰她，告诉大姐一个无奈且荒唐的生活常识：并不是所有的丽江人、纳西人都见钱眼开、无情无义、唯利是图。无论哪个历史时期，到处都有好人、混蛋，您的家乡也不会例外。但混蛋毕竟是极少数，而您所遇到的，恰恰是为数不多的混蛋里的一两个。

可是，大姐激动的嗓门把我的思绪拉了回来：“为什么昨天他们对俺那么热情？不可思议的良好态度让俺受宠若惊？因为俺去交房租了，全年的、一次性，但俺没有能力也不可能像个疯子，天天去交房租逗他们乐啊。”

可不是吗？我忽然发觉自己百无一用、束手无策，像大姐去洗澡一样急匆匆溜了出来。

鲁若迪基先生小记

我与鲁若迪基先生相识、相知、相交十余年，始终视他为仁慈的兄长、学习的榜样。只是由于我天资愚钝，画虎类犬，不及其万一。

鲁若迪基先生最为世人所知的是他的诗歌。他从小凉山行吟到首都，从中国放歌到全球，他的诗作已经和正在被翻译成多国语言。因为诗歌，他走遍了大江南北，并多次出国访问、交流。在第二届亚太诗歌节暨第三届越南文学国际会议上，还被越南国家主席张晋创接见。一首首各类题材的诗作可谓都是名篇，至纯的真情和严密的思辨强烈地震撼着我。关于他的诗作，从著名的文学评论家到一般读者，多有议论和见解，纷纷赞扬。我曾经与仁兄交流，认为他的诗歌不存在什么技巧，或者说最高的技巧是无技巧，深深抓住读者的心并启迪读者的，是诗人那颗纯净圣洁的心灵，也就是他高尚的品德，令人崇敬的做人原则、处事方式。他的诗歌几乎就是心灵的自然流露，外加语言上的天赋，只需把平常的词语稍加组合，便呈现出一个庄严神圣、纯净无瑕、灵动幽默的鲁若迪基诗歌意境，这个意境空灵纯净。他对我的说法不置可否，可能是有一点赞同，更多的是觉得我愚蠢吧。

鲁若迪基先生是中国作家协会少数民族文学委员会委员、云南省作家协会副主席、丽江市文联党组书记。可是，你在他身上看不到半点“官僚”的影子和“名人”的架子。他谦和、谦卑、谦虚，这完全不是做作。虽然这样说，但绝不能抹去他光辉的政绩：他曾经主政宁蒗县财政局、处理过战河纸浆厂破产事宜、在泸沽湖管委会和市纪委担任过纪检领导，每在一处，求真务实、公道正派、真诚坦荡的工作作风都深深感染了同事、下属。我从其他人那里得知，他主政宁蒗县财政局期间，临街的办公楼一楼开发为商业铺面，首先，他要求自己和几位副局长不得沾光；其次，他拒绝商人的高价寻租；最后，将所有铺面以比较优惠的价格租给局里的困难职工、退休人员。类似这样先人后己甚至无己，始终站在职工、群众的立场思考、办事的事例，不胜枚举，但他从不张扬。人们评价，王羲之的书法成就使后人忽视了他的文韬武略，王阳明的高深学问又让世人疏忽了他的书法造诣。仁兄的诗名和政声，不能偏废。

鲁若迪基先生的同学、朋友满天下，加上丽江的名气越来越大，接待来丽江游玩的同学、朋友吃住成了他的一件麻烦事。仁兄问心无愧地说，从来没有用单位的一分钱接待过朋友。有时难免窘迫，仁兄又理直气壮地告诉他的胞弟、堂哥：诗人的朋友来了，你们这些赚了点钱的老板应该赞助一下诗人！这是你们的荣幸！是的，即使仁兄的收入再高，也没有他来丽江的朋友多。其实，仁兄的慷慨也是有名的。每逢收到或多或少的稿费和寄来的新作，他往往要通知附近的文友欢聚一下，客人不得埋单。这个时候，饭桌的酒菜简单得很，但四周的空气都在欢快地流动，因为大家又在领受鲁若迪基先生独到超群的幽默了。

我这个“喜欢报道他行踪的人”，患了四年多的腿疾。仁兄自始至终十分真诚地帮助，让我没齿难忘。当我在单位领导的关怀下做手术康复后，仁兄显得异常高兴，似乎痊愈的是他。可是，很多人不知道，仁兄患有糖尿病，我为他做了什么呢？仁兄的一个孩子一直患病，走完了该走的医 院、找遍了该找的医生也没治好，每天，除了做好大小事务，仁兄还要用父亲的慈爱无微不至地照顾孩子。我又为他做了什么呢？强烈的自责往往让我无地自容！

世界之大、中国之广，我一直相信有比较完美的人的存在。他们勤劳、善良、渊博、深刻、勇敢、充满智慧和魅力，他们活着是为了大多数人更好地生活，他们存在是为了让人间更美好，他们是茫茫大海上黑夜里的灯塔，是漫漫长路上分不清方向时的指南针。鲁若迪基先生不就是这样的人吗？

仁兄的品行，像玉龙山上皎洁的白雪；仁兄的才华，虽不能至，心向往之！鲁若迪基先生，汉名曹文彬，普米族，1967年出生于宁蒗彝族自治县，鲁迅文学院第十二届中青年作家高级研讨班学员，两次获得全国少数民族文学创作“骏马奖”。已出版诗集《我曾属于原始的苍茫》、《鲁若迪基抒情诗选》（英汉对照）、《没有比泪水更干净的水》、《一个普米人的心经》，这些珍珠一样的作品一经问世便好评如潮。目前，他正在采风和潜心构思、创作2015年度中国作家协会重点扶持的长诗《独龙江》，不久，大诗人又将给我们带来艺术和心灵上的惊喜和震动，我虔诚地期待着。

木庭花：风趣快乐的民间歌手

不仅不显眼，还沉默寡言、行色匆匆，饱经沧桑的木庭花属于过目能忘的普通人。有多少人知道，这个形单影只、忍辱负重的农村妇女至今怀着一颗童真的心、拥有一副绝好的嗓子？犹记得她曾经是名噪一时一地的纳西族民间歌手？

木庭花，古城区金山街道办新团居委会团山村人，从与团山村紧邻的永安村嫁过来。在旧社会，重男轻女的思想还盛行，木庭花的两个弟弟进了学堂，但她从七八岁起就随母亲砍柴、背柴、卖柴，开始接受生存的挑战。与众不同的是，木庭花的民歌创作和继承、弘扬的道路就此打开：靠着惊人的模仿力和记忆力，她用纳西族的“谷气”调抱怨自己不能上学的不公、倾诉生活的艰难过早地压身。不到十岁的小女孩的非常举动，自然引起不小的轰动，木庭花成了当地的小“明星”，成为艰苦岁月中人们的“开心果”。

新中国成立后，社会面貌发生了改天换地的巨变，执着而顽皮的木庭花在十三岁时如愿以偿，一步走进小学二年级的教室，学习成绩也不错。虽然后来因为年龄的关系没能进初中，求学之路就此结束，但最让她高兴的是，读书时她一直是学校里独唱表演的首选人物。已经七十岁的木庭花今天毫不避讳自己调皮和“不安分”的个性：她的歌喉需要不停地展示，甚至小小年纪就掌握了唱情歌的窍门。这个特长给她送来这样的“礼物”——因为太喜欢唱民歌（主要指情歌），申请加入共青团、基干民兵都被拖延观察一年，以观后效，逾期不改正则不许参加。

造物弄人。木庭花颇为自嘲地讲道，十五岁来参加团山水库的建设，看到团山村一户人家用刺蓬当围墙，大门也很破败，于是放开歌喉咏叹，大意是：这么苦的一家人，也不知道哪个可怜的女孩会成为他家的媳妇。而仅仅几年后，这家人的媳妇就是木庭花本人！她的丈夫是支援怒江州的民政干部，长期无法照顾家里直到去世，而她上要赡养婆婆，下需教育两个孩子，在那段艰难岁月，生活的担子确实变得异常沉重！她的大儿子现在是正处级干部兼业余作家，年幼时曾经好几次动了辍学去帮助母亲挣工分的念头，但木庭花坚决地训斥：我这么艰辛就是因为没文化，也是为了让你们学文化，为了让你们成为有用的人！

可以说，木庭花是无师自通地成为民间歌手的。她不识乐谱、没有文学史学方面的功底、没有拜过师傅，可这并不妨碍她的成长。凭着深厚的生活阅历、过耳不忘的记忆力、学谁像谁的模仿力、异常活跃的思维和“拴也拴不住”的爱好，到后来几乎稔知了“喂默达”“阿哩哩”“谷气”等各种纳西族民歌的口头创作与表现手法。在金山街道办的新团，在开南街道办的良美、贵峰、漾西，在文化街道办，在太安乡，在七河镇，在丽江古城四方街，木庭花一千余次与人对歌交流，听众如痴如醉、对手心悦诚服。当她提及人们看到她就互相转告“妥多（对团山村一带的纳西语称呼）木庭花来了”并簇拥在她身边、想听她美妙的声音时，我问她那些听众算是她的“追星族”吗？木庭花谦卑地说：“不能这么说。只能说是人家同情我、可怜我悲惨的生活。”孙女出生后，木庭花前往怒江州帮儿子儿媳照看，一天，忽然听到有一家人的录音机里正在飘着她的“民歌专辑”，这让她很是意外。

木庭花对歌的场合几乎都在红白二事上，多数人家是亲戚，也有毫不沾亲带故但慕名邀请她的。在那个文化生活相对贫乏的年代，“喂默达”“阿哩哩”“谷气”等极大地丰富了人们的精神生活：唱的人相当投入，即兴创作的水平较高，听众的欣赏水平也高，挑剔也不少，而且通常是通宵达旦甚至几天几夜。木庭花在白事上唱的“穆布”可以让死者的亲朋好友声泪俱下；在红事上表演的“摆能芭”可以使新人及家属皆大欢喜。她谦虚地说，对歌中落下风的往往不是自己。1986年，我国著名学者白庚胜先生回团山村老家举办婚礼，木庭花应邀对歌助兴，其民歌艺术成就得到前来参加婚礼的纳西族著名学者、革命前辈和万宝的肯定。

风趣幽默并不意味着可以浅薄无知。木庭花熟悉各种民歌的“辄筰”（民歌在不同场合的约定俗成的规矩。如果犯了忌讳，名声可就不好了）。她还向我粗略地谈了一些对歌的基础知识：在婚礼上祝福、赞美新人不能用牡丹来比喻，因为牡丹虽属富贵之花，但它的一个本质属性是不会结果；唱《蜂花相会》时的蜂只能是家蜂而不是其他任何蜂；用花来赞颂一个人，最好用石榴比喻，因为石榴从里到外都是红彤彤的；纳西族民歌中最有韵味的“增居”在红事、白事上不宜用或几乎不用……木庭花特别谈到了各种生产生活知识一定要广博：十几岁的她曾经因为对不上“团山水库建设工地上的工棚有多少座”而输给对方，这让她刻骨铭心。

今天的木庭花仍然忙碌在自己家的“一亩三分地”上，参加对歌活动越来越少。她一心要把民歌艺术传承下去，但对于年轻人“想教他们唱都没有人肯学”的现状，显露出淡淡的遗憾与无奈！

纳西族“百灵鸟”和耀淑

1930年农历七月，和耀淑出生于丽江坝子东南部开南街道办美自村一户农家。因为是爷孙三代家庭里的第一个女孩，祖母给她取名“翠花”，希望她长大后像一朵艳丽的花，给家庭带来快乐、吉祥。虽然家里贫寒，但她的童年是快乐的。七岁时，她跟着祖母放马，祖孙二人常坐在树荫下，祖母一边打草鞋，一边给她唱歌、讲故事，教她猜谜语。和耀淑的父亲是当地有名的民歌手，逢年过节、红白二事期间，与村民一道围坐在院子里唱“喂默达”，经常是通宵达旦。村子里有许多人都会唱“谷气”调，但这种调子只能在野外唱，家里不允许唱。放牛放马的草场上、砍柴上下的山路上不时传来悠扬、舒缓的“谷气”调。由于家庭和环境的影响，加之自身的艺术天赋，十四五岁时，和耀淑已经会唱许多纳西族民歌调子。她嗓音甜润、善用比兴手法，博得村民的称赞。晚年，她常回忆起第一次跟外村的几个小伙子对歌的情景。那时，美自村一带春旱秋涝，农历二三月间河沟里没有一滴水，而夏秋时节大片农田被淹，成群的野鸭和白鹭飞舞，庄稼颗粒无收。那是一个晴朗的夏日，十五六岁的和耀淑和几个伙伴坐在树下打草鞋，从河下游来了几个小伙子，见到姑娘，撂下渔具对起歌来。和耀淑在伙伴的鼓动下亮开了金嗓子，一直对歌到太阳西下。第二天，和耀淑和伙伴又到这里放马、打草鞋，并希望再和那些小伙子对歌，但对方再也没有出现。这让她感到非常失望。

1948年年底，在丽江地下党的领导下，为适应革命形势，村村办起了夜校或识字班，宣传革命思想，激发起广大群众学文化、求解放的强烈愿望。

十八岁的和耀淑参加了党的外围组织开南研习所、民主妇女联合会。根据党的指示，她深入群众中，用民歌动员群众、组织群众、鼓舞群众。在此期间，她创作了不少揭露地主、官僚、国民党反动派罪恶的民歌。如《不劳而食的鸟》：

大雁不种谷，
大雁嘴很尖，
吃米它在先。
五月果子黄，
树上有害虫，
树汁被吸干。

马雅可夫斯基说，“无论是诗，无论是歌，都是炸弹和旗帜。歌手的声音，可以唤起阶级。”民歌在地下党领导丽江各族人民争取解放的斗争中发挥了重要作用。时隔六十年，和耀淑已是耄耋之年，回忆往事，她总喜欢唱开南研习所的同志集体创作的《反三征》等革命歌曲：

地上的灰啊，
被风刮走了，
种下的粮食，
官家收去了。

干旱的大地，
被火烧完了，
金银和钱财，
官家刮走了。

篱间的小鸟，
老鹰叼去了，
心爱的人儿，
官兵抓走了。

所有伤心的事，
快来倾诉吧！
所有不平的事，
快来记下吧！
想要过上好日子，
赶快拿起锄头，
赶快举起砍刀，
齐心协力去斗争！

还有一首是在“七一”大游行时唱的《团结歌》：

种田的，做工的，
大家都是一家人，
团结起来闹革命。

推翻旧世界，
建立新中国，
当家做主人。

1949年，革命风暴席卷玉壁金川大地，在丽江各族人民和国民党反动派进行英勇斗争的日子里，和耀淑和成千上万的工人、农民兄弟姐妹一起，举着红旗，高唱慷慨激昂的纳西民歌，举行声势浩大的“五一”大游行、“七一”大游行，终于迎来了丽江的解放。

新中国成立后，和耀淑又投身到各项建设工作中。作为村、乡的妇女干部，她先后参加了修筑丽鹤公路，兴修漾弓江、开南河水利工程，还远赴维西参加运粮队支援解放西藏。

人民翻身做主人，家乡面貌大变样。经过兴修水利，昔日饱受旱涝之灾的美自村从1951年起种上了水稻。和耀淑抑制不住激动的心情，放声高唱：

禾苗干枯的时候，
天上下雨了。
禾苗又转青了，
秋天结了饱满的籽。

百花凋零的时候，
春风吹来了。
百花又开放了，
秋天结了丰硕的果。

纳西人受难的时候，
共产党来了。
纳西人站起来了，
过上了幸福的日子。

1958年，她参加团山水库建设，带领妇女突击队春节不下工地，奋战数百天，直到水库落成。在水利工地上，和耀淑光荣加入中国共产党。举行入党宣誓后的晚上，她怀着激动的心情，用诚挚、朴素的语言表达了对党和毛主席的感激：

心中有千万支歌，
第一支歌要唱给毛主席；
心中有千万句话，
第一句要感激共产党。

作为著名的纳西族女民歌手，和耀淑在丽江有很高的知名度，在云南省内也有一定的影响。云南省第二次文代会召开时，和耀淑被选为特邀代表，但由于她正在水库建设工地奋战而未能参加。

人生的道路上，和耀淑有过一些遗憾，但党和政府也给了她很多荣誉。1956年，怒江傈僳族自治州成立，她作为纳西族代表参加庆典；1981年，丽江地区文联成立，她被选为委员。后来又被选为丽江县政协委员。六十多年里，和耀淑从未停止过歌唱。节庆期间、集会场所、丽江县一年两次的骡马物质交流大会上，人们都能从广播里听到和耀淑优美动听的歌声。她满怀激情，通过广大群众喜闻乐见的“谷气”等形式，宣传党在各个时期的方针、政策，赞美新人新事新风尚，讴歌故乡美丽的山水和在党的领导下取得的成就。1992年出版的《纳西族文学史》“女歌手和耀淑及其作品”一节写道，“和耀淑在创作上善于运用隐喻、象征手法，运用‘本子’（掌故）自然流畅，因此，她的作品显得含蓄优美、灵活自然。”书中还收录了她在宣传县级领导人直接选举时的一首民歌：

三月撒小秧，
要使秧苗壮，
先得选好种。

九月谷子黄，
谷子成熟时，
就要来选种。

长百粒的穗，
放到一边去；
长千粒的穗，
选出来做种。

只要选好种，
要千就熟千，
要万能产万。
选举带头人，
就像选种子，
强的选出来，
人民才放心。

整首歌基本上都用了隐喻手法，然后才点出本意。因为是向广大农民群众做宣传的，所以作者选取了农民群众最熟悉的选种来比喻选县级领导人。贴切通俗，寓深意于浅显的道理中，足见匠心独运。岁月流逝，物换星移，和耀淑已经八十多岁。虽然身体已经大不如前，但思维清晰、耳聪目明，还记得幼年的许多人事。不久前，应村里青年和老体协的要求，还创作了好几首反映现实生活的作品。一边演唱，一边让儿子用汉字记录下来。她还叫儿子买来磁带，常常坐在录音机前，将自己以前唱过的一些歌曲和传统大调录制下来，说这是纳西族的珍贵文化遗产，叮嘱家人好好保存，一代代传承下去。（与牛相奎合作）

木丽春的文化情结

立春者，枯木发芽，万物复苏。经历了一个冬天的蛰伏后，重又看到萌芽的希望、盛开的希望、蓬勃的希望。出生于玉龙县拉市镇美泉村的木丽春，有一个充满美好和希望的好名字。而这种美好需要经历无数困苦、挫折、坎坷的磨砺，才能越发显出它的长久、可贵。在经历一个世纪后的今天，我们再回首木丽春老人的过往，不禁感叹一位纳西族传统文化的活载体、东巴文化执着的探究者取得些许成就是多么地不容易。对于东巴文化的传承与弘扬，木丽春倾注了太多的汗水和心血。

1954年，叙事长诗《阿诗玛》的发表引起了全国文坛的轰动，更多人的目光投向云南这一方多民族聚居的神奇美丽的土地。正在上高中二年级的木丽春深受震动和启发：纳西族也有足以与《阿诗玛》媲美的叙事长诗《游悲》《鲁般鲁饶》，自己何不也下功夫发掘和整理呢？次年春天，利用假期，木丽春约上同学和好友牛相奎到自己的家乡去找纳西族大东巴和光，请他释读东巴经《鲁般鲁饶》。

当时，“土改”运动正在热火朝天地进行，东巴被诬为迷信职业者，东巴文化被蔑为“牛头马面”“牛鬼蛇神”，大东巴和光善意地提醒这两个“不知天高地厚”的小青年：“小小年龄，不怕被抓去当牛鬼蛇神吗?”木丽春把载有《阿诗玛》的报纸拿给大东巴，诚恳地说：“我们纳西族也有不逊于《阿诗玛》的经典，都是我们祖先做过的事情，为什么我们就不能让它们流传和得到发扬呢?”和光被他们的精神感动，愉快地答应给两位文艺青年释读东巴经。木丽春、牛相奎开始了对纳西族先民的古老故事和灿烂文化的探究之路。在和光的讲解下，他们知道了《鲁般鲁饶》中的“鲁”是指青春期成熟的男女，“般”是迁徙，第二个“鲁”是成群结队，“饶”即下来。整句话的意思是“青年男女成群结队迁徙下山”。迁徙下山做什么？和光东巴介绍：“那些热恋中的青年男女因为不愿意服从父母包办的婚姻，于是，成双成对地逃跑。他们要去寻找‘没有蚊子和苍蝇，马鹿作耕牛，老虎当坐骑，雉鸡来报晓’的‘玉龙第三国’，追求属于恩爱的人的天堂。”多年以后，木丽春老人眯着眼睛仰望湛蓝的天空和洁白的云朵，若有所思地说：“外国人有‘伊甸园’，汉族有‘桃花源’，纳西族也有‘玉龙第三国’，这是我们纳西族的理想境地，一片充满了神奇与欢乐的地方，相爱的人在那里将白头偕老，没有兵荒马乱，没有世俗烦扰，一切都那样美好！”经过加工、创作、反复修改，木丽春、牛相奎两位高中生的辛勤劳动迎来回报——1956年，纳西族叙事长诗《玉龙第三国》在《边疆文艺》发表，立即轰动文坛！从此，越来越多的人更加了解了纳西族、丽江、东巴文化。但是，此时的木丽春并没有意识到自己对传承东巴文化起了什么作用，只是开始着迷于文学，创作诗歌等文学作品。

同年7月，木丽春在高考中意外落榜。但是，20世纪50年代，高中毕业生也由国家安排工作，数理化成绩同样优秀的木丽春被分配到昆明的植物研究所工作。此时，木丽春正在参加云南省第一届民族民间文学大会，何去何从？喜爱民间文学的他毅然选择回到家乡，到丽江县文化馆工作。当时的文化馆馆长周霖安排他下乡组织参赛队，参加丽江地区首届民族文艺会演。接到任务后，木丽春考虑到自己对太安乡的汝南化村比较熟悉，而且，汝南化村的东巴吟诵、东巴舞蹈都非常有名，决定到该村组织会演队伍。经过一个多月的排练后，木丽春带着村里的东巴们的《鹰飞虎跳》和《山羊斗架》参加了地区文艺会演。

正在表演舞蹈的时候，意外发生了。当时负责会演工作的某科长跳到台上，说这是“牛鬼蛇神”，并把东巴们赶下台。此外，勒令木丽春写检讨书，做出深刻的悔过。刚刚参加工作就受到如此巨大的打击，青年木丽春当然想不通，他看着被赶下台的东巴们，心里暗暗下决心：总有一天，要让这古老的舞蹈再次回到舞台，让人们知道它的价值！次年7月，对纳西族民间文化了解得更加深入的木丽春开始意识到，保护纳西族传统文化是一件势在必行的事情。在当时特殊的历史背景下，大张旗鼓当然不行，只有利用工作上的便利暗地里做一些抢救工作了。他打听到大研镇各街道的街公所内有一批“土改”时从地主家里没收来的字画和古籍，因时间久远无人管理，很多已经开始破损。这些珍贵的文物无论如何不能就这样被湮没，木丽春决定去抢救它们。他约上单位的花工杨子美大爹，拉着一辆板车向街公所进发。古旧书籍和字画的破损情况让木丽春感到心寒：张大千、徐悲鸿的十多幅画，古旧书籍上万册，不计其数的古画被随意堆放在阴暗潮湿的房屋里。木丽春将这批宝贝抢救回来后，细心整理安放在文化馆的偏房北岳殿内。

第二年春天，位于拉市的指云寺要改设为丽江县农业中学，寺内很多“封建迷信”的东西面临灭顶之灾。木丽春闻讯后，立即约上馆里的赵继先赶到指云寺。这一次，他们抢救了二十四幅唐卡，这些画今天收藏在丽江市博物院。在抢救大量文物的同时，木丽春没有停止对东巴经和东巴文化的了解、收集、整理。

1958年春天，木丽春被丽江县委抽调到下乡工作队，分配到金沙江边的三仙姑乡岩头村。刚到那里，他就碰到一件怪事——村里的贫协小组抓住了一个“牛鬼蛇神”的活靶子，一位东巴兼地主分子。木丽春看到民兵把一摞东巴经典籍挂在地主兼东巴的脖子上押到会场。民兵在批斗他的时候，把脖子上的经典一一扯下来扔进火堆中，并高喊“打倒牛鬼蛇神！”看着慢慢在火堆里化为灰烬的东巴经书，木丽春无比心痛。他觉得这是野蛮对文明的践踏。他紧握拳头，直想冲上去大声制止。但是，理智告诉他，在这样的场合站出来无济于事，自己要做的只能是在今后尽可能更多地抢救东巴经……

下乡工作队完成使命回到县里后，木丽春从同事那里得知一条信息：鲁甸乡新主村有一位叫和文质的大东巴藏有一屋子东巴经书。这条消息让木丽春高兴万分又十分担忧，他是怕这些东巴经书也难逃厄运，被付之一炬。于是，他马上请求馆长去抢救。但是，馆长认为这么做很可能自己也背上

"牛鬼蛇神"的黑锅，所以并不表态。时间不等人啊！木丽春决定单独行动。第二天，他赶快从银行取出多年的积蓄，偷偷买了一张车票到巨甸，随后又从巨甸步行一天赶到鲁甸。

在陌生的村庄里，木丽春碰上一位老人，询问和文质的家。老人压低嗓音害怕地说："先生，和文质不在了。我是他的堂弟。天要黑了，不如先到我家坐坐?"在老人的家里，木丽春说明了来意。老人沉痛地说，和文质的东巴经书是祖上传下来的，年代已经非常久远，一屋子的东巴经书要不是由家人转移保存下来，可能早就被毁坏了。你既然要就拿去吧，最好能一直保存在县里。木丽春的眼角有些湿润，觉得这些普通的纳西族农民太淳朴善良，他们才是纳西族文化真正的保护者和传承者。第二天一早，老人带着木丽春穿过一片核桃林，来到一座木楞房前。推开虚掩的门，一个披麻戴孝的大汉在里面。老人告诉大汉木丽春的来意，大汉有些吃惊地看着木丽春，良久，终于拿出一把锈迹斑驳的钥匙，对木丽春说："跟我来吧。在那间屋，好多年了……"门开了，窗户也开了，成堆成堆的东巴经书展现在木丽春眼前。阳光从窗户中透进，潮湿阴暗的房屋立刻变得温暖和光明，这种温暖从心底慢慢升腾……这两千七百多卷经书、两卷神路图、七幅神轴幛以及一些东巴法器就是木丽春心底的阳光，足以驱散他压抑已久的阴霾。拿自己多年的积蓄买回来这批经书，木丽春觉得很值得、很高兴。

但是，回到县城后，他万万没有想到，这次行动成为他从事封建迷信活动的铁证！他被安上罪名，被拉去批判，被开除公职，被监督劳动。陪伴他的，还有一顶叫"反动分子”的帽子。寒意，一阵阵从木丽春的心底涌起。冬天来了。如果说，在农村老家被监督劳动的木丽春没有一点压抑、没有一丝绝望，那是假的。但是，在那个特别寒冷的冬天，木丽春想得最多的还是那些随时都可能被践踏、毁灭的东巴经书。一把火就可以让一个文明消逝，木丽春心底的痛楚在加深。

这时，省委宣传部部长到丽江检查工作。因为国庆十周年的献礼节目中有根据东巴经典编写的《纳西族民间故事集》《纳西族民间歌谣集》，部长就问起了东巴经书的收集者木丽春的近况。得知木丽春被开除公职正在农村监督劳动后，部长很生气：“又不是真的反革命分子，何况也只是富农子弟。赶快把他调回来工作！”就这样，木丽春去了丽江地区歌舞团。在那里，木丽春充分发挥写作上的优势，写出了近一万行的长歌《金桥银路》。在创作过程中，他向纳西族民歌手们虚心请教，深层次地掌握和理解纳西族的传统民俗文化，为以后的研究工作奠定了扎实的基础。

其间，木丽春到迪庆的德钦县体验生活，在那里又接触到两本对他影响深远的书籍：《中国西南古纳西王国》和《纳西语—英语百科词典》。当时的丽江县委书记徐振康看了这两本书后十分感动，对副县长周霖说：“这些用象形文字写成的书，不仅是纳西族的东巴经典，还是十分珍贵的文化遗产。现在能释读东巴经典的人没有几个了，要赶紧抢救！”出于需要，对东巴文化比较熟悉的木丽春又被调回县文化馆。

不久，在丽江坝子南部木家桥一带发现了古人类遗址。木丽春又和文化馆馆长周汝诚赶紧到遗址勘察，发现了一颗头颅化石——任何古生物最宝贵的研究材料就是头颅化石。周汝诚让木丽春迅速把头颅化石装进赶制的木箱内，寄给中国科学院古脊椎动物与古人类研究所。不久，周汝诚举着一封信高兴地对木丽春说："有回复了。这是他们的鉴定：是距今十万年到五万年的智人化石，命名为'丽江人'了。"木丽春听后也非常高兴，心里想，丽江的历史既然如此久远，后人就值得去探索和保护。为了东巴文化，为了纳西文化，让我做什么都 可以。

但是，美好的愿望总会有意外因素的干扰。1964年，木丽春被馆里指派随和志武到中甸调查了解东巴文化。他们在中甸收获很大，不仅请到大东巴牛恒释读东巴经，还在洛吉乡收集到了阮可东巴经典。找寻阮可东巴经书，木丽春先到了上村的东巴家里。在一座具有彝族特色的土掌房前，他对一位佝偻着腰的老奶奶说明了来这儿的目的。老奶奶战战兢兢地说："阿哥，你是不是走错了？"看到天色已晚，木丽春央求老奶奶让他住一晚，老奶奶给他做了好吃的，又给他换上新被褥，点燃一根松明后离去。刚刚入睡的木丽春忽然被一阵叫喊声惊醒，踹门进来的几个彪形大汉把他绑了个结实。原来，中甸监狱这几天逃跑了一个犯人，村子里的人认为木丽春就是那个逃犯。不管木丽春怎样解释，大家都不相信，直到天亮后与三坝区公所取得联系，他才被释放。

在县文化馆，木丽春陪伴大东巴和正才释读东巴经近两年。释读工作告一段落后，和正才得了一场重病，又因为年过古稀，就提出了回家养老的要求。馆领导就让木丽春送老人回家。虽然时隔多年，木丽春依旧清楚地回忆起那段往事。他说，他邀请和正才到家里坐坐，和正才高兴地答应，并与木丽春同床而卧。告别时，大东巴和正才紧紧拉住木丽春的手说：“木先生，是我介绍你收集大伯和世俊的东巴经书的，我死后也好给大伯做交代了。你是好人，为了这些东巴经书，你还挨了不少批斗，受了很多苦难，但我会为你念经祝福健康长寿的。”木丽春的心里打翻了五味瓶，往事历历在目，他坚定地对大东巴说：“为了我们纳西族的东巴文化，这些苦算不了什么。您放心，我会一直做下去！”

决心将东巴文化传承到底的木丽春又经历了一个特别漫长的寒冬。

1966年，“文化大革命”在全国掀起。不久，他和牛相奎、桑文浩、和在瑞等被关进牛棚，开始了劳动改造。两年后，县里又抽调木丽春去写“农业学大寨”的材料。木丽春的名为《天红地红人也红》的文章意外出现在《云南日报》头版头条位置。这可轰动了丽江，也得到了县领导的好评。这个看似无奈的举动却为木丽春重新研究纳西族传统文化创造了意想不到的良好条件——县领导叫他去天红大队蹲点。在天红大队的七年间，除一个星期写一篇“情况反映”外，剩余的时间他都在暗地里调查研究东巴文化。这七年，成为木丽春收获民族文化最为丰厚的时光。“文革”结束了，又一个暖春走来。时任中共丽江县委书记的张文英让木丽春任鲁甸公社社长。可是，木丽春从来没有想过要当官。他想，自己追求了半辈子的民族文化整理研究工作可不能就这样丢掉，他悄悄找到地区文教科，要求去群艺馆工作。为了逃避做官，他四处“托关系”“找路子”，终于如愿以偿到群艺馆继续从事东巴文化的研究。

在群艺馆，木丽春接受了新的挑战：“民间文学集成”

等着他来伏案执笔。经过一年多的奔波收集、整理、编纂后，《丽江各民族歌谣集成卷》一集、《丽江纳西族故事集成卷》一集得以很快出版，木丽春也被评为云南省民族民间文学集成工作先进分子。后又被评为国家级民族民间文学集成工作先进工作者，并被省民委、省文联聘为民族民间文学集成编委会成员。木丽春还带着他的小说作品回到了云南省的文艺队伍中。他埋头创作，先后发表五十篇短篇小说、三篇中篇小说。其小说集《情死部落的女人》有一大特点是民族文化的“符号化”。我们从中很容易读到浓郁的纳西族乡土气息，仿佛在观赏一部纳西风情电影，不知不觉间沉入小说里的故事和人物。木丽春的小说都有“文化符号”的印记，但我们不必批评他取材的局限性。从《情死部落的女人》到《铁核桃》《山外的声音》《耕山的人》，哪一篇不是民族史诗般的赞歌？木丽春的创作手法也较全面，现实、魔幻、后现代等都有。木丽春用他数十年如一日的执着和丰富多彩的文字，使他成为一位纳西族传统文化的活载体、东巴文化研究的迷恋者，独特地屹立于玉龙山下、金沙江畔！

今天，木丽春老人依旧精神矍铄。他居住的院子里繁花盛开，在这个干旱的春天依然带着春的气息，开得美丽娇艳。新的时代、新的气象，木丽春坚信，纳西族的传统文化必将得到全面的继承、发展。他说，《玉龙第三国》只是自己的一个起点，而对于浩瀚、古老的纳西文化而言，永无止境的探索和迷恋是他毕生的追求！（与代宏合作）

许存仁先生小记

至少七八年了吧，当时丽江日报社还在福慧路的中共丽江地委大院内。一天，一位身材修长、衣着朴素、精神矍铄的老人来到副刊部投稿，内容是丽江藏传佛教寺院的历史及考证。老人是纳西族，言谈举止相当客气。我对藏传佛教一窍不通，但对于热爱写作的读者尤其是老年人一向热情接待，还答应他稿件在适当的时候可以刊发，并感谢他对我们工作的支持。如此，许存仁先生与我之间所谓的缘分就结下了。我第一次就觉得许老是一位很有教养并值得尊敬的老人，那他是怎么看我的呢？后来闲谈，他说，没想到我战战兢兢地闯进副刊部的门，遇到里面坐着你这个农民，我也就把心放下来了。此话怎讲？他说，你既不是我想象中戴着近视眼镜温文尔雅的“秀才”，也不是拒人千里鼻子里说话的“先生”，你的做派就是一个地地道道的农民，坦率、实在。这大概是夸我的吧，虽然总觉得哪里不妥。

后来我越发尊重他了。因为，许老喜欢写作、喜欢藏传佛教文化并为此付出物质的、精神的、健康的代价，但是，他不求名、不图利，而且也不需要追逐这些。从物质的角度说，许老家在丽江是有名的殷实富户；从职业的角度讲，许老竟然是在公安系统有着四十多年工作经历的政治协理员、秘书股长、公安特派员、派出所所长、政保刑侦股长、治安消防股长，与民族文化研究离得也太远了吧；从研究学问的角度论，他的成果是用脚一步步走出来的，还有深深烙在他脑海中几十年前的记忆。一个衣食无忧甚至完全可以摆阔的“大老爷”，自找苦吃地穿行在滇、川、藏纳西族居住区的荒野山乡、藏传佛教寺院，为的只是让人所少知的边远地区的纳西族历史文化、具有纳西族特色的藏传佛教文化记录、整理、流传下来，给大众留下这方面的珍贵资料。其情其心，怎能不让我肃然起敬呢？

交往多了，缘分够了，我们自然而然就成了忘年交。一直没有改变的是，我对藏传佛教依旧一窍不通。我多次到过许老家，发现其实他们一家人都很优秀，有同样是警察而且是新中国成立后丽江首批女警察的许太太——赵奶奶，有身为丽江著名画家的大儿子、儿媳，有在政府部门的小儿子。难能可贵的是，一家人都以各自的事业为生活重点，绝少讲吃喝玩乐、家长里短、阴阳八卦。他的子女到印度、尼泊尔、欧美国家旅游或公干，总是以在当地购买藏传佛教文化方面的书籍给老人为重要任务。许老本人到香港、台湾等地，也总是钻进书店，查找喜爱的书籍。

许老做学问，务必做到精准确凿方罢手。为此，每有文章的初稿出来，凡牵涉的人和事，只要有一丝可能，他就复印多份，提请众多的相关知情人批评指正、拾遗补阙，而后再来第二稿、第三稿……所以，许老的文法虽然有“用纳西人的语言模式写作汉字”的嫌疑，但可信度是很高的。就算在公开发表后读者有不同意见，许老也视为难得的学习机会，虚心倾听，和颜悦色地商榷，有则改之、无则加勉。如此，时日一长，许老的学问又进步了一大截。

许老最喜欢的事是看书写作，给他打十次电话，七八次都在读书写作。许老多年来养成了一个不太好的习惯，就是不看书睡不着觉。有时夜已很深，他突然醒来后还会赶紧把所思所感以提纲的形式记录下来，次日补充完善，弄得家人莫名其妙。他常说，人生最大的快乐是明明白白地弄懂一件事的来龙去脉，至于虚名浮利，生不带来死不带去，不必在意。就是抱着“一物不知，深以为耻”的态度，他可以不顾高龄在山体滑坡频繁的季节穿梭在滇、川、藏，可以心血来潮似的飞向北京图书馆查阅资料，可以“三更灯火五更鸡”依然端坐书桌前凝神思考、奋笔疾书。其只争朝夕的精神，令无数年轻人汗颜；其超凡脱俗的见识，又似乎是世外高人。

许老最大的研究成果是，他认为，藏传佛教来到纳西族地区后，经过纳西族社会的吸收、加工、改良，已经形成了一整套与藏区藏传佛教有差别的文化体系，无论是寺院的建筑风格还是僧侣的生活起居，莫不如此。丽江的藏传佛教中还有东巴教、本教的内容，有一直强调的“忠君爱国”的内涵。听说过丽江和丽江古城是一个“文化大熔炉”，许老的见解不仅有理有据，从丽江对待外来文化的历史传统上说，这似乎也在情理之中。许老还用大量的事实推翻了历史上丽江藏传佛教寺院的活佛均由藏区派来的说法，从原来人们所知道的六位纳西族活佛到最近考证出有名有姓的三十二位纳西族藏传佛教活佛，许老付出了大量的辛劳。据说，朗达大师、张大喇嘛的后人看了许老的考证文章后，激动地说许老比他们还了解祖上的事迹、家族的历史，真诚地感谢许老。纳西族著名学者郭大烈先生采信的新郭氏家谱，也是许老正本清源的。

身为一名老共产党员和老公安，许老是新中国成立后于1955年首次设置的政治协理员（相当于“政治指导员”称谓）；1978年，他任所长的巨甸派出所被授予云南省优秀派出所称号；1991年，个人荣获公安部授予的三等功。许老研究丽江的藏传佛教是严肃的、谨慎的。许老善于从研究中发现藏传佛教与党的方针、政策的结合点和共同点。的确，一些“普世价值”是无论东西、不分南北都具有的，许老努力提炼佛教中对现实社会有实用性、指导性的值得赞美的内容，并不同意善男信女盲目的信仰、执迷的崇拜，对于一小部分佛教徒的一些不检点行为，他也并不讳言，热心规劝。大家都说，许老不是专业的学者，没有受过严格的学术训练。这大概是对的，他的许多成果也并非完美无缺。但是，不客气地说，蹲在图书馆里翻阅参考书、坐在电脑前神游四海、趴在故纸堆里用概念演绎概念、用推理得出结论，甚至连研究对象的所在位置都不甚了解的专业学人们，倒完全可以学学许老深入掌握第一手资料的劲头，田野调查总是比较靠谱的。

许老的另一个传奇之处是，1994年退休后才着手研究丽江的藏传佛教，2009年才在《丽江日报 · 周末》发表处女作，但是，到了今年年初，他已经有一百零三篇文章问世，公开出版了《丽江古寺庙轶事及考略》《福国寺》《滇西北十三大寺》《八旬拾花：丽江古寺文化》等专著，不重复计算达八十多万字。都说丽江天生丽质、钟灵毓秀、人才辈出，许老也算是再次佐证了这种说法。

新年一过，许老已经八十二岁高龄了，但依旧精神饱满、逻辑清晰、健步如飞。毋庸讳言，心如菩萨的许老对我的工作也是极力帮助的，比如报纸上几个专栏的开办，他就功不可没。我曾开玩笑：您是不是佛祖安排在晚年来研究藏传佛教的？或许您的前生就是高僧大德？许老笑笑，说，不管是不是，人生都是来还债的，努力还债吧。

期盼许老在身心健康的前提下，有更多完全弄明白了的大作问世。

吾土吾乡

贺龙敲石鼓，红旗漫天舞

站在4月的“万里长江第一湾”——金沙江畔的石鼓镇，只见宽阔而平缓的江水不急不忙地划下一道舒缓的曲线掉头奔向东北方，昼夜不舍。金沙姑娘在这个季节似乎只愿展示给世人平和、安详、柔情的一面，涌动的暗流悄悄隐藏于碧波之下。随意弯曲而略显狭窄的石鼓小坝上，尽是绿油油的麦田和绵延不绝的柳林，一切都显得恬淡、静谧、美丽，农人在波澜不惊、惬意地劳作，享受着生命、生存、生活的本真。面对四围青山、巨大江湾，我肃立于安放在坡头的那面硕大石鼓前，仿佛置身于80年前红军在此渡江的壮丽场面。

虎跳峡激浪，玉龙山腾云。红二、六军团抢渡金沙江的往事已成旧梦，但红军的精神却并不如烟，它如大江东去永不枯竭，它对纳西族历史与丽江文明的震撼可谓恒久永远。

石鼓得名于一件历史文物。“民心得失演古今兴亡史；石鼓合开占天下治乱情。”这是郭沫若先生为石鼓作的对联。这是因为石鼓有一道据说能自动开合的裂纹：天下动乱，裂纹越撑越大；天下太平，裂纹相合如线。却原来，石鼓是一面汉白玉制成的巨鼓，直径近两米，鼓面上镌刻有明代纳西族木氏土司战胜吐蕃的“大克大捷纪胜碑文”。据说，石鼓立于三国时代，结缘于这里曾是诸葛亮“五月渡泸，深入不毛”之地，属忽必烈“元跨革囊”之故垒西边，更是唐宋以来纳西族木氏土司与吐蕃地方政权相抗衡的天堑。在纳西族民间故事中，这里又是金沙江姑娘告别怒江与澜沧江，直奔东海去寻找自由幸福的拐点。元代诗人丁鹤年曾这样描写这里的水势：“江流至此成逆转，奔入中原壮大观”；当地纳西族诗人、作家、学者范映田亦豪迈地宣称自己是“山连云岭几千叠，家住长江第一湾”。红二、六军团长征的到来，再一次为石鼓书写下壮怀激烈的史诗，也为丽江及纳西族人民的命运带来了根本的变化。

红二、六军团在丽江石鼓强渡金沙江大体上是在这样的背景下进行的：1934年7月，为保证中央红军安全转移，红六军团率先西征到达黔东与从洪湖苏区突围出来的红二军团会合后回师湘西，创建了湘鄂川黔苏区。1935年11月19日，红二、六军团在极端困难中完成策应中央红军战略转移的任务后，为保存有生力量也从湖南桑植和轿子垭地区出发踏上长征之路，并于1936年3月进入滇黔边境。4月1日，按照在贵州召开的“盘县会议”精神，红二军团为右翼、红六军团为左翼，先转向南佯攻昆明，待调敌回援后突然分兵向西，在昭通、曲靖、昆明、楚雄、大理与围剿追敌千里回旋、频施妙计，途经28个县区，攻占13座县城，并于4月24日在原丽江专区鹤庆县县城召开会议，确定在丽江石鼓一带北渡金沙江。4月28日，红二、六军团18000人从丽江石鼓到巨甸一带顺利渡过金沙江，在历经爬雪山、过草地的艰苦跋涉后，于7月1日与红四方面军胜利会师，于翌日与红三十二军合编为红二方面军。而后，朱德、贺龙、任弼时等同志一起对张国焘分裂党和红军的图谋进行了坚决的、积极的斗争，迫使他同意红二、四方面军并肩北上，实现了三大主力红军10月9日、22日在陕北的胜利会师，红二、六军团历时11月、转战9个省、行程16000里、途中进行大小战斗110次的长征亦胜利宣告结束。

红二、六军团选择在石鼓一带渡江北上，完全出乎“蒋委员长”的预料。此前，“蒋委员长”坚信红军只会从丽江经梓里铁索桥过江往永胜东去。“蒋中正给龙云的电令”云，“……查，丽江县东约数十里踞金沙江两岸有一铁索桥，名梓里江桥……现萧贺股匪（拟）铁索桥渡金沙江企图与朱徐会合。为免该匪易于渡江计，可否将铁索桥速即设法撤去……希饬丽江、永北两县速派地方团队赶筑桥头堡，扼守至万不得已时可将铁桥撤至东岸为要。”“蒋中正致龙云电文”也说，“金沙江沿岸所有船只及一切渡江材料应如预为搜集，先由我方紧急时准予烧毁或破坏之。”为此，他早已部署重兵守住梓里桥，并像泸定桥一样拆掉桥板只留铁索，等待红军往“口袋阵”里钻。“蒋委员长”和云南省主席龙云还坐飞机视察当地的“剿匪”准备工作，感觉良好，颇为得意。

然而，红军怎么会按照“蒋委员长”的旨意行事呢？4月24日至28日，红二、六军团在石鼓至巨甸的百余里江岸上选定木瓜寨、木取独、格子、茨可等渡口成功抢渡金沙江，从此甩开10余万国民党军队的层层封堵，高唱着豪放的战歌“金沙江流水响叮当，常胜的红军来渡江。不怕山高路又远，更不怕敌人来阻挡”挥师北上，只留给“蒋委员长”和“国军”“来时接到宣威城，走时送到石鼓镇。费心，费心！请回，请回”“吓死滇军，拖死湘军，脚踏川军，气死中央军，英雄是红军”等醒目的标语。而朱德总司令在得悉红二、六军团成功渡江后却十分高兴，电贺云：“金沙既渡，会合有期。捷报传来，全军欢跃。谨向横扫湘、滇、黔万里转战的我红二、六军团致以热烈的祝贺和革命的敬礼!”

在红二、六军团到达之前，石鼓街上已有一些陌生商人来做生意。他们不仅了解当地的地形地貌、江水渡口、风土人情，而且掌握了当地土豪劣绅的名单。在红军要来石鼓过江的消息传开后，敌江防总指挥、藏族土官汪学鼎慑于红军声威，早已过江躲藏起来。红军先头部队到达石鼓后，迅速沿江挡住维西方向的反动武装，而300名水性好的战士则组成突击队过江夺船只、占渡口，扫清对岸的威胁，以保证大部队的渡江安全。26日开始，在当地老百姓的倾力帮助下，全体官兵、男女战士克服船只少、江流急、国民党军尾随其后和空中3架飞机胡乱轰炸等重重困难，昼夜不停地神速抢渡。但见贺老总敲响石鼓，指挥渡江，到处是旌旗招展空翻飞，留下民歌至今传：“贺龙敲石鼓，红旗漫天舞。天兵飞渡金沙江，笑话当年元世祖。纳西穷人见太阳，从此不怕木王府。龙云队伍遇红军，夹尾逃窜像灰鼠。纳西人跟着闹革命去，要掌江山自做主”。28日，六军团16师最后在巨甸渡江完毕，全军抵达中甸境内（今香格里拉，当时也属丽江专区管辖）。于是，萧克将军回望石鼓渡口感慨万千，立马赋诗以纪其事：“盘江三月燧烽扬，铁马西驰调敌忙。炮火横飞普渡水，红旗直指金沙江。后开鼙鼓诚为虑，前得轻舟喜欲狂。遥望玉龙舒鳞甲，会师康藏北飞缰。”

对于红军在石鼓抢渡金沙江的印象，张铚秀将军在《从乌蒙山到金沙江》中回忆道："更令人难忘的是，当地（丽江巨甸）的各族人民，不分男女老幼，他们身背肩扛，从远地赶来，执意要把最好的糯米粑粑、最新榨出的红糖一筐筐、一箩箩地送给红军。我们营是最后一批渡江的，人民欢送得最热烈、最真诚。我登上最后一只木船，面向南岸，给人民道别的时刻，清楚地看到许多年长的老大妈，有的还用手指扳动念佛的数珠，虔诚地为红军远征而祈祷，许多年轻的汉子合起双手，握紧拳头，呼唤着向红军祝福。"而纳西族人民则说，红军是他们见过的最好的军队，个个都长得帅，个个都是"大学生"，见穷人就喊"老板"（老乡），买东西都要"把（给）你钱"，不收还不行！的确，红军在丽江的短短几天里，受到各族群众的箪食壶浆相迎送，贺老总送给中甸松赞林寺松茂活佛的"振兴蕃族"条幅，更是给予包括藏、纳西、白、彝等各民族人民无限的希望。人们确信：红军是英雄好汉，而帝国主义和它们的走狗蒋介石反动派则是完全无用的；只有红军的道路，才是解放他们的道路。

因此，贺龙的期望在短时间内才能成为现实。1938年，金沙江两岸便爆发了反抗国民党统治的"黄军起义"（起义军说"黄军"是"红军"的弟弟）。在大将军张志友、三将军张连科的率领下，他们提出"杀贪官、安人民、打富济贫"的口号，迅速扩大队伍达2000余人，持续抗争了半年多时间。虽然最终被残酷镇压，但其影响力已经达到丽江坝区、剑川县、中甸县，深刻影响了丽江乃至整个滇西北地区后来的抗日战争、解放战争，尤其是对上世纪40年代李刚、郭耀南、杨尚志、和万宝、丁志平、吕力生等共产党员在丽江、华坪、永胜的革命活动起到了催生作用。1947年5月，丽江各县已经有党的组织和革命武装。1949年3月16日，丁志平在华坪打响了滇西北高原武装反抗国民党统治的第一枪。同年5月，中共丽江县地下党组织领导了“五一大游行”，矛头直指国民党腐朽统治，公开喊出“打倒国民党”“拥护共产党”“打倒美帝国主义”等战斗口号。这些都是红军长征播下的火种燎燃的烈火。没有这一切，也就没有1949年6月29日国民党丽江行政专员公署专员兼丽江县县长习自诚几近无奈地宣布：“自6月30日止，将蒋介石政权系统下之现行政权，即日解除，还政于民。”以及7月1日丽江和平解放。

红军长征抢渡石鼓金沙江前后仅仅五天时间，但其感召力空前。一旦红军砸碎了千年的铁锁链，丽江县一次性有19名青壮年自愿加入红军队伍追随革命，其中的王玉清、张履公、杨德根3人紧随部队一路爬雪山、过草地，胜利到达陕北。后来，王玉清在参加过抗日战争、解放战争后退休回家，而其他人则倒在极其艰难困苦的革命征途上，成为最早为民族独立、国家解放、人民革命而牺牲的第一批丽江及纳西族革命先烈。

红军长征过丽江，也展示出纳西人民大情大义、宽厚仁慈的秉性。他们对因病留下的伤病员极力掩护、悉心呵护，使大多数伤病员恢复健康后平安归队或者在丽江落地生根，而自己则在国民党的“清乡”中饱受折磨，惨遭杀害。如，在丽江古城有20多位红军伤病员因为群众掩护而躲过“清乡”；巨甸的舒茂才（原名鲍学信）收留了7名伤员，并保全了6个人的生命；石鼓的戴阿七和3名伤病员与敌人进行殊死搏斗后均遭杀害；漾西的香春爸、石鼓的陈尚英、巨甸的余阿康、东元的朱文照等都先后护送众多伤病员回到红军队伍；130多名掩护主力渡江的红军战士最后因没有船筏可渡而流落在丽江鲁甸至维西一带，得到纳西族等各族民众的终生关怀。那些红军抵达丽江县城后打开国民党县衙门的监狱救出的穷人，更是怀着感恩戴德之心给红军当向导，如桑乐天被释后辞别亲人徒步400多里，将红军带路到中甸县城，直到丽江解放前夕才回到家乡；金庄的汤自光、郑太和，大研镇的周耀候等70余人也曾为红军充当向导，确保了红军及时安全渡江；尹学富、王孙、和仲清等20余名工匠还主动到红军指挥部报名扎木筏，并在一个隐蔽处一共找到七条木船；年震、周长寿、尹学富、李顺才等28名船工在四天三夜里昼夜不停地划动木船和木筏，作出了自己的贡献。其中，红5师15团7连的大木船发生沉船事故后，除救回半数外，20多名指战员被凶猛的江水吞噬，船工周长寿在极力抢救落水人员时英勇牺牲；当了解到红军所带“滇币”过江进入藏区后将不再适用时，丽江商会及时为红军兑换了两大簸箕银元予以协助；和士强、张兆华等34名大研镇裁缝用17架缝纫机在7个地点连续工作两天两夜，赶制了大量军帽、米袋，帮助红军漫漫远征。

在这一个个感人肺腑的故事中，还有一个钟幺妹的传奇。钟幺妹乃贺老总的外甥女，她从湖南走到云南，一直跟着部队东征西战，想不到在石鼓渡口染上了重病。由于马上就要过江爬雪山、过草地，贺老总只好把她寄养在当地一个纳西族大妈家中。后来，幺妹为躲避敌人的清查先后流落永胜、大研镇等地，新中国成立后才敢公开自己的身份。解放后，钟幺妹当过街道长，参加过支援解放西藏的运粮队。人们劝她应该到北京去找舅舅，但她说："我现在都成了半个纳西人，早有了丈夫、孩子，哪还好意思跑去北京拖累舅舅？""文革"中，随着贺龙元帅命运的变化，钟幺妹也"背着黑锅"历尽人间冷暖悲伤离世。

红军走了，但红军播下的革命火种在丽江纳西族地区逐渐星火燎原。至1947年5月，丽江已建立起党组织和革命武装，进而于1949年7月1日实现和平解放，让千年的铁树开了花，使胜利的宏愿化彩虹。而今，丽江人民同全国各族人民一道，在以习近平同志为核心的党中央的英明领导下，又开始了新的长征。不忘初心，方得始终，我们坚信，无论前面的道路多么曲折、多么艰险，只要有中国共产党的正确指引，只要坚持伟大的长征精神，中华民族就将无敌于天下。任凭它金沙拍云崖，大渡铁索寒，我们将迎来的必定是"更喜岷山千里雪，三军过后尽开颜"！

此刻，虎跳峡激浪、玉龙山腾云，红二方面军长征渡石鼓江虽已往事如烟，但红军的精神却如东去的大江永不枯竭。我深知，正是八十五年前那次伟大的长征，唤醒了雪山、唤醒了峡谷，更唤醒了一个古老的民族、一个古老的国家，并鼓舞着世世代代的中华儿女继续忠诚担当、坚定不移、继承发展，敢教日月换新天，为实现中华民族伟大复兴的中国梦而努力奋斗。

仰望玉龙雪山

早先，丽江的子民无论身处穷乡僻壤还是繁华都市，不管一生一世守望家园还是远离故土孜孜求学、为国出力以至漂洋过海，都须臾难忘神圣的玉龙雪山。在他们的灵魂深处，玉龙雪山早已经幻化为母亲一般慈爱的祇、父亲一样威严的神。人们认同：生命发端于此，成就归功于它。围绕着这座神山的不尽神话，丽江人民在悠久的历史长河里创造了难以计数的物质财富和精神文明，孕育出浩如繁星的优秀儿女。纳西族在彼此尊重、包容、和谐、学习、提高的理念下，始终自信自强并卓立于五十六个民族大家庭，为祖国的抵御外侮、领土完整、繁荣富强从不停息地奉献着一切聪明才智直至血肉之躯。玉龙雪山也是生活在丽江大地的所有人的守护神。

玉龙雪山只适合仰望、朝觐、崇敬，任何“征服”它、践踏它的念头和行为都是愚蠢的、狂妄的，不可能得逞也必将遭致极为悲惨的结局。不信？一群好事的“勇敢者”“满怀激情”地想把同样屹立在滇西北的卡瓦格博踩在脚下，打算别出心裁地上演一出“山高人为峰”的“壮举”，结果却徒增了一场重大的人间悲剧。挑战玉龙雪山也不会例外。至圣至大至纯至美的山水、人物，何须俗人俗语的妄议、菲薄和凡夫庸人自作多情的非礼、玷污。

仰望玉龙雪山，可以体会“大圣雪石北岳安邦景帝”的庄严肃穆、气吞万里。它高高雄踞丽江坝子北端，俯视无数苍生的宵衣旰食、喜怒哀乐、聚散离合、生老病死，赐予所有生命需要的一切，营造了令世人惊羡的三项世界遗产、人间天堂。同时，它又以公正无私的铁律、明察秋毫的判决惩治着作恶多端的行径。它胸怀宽广、宅心仁厚，帝王的气象、至尊的仪容在几百公里外就熠熠生辉、光芒四射，却“可远观而不可亵玩”。每年的农历二月八日，丽江坝子的纳西族、白族及周边的藏族、傈僳族、普米族人民都要心悦诚服、五体投地地祭祀它，共同祈愿国家繁荣昌盛、社会和谐稳定、人民幸福安康。据史书所述，所愿不论巨细“无不灵验”。

仰望玉龙雪山，可以认识它大无畏的英雄气概：玉龙雪山和哈巴雪山本是一对相依为命的孪生兄弟，在金沙江淘金度日。突然有一天，从北方来了一个凶恶的魔王霸占了金沙江，不准勤劳、善良的他们淘金。面对来势汹汹的强盗，玉龙、哈巴兄弟俩燃起正义的怒火，毫无惧色地挥动宝剑与魔王激烈厮杀。哈巴弟弟最终力气不支，不幸被恶魔砍断了头。玉龙哥哥则与魔王大战两天三夜，一连砍缺了十三把宝剑，终于把魔王赶走了。如今的哈巴雪山就是无头的弟弟，玉龙哥哥为了防止恶魔再次侵扰，日夜高举着十三把宝剑，日积月累变成了十三座雪峰，而他战斗的汗水就是奔腾不息的黑水、白水。在开疆拓土、建设和保卫美好家园的历史阶段，纳西族充满血性和智慧，能征善战，出现了不少以木氏土司为代表的文武双全的民族英雄，并对后人产生着深远绵长的影响。玉龙雪山寄托着安分守己且志趣高洁、不畏强暴的子民对英雄的无限敬仰之心。

仰望玉龙雪山，可以聆听到它柔美凄惨的一面：深爱着朱补羽勒盘的开美久命金由于遭到男方父母的极力反对，绝望后在玉龙山的怀抱里殉情自尽，情哥哥朱补羽勒盘听说后毫不犹豫地点燃自己，紧紧抱着情人投入火海、迈进“玉龙第三国”。二人脱胎为游祖阿主、构土西古，日夜骑着红虎和白鹿，弹着口弦吹着竹笛，率领无数的飞禽走兽，在云和风中殷切呼唤世上所有难成眷属的有情人快到这个幸福花园和温馨国度来：痴心相爱的情人在“玉龙第三国”永世不分离，生命在那里永远年轻，那里没有蚊子、苍蝇，没有人世间的恶言毒语，晨雾流云为纱帐，绿草鲜花做地毯，日月星辰为明灯，五彩雉鸟当晨鸡，斑斓红虎当坐骑，犄角白鹿当耕牛，獐子野驴当伴游。产生这个虚无缥缈的“伊甸园”自然有着沉重甚至惨痛的社会原因，但玉龙雪山一样张开怀抱接纳了。

仰望玉龙雪山，可以发现它闪闪发光的身躯。那是因为它全身上下富含金、银等贵重金属，藏也藏不住。有人在好多年前就曾经计算过，如果政府组织开采队伍，仅玉龙雪山的金矿就可使当地政府每年增加3亿元的财政收入。但是，举世闻名的东巴文化告诉我们，人和大自然历来是亲兄弟，不能你争我夺、相互残害。在当下，我们“要金山银山，更要绿水青山”，明白“绿水青山就是金山银山”，所以万万不可急功近利、鼠目寸光而无视、触犯国家的法律法规、发展理念。玉龙雪山还具有重要的自然科学考察、研究价值，特别是在气象、地质、动物、植物等方面。玉龙雪山浑身都是宝，可是您见过它狂躁、轻佻、嚣张、俗不可耐吗?

仰望玉龙雪山，足以欣赏它随着时令交替和明暗不同而变幻无穷的景色，叫人心旷神怡，沉醉于云阶月地、璇霄丹阙：时而云蒸雾涌，玉龙乍隐乍现，时而碧天似水，万里无云，群峰如洗，雪光晶莹，真个是“白雪无古今，乾坤失晓昏”。“凌晨，山村尚在酣睡，而雪山却已早迎曙光，峰顶染上晨曦，朝霞映着雪峰，霞光雪光相互辉映；傍晚，夕阳西下，余晖山顶，雪山像一位披着红纱的少女，亭亭玉立；月出，星光闪烁，月光柔溶，使雪山似躲进白纱帐中，渐入甜蜜的梦乡。每当春末夏初，百花斗艳、林木苍郁。”清代纳西族著名学者木正源“近水楼台先得月”，在家乡白沙近距离仔细观察、欣赏玉龙雪山后，总结出“雪山十二景”，百年来为人传颂：三春烟笼、六月云带、晓前曙色、暝后夕阳、晴霞五色、夜月双辉、绿雪奇峰、银灯炫焰、玉湖倒影、龙甲生云、金江劈流、白泉玉液。其实，玉龙雪山的颜值因其太过惊艳而难以尽述，后人完全可以不断补充完善。

仰望玉龙雪山，可以重温无数诗词文章，进入曼妙的文学世界提神补气、吐故纳新。木公土司中气十足地说：“郡北无双岳，南滇第一峰。四时光皎洁，万古势龙从。绝顶星河转，危巅日月通。寒威千里望，玉立雪山崇。”木增土司笔下的玉龙雪山瀑布群是“天上银河落玉峰，穿云喷雪吼蛟龙。千条练拽千山界，万丈虹拖万壑封。策杖仰观舒素抱，披襟坐对洗尘悰。不辞百折终朝海，泛斗乘槎我欲从。”木靖土司眼里的《雪山》是“边关一窦隔巑岏，固守提封去路难。玉垒千年存古雪，金沙万里走波澜。舆图虽尽天犹广，月令无凭夏亦寒。磅礴远足精白意，忽从日下见长安。”玉龙雪山也是清代丽江名士马子云终其一生的精神支柱，年轻时即有大作《游雪山》流芳：“立品需立最高品，登山需登最高顶。雪山之高高接天，铁堂横绝清凉境……蟠虬飞龙悬半空，未行高径神先怖。森森乔木三千春，阿房柏梁求无因。林尽茫茫草皆偃，劲岩飘动青石皴。饥餐元冰渴饮雪，信宿攀缘立卓绝。青天有路人无命，丰毛健翮迹俱灭。千危百怪经历尽，始睹练霄银烛爇。置身无烦无热天，坐我琳台白玉阙。眼底云海波如山，诡状奇形不易诘。中间银船荡瑶桨，玉人朝帝影飘瞥。归来山下人皆惊，瘦骨清风身体轻。”瞧瞧这气度、这文笔，丝毫不亚于内地的名流巨擘！古往今来，纳西族文人墨客以玉龙雪山为表现对象的艺术作品汗牛充栋。当然，每个人的眼里、心中、梦间、笔下都会有属于自己的玉龙雪山，因为玉龙雪山犹如一位难以逾越的伟人、倾国倾城的佳人，赞颂它的一切艺术手法，任何人都只会嫌想不到、不够用、多遗憾。

近年来，玉龙山上皎洁的白雪逐年减少，丽江坝区的水资源因此日渐紧张，山体的一部分也曾在1996年大地震后坍塌，这让海内外的纳西儿女心中隐隐作痛。玉龙神山怎么了？疲倦了？苍老了？睡着了？不！能让学富五车的一代大师李霖灿兴奋癫狂、可令踏遍地球的外国奇才洛克魂牵梦萦的圣山不会就此沉寂，它不过是在养精蓄锐，酝酿新一轮的蓬勃生机吧。因为，玉龙雪山知道，该唤醒并给予热心医治的是在全面深化改革、社会转型加快和环境变化加剧中被冲击得有些晕头转向，在欺诈、浮躁、自私、贪婪、轻薄、冷漠、恶俗、恶毒、没有原则、不守规矩等重围中恍兮惚兮、日渐淡忘“生于忧患、死于安乐”的子民。而它，无论如何必须也必定超然岿然、顶天立地在那里——作为完全无法替代的神圣象征。

山村巨变

戊戌年春节即将到来的前两天，也就是丁酉年腊月二十八日，白氏亲族中最年长的一位奶奶忽然撒手人寰，留给亲人无限悲痛、不尽哀思。说是忽然，其实也在情理之中：奶奶那么大岁数了，因为一生热爱着生活，似乎还没有看清看够五彩绚烂的世间万象，于不久前满怀希望地做了个白内障复明手术。结果，美好的愿望输给了难以恢复的元气，因为术后不适卧床不到一个月，终究双眼模糊地离开了大家。记得腊月二十六日中午我还到过她家，正逢她的孝子把她抱到院坝里的藤椅上晒太阳。那时，她的精神状态还行，爬满皱纹的脸庞转向我坐的方向。她的嘴唇努力嚅动却发不出声。生老病死普通寻常，对外人而言更是小事，“亲戚或余悲，他人亦已歌。”大抵历来如此，时下更是如此。可是，对她的孝子贤孙们而言，用“五雷轰顶”“天塌地陷”来形容大概也不为过。又因为无论在外工作的还是在家务农的村民都正在兴高采烈地准备欢度春节，她在此刻匆匆离世一下子打乱了许多人的“如意算盘”。接下来，还由于各种民间习俗和忌讳，她的灵柩在家摆放多日才入土为安，我与同辈亲戚一起接连几个昼夜在她家尽力帮忙。春节假期就这样在白茫茫的哀伤氛围里悄然度过。

正是在这些陪伴亡灵的沉痛日子里，我和一位老朋友时隔二十五六年后又对接上了。他那响个不停的手机、凝神专注又熟练飞快的微信操作动作和中气十足的“夸夸其谈”引起了我的注意，使我对他陡增兴趣——这位“老板”言谈的主要内容是如何种树养花，而鄙人刚好不太情愿地把多年来父母亲帮忙看护的宅基地围了一圈，正要搞一下庭院绿化呢。我直来直往地打探他是谁，不料他却责怪我居然把情谊深厚的老朋友忘记了，言辞里说得好像我多势利似的。原来，我俩是青少年时期“志同道合”的“莫逆之交”，经常一起白天到县城逛街、夜晚在乡村看电影。当年我的屁股后面经常跟随着一些同龄人，他就是其中之一。弹指一挥间，廿年已走远，我们在小小的近距离的范围里专注于各自的“人生宏图”，以至相见不相识，“笑问客从何处来”，生活的神奇荒诞确实令我吃惊。面前的老朋友可谓物非人非，岁月的沧桑淹没了他当年俊朗的身影，成熟老到也替代了他当初纯真无邪的心灵。想必我亦如此？“人比人，气死人。”仅年长我一岁的他还成了两个小孩的爷爷、外公。

久别重逢的亲切感觉和沉湎往事自不待言。而后，我俩“言归正传”，约定由他这位“苗木专家”负责栽培我需要的树木，必要条件是我得光临他的苗圃自己挑选喜爱的品种。

他是油本村村民。许多丽江人包括一些同是新团居委会的人并不一定熟悉油本村，甚至估计有的还没听说过。纳西语称油本村为“构本过”。据村民解释，“构”，鹭鸟，“本”为“树丛”“丛林”的意思，连接起来即为“鹭鸟栖息的树林”。据说这里原先为一大片参天古树林，适于老鹰安家。上世纪50年代中后期修建团山水库时，它们被砍伐后用于建设工地。“过”似乎应解释为“通道”，因为从这儿翻山越岭往左或往右可以很快抵达龙山或文化，离这不远的“拖多过”就是其中一条重要通道。相传这里早先还有一口大大的甘泉，潭边立有石碑，也一并用在了团山水库大坝上。油本村在团山水库东北角一二里的半山腰，我们整个丽江都处在山区，但住在稍微平缓一点的地表上的人竟然喜欢称呼住在稍高处的人为“山里人”，“构本过”也不能幸免。这可是在延续世代坐井观天的遗传基因啊。从水库坝和团山村都可以清晰地看到油本村标志性的入村口景观——一座被称为“吉鲁套埃”的悬崖。2001年，第五届七星国际越野挑战赛的攀岩比赛就选择了它。长期以来，油本村村民给人的印象是朴实、憨厚、勤劳、贫苦，归结起来最主要的是纯朴。大约是高二的暑假里，血气方刚、浑身力气的我曾经跟随村子里的几位大人，穿过油本村再翻几座山去遥远的原始森林“茨百罗”扛自然枯干的松木。这是当时不少人的一项谋生手段。几位大人长年累月从事这项劳动，自然驾轻就熟。而我，不仅累得只剩半条命从此再不敢去，就连扛回来的那根“木料”也被父亲嘲笑后评定为“不合格产品”。当时的油本村不足十户人家，如今却发展到了二十三户一百人上下，人类繁衍生息的能力的确不可低估。此后又一次接触油本村是七星国际越野挑战赛期间身背相机徒步去那里采访。今天，进入油本村有两条沙土公路，一条从团山村的田地中间绕过山脚进入叫作“赠罗”的小坝子后上坡；另一条穿过团山村到对面山脚沿水库的边上进入“赠罗”。因为路况的原因，油本村民更喜欢较远的第一条路。为什么只说道路而不讲人行的山间小道捷径呢？因为，如今油本村民出行基本上靠汽车。据我的老朋友统计，油本村已经户均有各型汽车两辆，全村共计五十辆了。

从“赠罗”缓缓地爬一段坡、绕几个弯，水泥路就如血管一样布满了油本村，其末梢延伸到每家每户的大门口。“吉鲁奎埃”就在眼前、不得不仰视。它挺拔俊秀、直插云霄，刚柔并济、颇有风姿。崖下是团山水库的重要水源“构本埃罗罗吉”，虽然还有潺潺溪流，但与我记忆里飞速奔腾、白浪滔天、声震遐迩、能够冲走小孩和牛羊的水量已无法同日而语。入村口的左边是大约十几亩的平整田畴，在苍翠树木和绚烂山花的环绕下，它恍如隔世佳境。这是油本村的第一层，住着四五家人。再爬坡、再迂回，一会儿，原先的村小学、如今的村民活动中心和密集的民居依山就势连成一片。山坡上和山沟里显然经过开荒得来的山地如衣服上的补丁般这里一大块那里一小片，野生和栽种的映山红、杜鹃、梨花、桃花等如雪赛霞。这是村子的第二层。继续走到村子的顶端，可以看到玉龙雪山遥遥露出晶莹皎洁的小半个笑容。

我的老朋友家在村子第二层相对低洼的地方，大门、围墙、木楼都花了巨资装修。我深信他的介绍：同样的建筑材料、装修材料运到他家就与坝区人家有了数倍的成本之差。他的院子里摆放着待价而沽的许多盆景，围墙外是苗圃。三四个大棚里养育的全是盆景，田地里培养的是较为高大瘦劲的树苗。这些树苗有的是买来后再养育，有的是从远山高山甚至悬崖峭壁上挖背回来。我虽然一向反感“棒棒会”上似乎把几座山的植被挖完掘尽后挪到城里供人指指点点、挑挑拣拣的“盛大场景”，却也不得不佩服劳动人民的勤劳、冒险和为此流下的多味汗水。左右环顾，再三思索，对苗木完全外行的我最终选择了几棵最普通、最常见、最容易养活的树苗，并请他“送佛送到西”，并保证百分之百成活和茁壮成长。

接下来的攀谈中，我了解到油本村还有几户人家都像他一样经营苗木种养的买卖。这已经成为他们的一个主要经济来源。此外，夏秋季节的野生菌以及一些农副特产、山茅野菜也是他们的重要收入来源。记得小时候常见油本村村民用胶轮车拉着柴火、用骡子马匹驮着几根木料像游击队一样穿村绕寨躲避木材检查站的盘查去往县城方向换一点钱粮。这样的日子看来确实一去不复返了。自古以来，“靠山吃山、靠水吃水”似乎天经地义。我们还不能奢谈村民具备了“绿水青山就是金山银山”的环保意识，但现在的油本村确实已经家喻户晓：位居饮用水源团山水库的上方，别说是乱砍滥伐，使用化肥种地、放牧牛羊、生活垃圾的处理等都需要相当小心和负责任。近年来，还有一件让油本村人在以前想都不敢想的事情，那就是村子里出了四个大学生，几个在外工作、打工的男人还领回了四川、重庆、湖北的媳妇。当然，村民中也有几个上了年纪的光棍。

清明节前夕，我相邀余建洋君驾车再度到油本村。在送去树木款和劳务费的同时较为完整地走完了全村乃至入户座谈，不仅看到了较为富裕的一部分村民，也见到了连连叫苦的上了年纪的婆婆和岌岌可危、低矮破旧的房舍。与生活的种种艰难相比较，村民们抱怨最多的是当地没有中国移动的手机信号。油本村老老少少百人左右有六十部左右的手机，并且基本上是中国移动用户。但自2013年左右水库与村子间的山包上架设几根高压电线后信号就彻底消失了。我故意调侃：没有信号好啊，手机烦死人、害死人了。他们却根本没有跟我开玩笑的雅兴：我们不是想玩手机，并不是要没事打电话、玩游戏打发时光。没有了手机信号耽误的是上门生意！现在是信息时代，信息就是金钱、就是机遇。尤其在野生菌和土特产成熟的时节，产品的保质期很短，一个电话或者一条微信都是巨大的商机啊！要么得走到离村子更高的地方，要么得开车到“赠罗”寻找可怜微弱的信号，实在是既折磨人又浪费时间！怪不得我拨打老朋友的手机，往往是“无法接通”或“已经关机”的回声，而他坚称自己就在家里并且开着手机。我深为村民的见识、意识、行为所感动，自愧弗如，可又能怎样呢？于是，我与余君把能够想到的解决办法都提示给村民，请他们走合情合理合法的解决途径。最后在村党小组长处得知：所有我们说的办法都已经努力做到了。目前的尴尬处境是，从村民小组、居委会、街道办到移动公司都已经把这个客观存在的问题或困难认真当作一件事了，移动公司还曾派人来实地勘察，但到目前为止既没有不可能解决的否定说法，也没有说干就干改变现状的行动。在漫长难熬的苦苦等待中，四五年宝贵的时间倒是像飞箭一样一去不复返。

丽宁路是全线通手机信号的，团山村附近也有两个信号塔。可是，离水库近在咫尺、离古城不过十公里上下的油本村村民却不能分享到手机信号。这可真有些难以理解。同时，我觉得完全不应该责怪油本村村民的要求过高或过刁。

实际上，这里的村民相当实诚并且非常有骨气。他们自强不息、光明磊落，充满着生活情趣和人性光辉，轻易不向困难低头，随便不会麻烦别人。我的老朋友甚至说，“我多想自己掏钱装一个信号塔。”当然，这个想法因为根本不可行而被我无情地浇灭了。习近平总书记反复强调，“必须让人民群众共享发展成果。”他还把“共享”上升到社会制度的本质的高度，认为“广大人民群众共享改革发展成果，是社会主义的本质要求”，是“中国特色社会主义的本质要求”。“人民对美好生活的向往，就是我们的奋斗目标”“以百姓之心为心”，真正“使改革发展成果更多更公平惠及全体人民”，真正“做到发展为了人民、发展依靠人民、发展成果由人民共享”“坚持人民主体地位”“坚持共享发展”“以人民为中心的发展思想，不是一个抽象的、玄奥的概念，不能只停留在口头上、止步于思想环节，而要体现在经济社会发展各个环节”。“如果不能给老百姓带来实实在在的利益，如果不能创造更加公平的社会环境，甚至导致更多不公平，改革就失去了意义”“全面小康是全体中国人民的小康，不能出现有人掉队”，必须“按照人人参与、人人尽力、人人享有的要求”“实现全体人民共同迈入全面小康社会”。“我们要全面建成小康社会、进行改革开放和社会主义现代化建设，就是要通过发展社会生产力，满足人民日益增长的物质文化需要。如果我们的发展不能回应人民的期待，不能让群众得到看得见、摸得着的实惠，不能实现好、维护好、发展好最广大人民根本利益，这样的发展就失去了意义”……习近平同志的一系列以民为本的重要论断是各级党委和政府行动的正确指南。尽管我们在整体上仍然属于欠发达的“边少穷”地区，但同样应该认识“群众利益无小事”的深刻内涵。党的不变宗旨是“全心全意为人民服务”，而没有其他的任何“宗旨”，在经济、政治、社会、文化、生态文明建设的每一个具体环节，在党和国家的每一个公共机构里，宗旨都只可能有一个。我真心希望各级党委、政府克服困难、创造条件，拿出真情实意积极回应人民的心声。果然如此，天底下一切善良的人民必定会铭记党和政府的有益作为，并且一定会“投我以木桃，报之以琼瑶”，虔诚地相信党、衷心地拥护党、坚定不移地永远跟着党走。

小议“团山”

“团山”这个地名，在我国可以说遍布每一个角落。现在我们所说的古城区金山街道办新团居委会的团山，在丽江古城东北六七公里处，是一个三面环山的小坝子，有三个近于鼎立的纳西族村庄：团山村（二队）紧靠团山水库坝脚，有白、和、李姓居民；永安村（四队）在团山村下方，两村之间隔一个公路的弯子，居民基本上姓木，原先生活在今团山水库库区内，上世纪50年代因修建水库迁移至现址，还有和姓，唐姓、涂姓、王姓等为汉族；俄罗村（三队）在小坝子东南面，丽永公路下方，居民以杨、和两姓居多。老丽华公路、丽宁公路原先从永安村、团山村穿过。在纳西语中，团山被称为“托多”，我问过不少八十岁以上的当地人“托多”的来源和意思，没有一个能够说得清楚。不过，俄罗村东边的山谷至今仍被称为“托多过”，翻译过来为“位于托多的通道”，说的估计是从“托多”到龙山（今金安镇）方向的老路。我个人认为，“托多”的“托”即是“松树”，“多”似应读为“垛”，即“坡”，连起来为“长满松树的山坡”，因为丽江坝子的东北到此已告结束，去往东边龙山方向和一路向北去往大东、树底乃至宁蒗方向的两条路在此必须开始翻越长满松树的山岗了。如果“托多”是“摊朵”的变音，那也说得通，就是“见底了”“到头了”的意思，说的还是丽江坝子已经走到尽头了。另有一种可能，“托多”为汉语“通东”的变音，“通安州之东”的意思。这是因为丽江古称通安州，而团山即在州之东隅。但这些假说都必须存疑，因为活着的人不知其所以然，而古迹实物和文字记载又荡然无影。至于何时开始有“托多”之称，一样不得而知。这就是文化在无影无形中逐步消亡的可悲后果。这一带以前也被称为“白罗罗”“保路罗”，“罗”就是“山谷”，“白罗罗”应为“保路罗”的讹音，“保路”来源于清朝中后期这里曾经设置关卡，登记来往人员、确保通道畅通、保护行人安全，是一个小的军事驻防点，由白氏负责把守。因为处于重要交通关隘，木氏居住于此也符合丽江的历史事实。

不知是哪位高人或大人把“托多”称为团山。我估计是先把水库命名为团山，因此理所当然地把当地也称为团山。不过也有人说这一片自古就叫团山，他们曾经见过在这里出土的清代石碑上就有“团山”字样，现已无存。这样一来，离这不远不近的真正的团山可要叫屈了。

事实上，团山在“托多”的西南二三里处，又叫“赖子山”（即“赖家的山”，有赖氏居住在附近），纳西语称为“埃坞”，是一座石灰石构成的不高不矮的石山。因其形似面团，汉语称为“团山”是妥当的。仅在丽江坝子，被称为“埃坞”的地方有多处，“坞”自然是“堆”“堆积”的意思，而“埃”是什么就值得讨论，我还是倾向于汉语的“岩”，纳西语有句恶毒的诅咒语叫“埃肿尸”，意为盼望作恶多端的人“从悬崖上坠落而死”，即“不得好死”之意。团山脚下的那个村子就叫“团下”，紧挨着丽江师专，纳西语称“埃坞怒”，即“埃坞”的嘴巴、“埃坞”的前方；团山上面的那个村子就叫“团上”，纳西语称“埃坞坨”，即“埃坞”的脊背、“埃坞”的后面。这两个村子有汉族、纳西族，纳西族和姓，汉族几乎都为周姓。

今天的“托多”也就是团山虽然三面环山，但确实没有一座叫“团山”的山，比较大的如连接团山村和永安村的叫黄山，因为两村结合部叫黄山脚，东边郁郁苍苍的锥形的高山叫闪电山，而同样形似面团、仿佛人工堆积的丽永公路从丽江坝子开始爬坡处左边的高山则叫英古山。“英古”是对丽江的纳西语称呼，所以此山可译为“丽江山”，它是丽江坝子标志性的地理坐标。团山水库的名称定下来之后，团山村、团山艺术陵园、团山××基地、公司等似乎也都约定俗成、顺理成章了。

值得一提的是，“丽江国际鹰猎文化公园项目”正在团山紧锣密鼓地推进中，项目将以纳西族鹰猎文化为主线，建设鹰猎文化交流中心、纳西鹰猎牧场、鹰猎俱乐部、野生动物救护中心和鹰猎文化基金会五块内容，打造成集观赏、趣味性和科普教育为一体的大型飞禽公园。不久的将来，“托多”也就是团山有可能从整体上大变模样，成为一个观光休闲旅游胜地。到时候，“团山”之称不会又变来变去了吧？而无意中查阅网络上的地图，发现团山范围内的许多地名使用了艰涩难懂的音译汉字标注，搞得人颇为费解、如坠云雾。这种随意的做法只会快速以讹传讹，所以，想来用不了多长时间，硕果仅存的一点地名文化也将变得面目全非。

杀年猪

待到秋收完毕，粮食满仓，忙忙碌碌的农民可以稍微喘口气放松一下了。此时，年关将近，一年中最大的节日——春节总要殷实而愉快地度过，看看圈里专门饲养的年猪已经很肥，再养下去也浪费粮食。于是，丽江的村村寨寨开始上演一道独特的风景——杀年猪。

杀年猪并不是多浪漫的事，而是农民依据四时劳作的规律操办的一项必不可少的农事，完全是从农业生产生活的需要出发的。它既是农村家庭的一大特色，也是农耕时代的必然产物。一家人一年的生存、生活、发展，岂是儿戏？现在看来，杀年猪倒不仅稀奇，还增添了很多休闲娱乐的成分。

在我的记忆中，杀年猪开始是由生产队操办的：在上下半年各定下一个日子，将生产队里的猪统一宰杀，每家每户按人头分一份。我们家人倒不少，但可能是生产队的猪总也无法养肥，也可能是因为家庭成分不大好，每一次我们兄弟拿着一个大簸箕去领肉，结果只有巴掌大的两三条，既生气又无奈。党的十一届三中全会后，杀年猪是单个农村家庭的事情了，正如大家所说，因为激发起了农民的劳动生产积极性，人们鼓足干劲拼命似的干活，粮食年年增产，年猪也越养越肥。就这样，哪一家在哪一天杀年猪自行决定，杀几头、哪一块肉如何支配也完全由自己做主。当然，记得也有依旧上交一半猪肉给国家的一段时期，但农民已然很高兴。

杀年猪是要请客的。请客不会乱请，首先要请亲属，然后是邻居和朋友。做客也不能乱做，得按照礼数来。杀年猪在我看来有一个重大的作用，就是维系亲朋好友之间的感情。农民自有农民的幸福，杀年猪请客的那一天就很幸福：大家欢聚一堂，放开吃喝，无拘无束地交谈，不必虚情假意，没有钩心斗角。这家的孩子一定会考上大学，那家的姑娘已经订婚；今年我家的收入翻番了，明年他家要盖新房子。诸如此类的交谈交流，真称得上是其乐融融。就是有人喝高了，大家也不会笑话的。

农民杀年猪，自然是生活中的大事，所以，邀请了客人后，还要到集市去买时鲜蔬菜，除了猪肉，还得买鸡、买鱼。杀年猪的当天，一大早，主人烧好烫猪的开水，准备好早点，等待帮助杀猪的人来临。有不少主人并不敢杀猪，就说些“君子远庖厨”之类的话，抱着小孩躲到外面去了。也有很多妇女不敢看杀猪，一并出去。杀猪的人各司其职，也互相指挥、吆喝，目的是为了把猪处理得完美、漂亮。割好肉，清理完猪内脏，做好了米灌肠，男人们算是大功告成，妇女们接着登场，孩子们则抢着把猪尿泡充气当球玩。

一般来说，午饭可以简单一些，炒一点鲜肉，吃几个馒头就成。晚饭则是重头戏，饭菜不仅要丰盛，还需精美，要达到所谓“食不厌精、脍不厌细”的程度。都说纳西族人民热情好客、豪爽大方，这在杀年猪请客中体现得淋漓尽致，一桌子的菜肴算下来，有十多碗盘呢。自然，酒足饭饱之后，客人要自觉地赞美妇女们的心灵手巧和主人家的慷慨大方。

事物总在发展变化之中，杀年猪吃烧烤就是一例。须知，当年杀年猪可没有什么烧烤，就是老老实实吃饭吃肉喝酒。近年来听说过也见过杀年猪时，一群又一群的客人围着几盆炭火吃烧烤，频频举杯、欢声笑语之间，把主人家的半头猪甚至一头猪烧完嚼尽。虽然大多数主人都不以为意，但这事要搁在以前，天理难容。因为你在不经意的快乐中，给人家留下了一年的忧愁。老生常谈，在物质已经极大丰富了的今天，节俭仍应该是美德，放纵仍不值得提倡。

最近几年，亲属朋友来请杀猪客的越来越少了。原来，很多农民现在已经不种田，甚至不住在农村老家，自然也就不养猪。他们一门心思地外出打工挣钱，然后经常买肉吃，落得个清清爽爽、干干净净。

乡村的面貌变化大得似乎不再认识，也总觉得遗失了什么。是纯真的心灵吗？是完全用粮食喂养的年猪的地道的肉味吗？

化 賩

生活在丽江的纳西族人民多有创造，特别是在感悟生存、享受生活、体验生命方面。纳西族人民具有豁达的生死观，一些年纪轻轻的人们互相交谈，说到死亡的话题，竟然也会脱口而出“那不就是热闹三天的事吗”之类的话。曾经有繁华都市来的游客看到纳西族老奶奶在古城里一步三停地挪动着身躯，觉得走得也实在太慢了，便问，“奶奶，您能走快一点吗?”奶奶却语重心长地告诉他们，“大家的目的地都是坟墓，你们要赶时间就走快点吧，我不急。”有人还据此稍显夸张地得出了“丽江古城里连老奶奶都是哲学家”的结论。的确，纳西族向往一种平淡、悠闲、舒缓的生活。

纳西语中，“化賩”的“化”是“群体”，“賩”是“凑集”之意。相传，丽江的化賩古已有之，有米化賩、钱化賩、酒化賩、布化賩等。运作的方式是在自愿的基础上，熟人、朋友等人人拿出同等数额的钱物凑在一起，依次帮助其中最需要帮助者，“救急不救穷”，而后轮流坐庄、定期组织活动，沟通情感。所以，化賩是一个在物质上相互帮助的群体，是纳西人热爱生活、助人为乐、善待人生、惬意生存的精神反映，是一种比较古朴的文化现象。如今，賨友之间物质上的帮助已不是主要目的，相互增进友谊、友情的性质倒还保留，只是玩麻将、打扑克娱乐甚至赌博已成了主要内容。严重者，賨友之间谈话交流都“没有时间”，饭馆、农家乐连连招呼吃饭都还要“再来两把”。随后，赢的人满面春风，输的人乌云密布，匆匆忙忙吃过晚饭做鸟兽状一哄而散，完全背离了初衷。虽然还有高雅的奏乐器、玩书法、搞创作、赛钓鱼等的化賨，但已极为罕见。

化賨在丽江再度逐渐复兴起来大概在上世纪90年代末。其实，这是社会发展进步明显、人们的物质生活越来越丰富的体现。试想，连吃饭都成大问题的时期，人们哪里来的参加化賨消磨时光的闲情逸致呢？我先后入六七个化賨。因为一个化賨一个月组织一次活动，有时还真是疲于奔命，周末以及节假日比上班还累。我的化賨有同学賨、老乡賨、亲戚賨、夫人賨、朋友賨等。说来有趣，几乎无一例外，每一个賨在发起阶段都很当回事儿，准时参加，彼此客气，甚至表达天长地久永不分散的意思。但是，时日一长，纪律涣散，有的人几个月不来一次，而且賨友之间也“原形毕露”，傲慢、算计、粗口、攀比等越来越频繁地出现。这与我坚持的“越熟悉的人越要客气，日子越长越要做到始终如一”的做人理念有些背道而驰了。于是，我委婉地或者态度鲜明地先后离开了几乎所有的賨。这才发现，其实参加不参加化賨对自己的生活并无影响，反倒落得个清静，余下的时间足以做一点有益的事情。红白二事的请客来往基本推辞不掉，而化賨则来去自由，完全自愿。

作为一项历史久远的民俗活动，化賨很可能起源于生产劳动，最初可能只是组织起来靠劳动力彼此帮忙干活，并不那么潇洒和浪漫、舒适。

春花秋月，寒来暑往，让我觉得最有意义的是轮到春节前的化賨。届时，除了我们十三个兄弟賨友，每家每户凡能来的老人、小孩一并被请来，男女老少欢聚一堂，近似于吃年饭。这一天，每个賨友的花费要比平时参加化賨多几倍，但个个都无怨言。在一家宽敞的农家乐大院，平日里难得一见的亲人们喝酒的喝酒、打牌的打牌、吹牛的吹牛、领孩子的领孩子，小孩子哭的哭、闹的闹，以感知一年来的艰苦付出和喜悦收获，感慨人生苦短的无奈，感受“得即高歌失即休，多愁多恨亦悠悠。今朝有酒今朝醉，明日愁来明日愁”的舒心。最后，在丰盛的晚餐中彼此祝福明年更美好，在吉祥如意的气氛里相继散去，期待来年的聚首。

文笔峰

又高又尖地耸立在丽江坝子西南端的文笔峰，据说饱蘸脚下文笔海的墨汁在苍穹上点斗描星。这与大研古城的传说还有一点联系——说“大研”是装满了上等墨汁的“大砚”，文笔峰是否也曾到“大砚”吸墨呢？无论如何，这些传说都反映出纳西族先民对文化的渴求和尊崇。这还有明代丽江土司木增的诗歌为证：东壁图书照丽阳，湖边文笔碧霄翔。峰常绚彩何须梦，天自书云为纪祥。列岫层峦皆几案，行云流水尽文章。巨灵千载题春雪，始信如椽出大方。

文笔峰山高3300米，在纳西语中被称为“黑雪山”，似乎要与玉龙雪山一比高下。记得小时候丽江的冬天经常下雪，文笔峰上也经常白雪覆盖，要好长时间才会融化。也有人称文笔峰为“奶奶山”，与此对应，古城区的文化办事处和大东乡附近有一座“爷爷山”。不过这种说法不为多数人接受，因而似乎站不住脚。

文笔峰“古树名木参天蔽日，无数山泉从岩间涌涌而出，流汇成溪流，数里之外即闻潺潺之声。红墙、庙宇、霜钟、啼鸣有色有声，相映成韵”。这是因为山上的林木保护得好。说来这是个有趣的现象，丽江坝子附近的几座藏传佛教寺院的周边，总是林木参天。可能是那些以乱砍滥伐为生的“啄木鸟”“光头强”，到了寺院附近心生敬畏，即使见到他们理想中可以变为金钱的木材也不敢肆意妄为吧。信仰确实是有力量的。

我曾经几次步行前往文笔峰游玩。但见满山的古树、满坡的灌木，到了山腰，清流急湍，映带左右，清澈见底，声震半山。厚厚的落叶五彩绚烂，泥土的芳香扑鼻而来，真是人们所说的“天然氧吧”。鸟瞰丽江坝子，阡陌纵横、沟壑如线，平畴旷野中散布着村庄，自然美丽，如果油菜花盛开，就更是一幅美妙绝伦的油画了。文笔海静静地躺在山脚，泛着蓝光，晶莹透亮，不时有小渔船穿梭湖面，水鸟嬉戏其间。那时的丽江城以古城为主，新城规模很小，坝子的绝大部分是农田，所以，从文笔峰俯视整座城也只似稍稍放大的村子。

文笔峰因文峰寺闻名，文峰寺因文笔峰成就。文峰寺是藏传佛教滇西北噶玛噶举派十三大寺的最高学府，在信教群众中有着无可替代的崇高地位。近年来，丽江本土的纳西族民间学者许存仁先生对各大寺院颇有深入研究。对于文峰寺的历史，他得出这样的研究成果：清乾隆元年（1736），噶举派八世四宝法王却吉迥乃莅临丽江主持指云寺的开光仪式，为保护文峰圣地，他建议在文笔山上兴建一座喇嘛寺，明具本雅等六位僧俗立即响应，法王也当即赐给银两资助。过了三年，却吉迥乃再次到丽江，了解到兴建文峰寺的资金不足，遂向知府管学宣求援。官府与木氏土司的后勤大把事和宝慷慨解囊，前后历时五年终于建成此寺，藏名“桑昂噶泽林”，意为“密乘喜祇园”。文峰寺在道光八年（1828）重修过，后来被毁。

1956年8月，我国宗教界从缅甸迎请回释迦牟尼佛牙塔，在文峰寺举行了十七天的迎请盛典，参拜者多达十万人以上；1986年，全国人大常委会副委员长、十世班禅额尔德尼·确吉坚赞专程前往文峰寺视察，去往文峰寺的路一时拥堵不堪。班禅大师欣然为寺题写“法雨林”。1992年12月，全国佛教协会会长、著名书法家赵朴初题写了“文峰寺”匾额，从而使文峰寺重放光彩。1994年12月，纳西族高僧喜饶朗达通过中国驻印度大使馆，历经艰难把释迦牟尼生前足印复制件和十世班禅、十七世噶玛巴、十二世四宝法王所赠送的灵物数十件运回北京，经白庚胜先生长途艰辛护送至丽江，当地僧俗妥然安置于文峰寺大殿。2004年，十七世东宝·仲巴活佛劝请香港的曾纪明居士捐资重建静坐禅院，使得今天的文笔峰灵洞雕梁画栋、飞阁流丹，庄严静谧间又显得金碧辉煌，成为文笔峰的一大独特景观。

在藏传佛教中，文峰寺是大势至菩萨的道场，是所有寺院中最重要的实修道场，同时是培养高僧大德的基地，在印度、尼泊尔、不丹、缅甸等国家的佛教中也有重要地位。进入寺院，古木清幽，人迹稀罕。大雄宝殿正中有雷公方位安置。柱绘八卦印图，四周有十二花板绘佛教八宝、金刚亥母“圯城”、四大天王与十八罗汉、如来佛像、观世音菩萨像。大殿对面悬二百五十二个风铃，微风吹来清脆响亮，余音缭绕。

灵洞及静坐堂在文峰寺上方一公里左右。灵洞高约一丈，钟乳石倒挂，千奇百怪，有山泉从岩缝渗出，形成小潭，清澈清冽，是为神泉。因据传是金刚嬉戏亥母之地，且留有足印，塑着约一米高的金刚亥母像。灵洞据载是清道光年间纳西族进士、翰林院庶吉士李樾遵照八世大宝法王的指点而捐资修建，取名“灵文阁”，其弟举人李洋题“南赡第一灵洞”几个大字。每逢六月，僧俗云集于灵洞、静坐禅院前举办法会，念诵《舍身经》，人山人海。静坐堂是专门培养藏族、纳西族“都巴”的圣地，噶玛噶举派的滇西北十三大寺包括四川甘孜州稻城、香城、德荣、巴塘、理塘，西藏芒康、昌都、察隅等地的喇嘛，都必须跋山涉水来到这里深造。静修的时间是三年三月三日三时三刻，其间不得外出，不得接见亲属朋友。这实际上是苦修，每天除了中午稍做休息，都要盘腿静坐，吃得也非常简单。据许存仁先生讲，静修的时间其实只是大概的说法，实际不可能精确到刻。

在灵洞北侧的灵寿峰和文笔山之间还有一个“圣石”。整块大石头呈心形，腹中含着一个圆石。相传是释迦牟尼的弟子迦叶尊者来东土时路经此地，设坛讲经说法，后在去鸡足山之前用神通将此圆石植入巨石，把开启鸡足山华首门的钥匙藏在里面。全国各地乃至东南亚国家的信众如果要前往鸡足山朝拜，必须到这里“借钥匙”，朝拜结束回家前，又到这里“还钥匙”。

文笔峰兼有名刹、圣石、神泉、灵洞等景观，还有郁郁葱葱的各种树木、花卉，不说出家人，世俗之众到此也流连忘返，洗去凡尘，身心得以净化。

值得一提的是，文笔峰、文笔海这些称呼可能是外来的。因为，在广袤的祖国大地上，“文笔峰”并不少，如福建惠安的文笔峰、海南安定的文笔峰、贵州瓮安的文笔峰等，且历史久远。与丽江的传说一样，众多的“文笔峰”都是因为崇尚知识和文化而得名的。

不能忘却的开南

在党的生日到来前夕，我们来到位于丽江古城南边近十公里的开南办事处贵峰居委会大来村的开南研习所参观、学习。通过重温革命先辈的艰辛历程，深切体会今天幸福生活的来之不易，立志开创更加美好的未来。走马观花又用心思索之间，我深为革命前辈们在极其恶劣的社会环境、生活条件下所展现出来的革命意志和崇高人格所折服。

开南研习所

这是一则新闻稿，它简洁而准确地介绍了开南研习所："革命薪火不熄，开南之光永存。2010年7月1日，云南省丽江市古城区革命传统教育展览馆（开南研习所）建成开馆。1936年4月，红军从七河进入丽江坝，第一站就是开南，革命的火种从此在开南点燃。1949年4月8日，开南研习所正式建立。作为中共地下党丽江工委创建并领导的丽江县第一个农村革命据点和丽江解放前夕中共丽江县委组织发动群众开展革命活动的据点之一，开南研习所以星火燎原之势把革命的火种播撒丽江，它以学习、宣传革命理论与组织发动群众开展革命斗争相结合的方式，培养教育了一大批青年走上革命道路，成为丽江解放和社会主义建设的骨干力量，为丽江的解放和社会主义建设作出了突出的贡献。开南研习所在丽江革命发展的道路上所起的作用是十分关键的：它开辟了丽江社会的新纪元，创造了共产主义思想与纳西族社会相结合的成功经验；它为滇西北地区的解放培养输送了一批杰出的军事、政治人才。借助开南研习所这个平台，革命前辈们顺应民族解放潮流，完成了丽江历史的伟大转折，丽江革命的星火——红色的开南研习所将永远铭记在丽江各族人民心中。为了让红军精神代代相传，开南红旗永远飘扬，各级党委和政府高度重视，多次对开南研习所进行了修缮，对历史文物进行了收集整理，树碑立传，使开南研习所成为古城区革命传统和爱国主义教育基地。2009年，开南研习所被云南省委、省人民政府命名为省级爱国主义教育基地。与此同时，古城区将开南研习所申报为云南省革命老区经济开发建设项目，为全区革命传统教育展览馆建设提供了有力的资金保障。古城区革命传统教育展览馆的建成，是十五万古城儿女感恩中国共产党、感恩社会主义、感恩改革开放的一项具体行动，同时，古城区革命传统教育展览馆将成为全区乃至全市党员干部了解党的历史、加强党性锻炼的重要场所，广大群众培养爱国情感、培育民族精神的重要阵地和青少年学习革命传统、陶冶道德情操的重要课堂。”之所以引录这段文字，是因为它对我是一次再教育。

开南研习所的房屋院坝建于清光绪年间。据说原为道观，后又成为大来小学。四合院落，坐南向北。现在的开南研习所另有一个新院子。进入开南研习所，古树参天、名木满院，碑刻林立、书画飘香。参观了一件件实物后，不由让人感佩：这些在边疆少数民族地区率先闹革命的“夷民”，在汉语的诗、书、画、联、文章的修养上，竟然也造诣深厚，而绝非只会舞枪弄棒的莽汉！就我认识的健在的和耀淑老人，年轻时经常参加开南研习所组织的活动，还是一位闻名遐迩的纳西族女民歌手。须知，民歌讲究的是即兴创作、脍炙人口，不容易的。言不足信。谨录院内数联为证：“东皋抒怀思社稷；西林青灯照菁莪”“绿竹漪漪始终节；红桃灼灼天地心”“先忧后乐先苦后甜开拓弘扬期后代；古往今来古为今用推陈出新看今朝”。

和万宝故居

在大来村村口，我巧遇和万宝先生的儿子和一，虽然十多年未曾见面，但老人的记忆力惊人，一下子谈到了他的儿子（和万宝的大孙子）结婚时我们欢聚的场景。在他的引领下，我、张北星、木华栋我们仨来到离开南研习所一箭之遥的和万宝故居。

故居平日里大门紧锁，因为和一一家住在村口的新居。门口是大理石板制作的“和万宝故居”匾。远看故居，房屋破旧、土基倾斜、瓦片残缺；进门一瞧，枯枝败叶、满目凄凉、令人心酸。只有院内的几株梅树、樱花、几丛灌木略显生机，仿佛还在彰显着主人生前顽强的革命意志。十几年前到此，整个院子虽然还是普通得不能再普通，倒也干净整齐，充满灵气，完全没有“茅屋为秋风所破”之虞。其中一所房子，便是著名的“日新书屋”，我还曾细心检点书目。而今睹物思人，情何以堪。和一介绍，有一些单位、部门答应支持资金做故居修缮工程，但迟迟不见行动。想自己干，上面又不答应。毫无疑问，来一场较大的风雨，故居危矣。名人故居未必都要修葺一新、富丽堂皇，但凄败如此，觉得很是不妥。

和万宝究竟是何等人物呢？和万宝（1922—1996），纳西族，开南办事处贵峰大来村人，西南联大毕业生。1945年1月参加革命工作，同年加入中国民主青年同盟。1948年1月加入中国共产党，1987年2月离职休养（享受正厅级政治、生活待遇）。1996年，和万宝病故于昆明，骨灰安葬于故乡。

中共党史对和万宝的介绍是："和万宝的青年时期，正值中国抗日战争，由于对国民党反动派的消极抗战、积极反共政策不满，积极参加中共云南省地下党领导的抗日爱国学生运动。1944年8月至1946年7月，在西南联大学习期间，响应中国共产党的抗战号召，组织、发动学生，抵制和反对国民党反动派的投降政策。1946年8月至1948年12月，在昆明师范学院任教，继续组织、发动学生进行'反美抗日''反内战''反饥饿'、反对国民党反动派镇压爱国学生运动的斗争。1949年1月，和万宝受中共云南省工委委派，到滇西北地区开展地下工作，任中共丽江县委副书记、丽江中心县委书记。在中共滇西北工委的领导下，广泛开展宣传、组织、发动各族群众反对国民党的'三征'（征兵、征粮、征税），积极发展共产党员和'民青'成员，积极培养干部，壮大革命队伍，开展武装斗争。同时，开展爱国统一战线工作，团结、争取地方上层爱国人士，促使丽江县伪县长习自诚宣布武装起义，壮大了爱国民族统一战线，为滇西北的解放作出了重要贡献。1950年至1959年，历任中共丽江地委委员、秘书长，丽江行署副专员。1959年11月，和万宝被错划为'地方民族主义分子'，下放到永胜县。党的十一届三中全会以后，和万宝的错案得以纠正，恢复政治名誉，恢复党籍和政治、生活待遇。1979年，调任丽江地委委员、行署副专员。和万宝基于对纳西族民族文化价值的深刻认识，1979年，正式提出了抢救东巴文化的意见，并排除万难，在丽江成立东巴经翻译整理委员会，开始初创工作。1981年，正式建立东巴文化研究室，他亲任研究室主任，并聘著名历史学家方国瑜、学者和志武担任研究室顾问。和万宝为把《纳西东巴古籍译注全集》的翻译出版工作搞好，从着手建立东巴文化研究室之日起直到他去世，历任省委民族工作部副部长、全国和省人大代表、省民委委员等职，始终不断向海内外学者、专家、有识之士、社会各界、各级各部门领导联系，做宣传工作，以求得他们的理解和支持。在东巴文化研究室改为研究所后，他又毅然承担起了所长职务。离休后，仍然不忘共产党人的本色，不忘民族工作。虽然身患重病，但仍然带病回丽江家乡创办了‘大来民族文化生态村’，发展经济、文化事业。他将自己的工资积蓄十五万元投入创办‘日新书屋’，增添设备、购买科技图书，并捐赠自己的多年藏书，免费向群众开放。他还计划筹办‘农民图书馆’‘农民夜校’，创建民间文艺队伍，活跃农村文化生活，深得家乡人民的好评。在生病期间，他以乐观主义精神与病魔做斗争，直至生命最后一息。”

我与和万宝先生有过两次较近的接触，略述如下，也许有助于人们更加深刻地认识这位伟人、智者。一次是我在昆明上大学时到省民委家属院拜访他。彼时他已经疾病缠身，走路需要扶着墙，但依然精神矍铄、逻辑清晰、表情丰富。这是智者的共同点：没有虚伪、没有狐疑、没有势利和庸俗，并且十分幽默、可爱。他的言谈纵横捭阖，让听者觉得有一件或几件人世间最光辉的事情正等着我们去完成。我深受感染，甚至决心要做一个像他这样的伟大人物。告辞时，他用锐利的眼光盯住我带去的几个苹果，说：“把你的烂苹果拿回去！”我吃了一惊，说苹果并没有烂。他严肃地说：“我是说，你一个穷学生，买苹果的钱从哪里来？自己拿回去吃。”我只好说是做家教挣的。他这才略显欣慰，答应拿一个尝尝。我知道，他为国家、民族、人民奉献了一生，却没有给一个亲人安排过工作，更遑论“非吾所有”的东西？另一次更早——我的叔叔1986年回老家举办婚礼时，他来了。一进门就问我奶奶还记得他不，见奶奶摇头，他就提醒：新中国成立前的一个夜晚是不是曾有个陌生人在此留宿，而后又不辞而别？亏得奶奶的记忆力也很好，稍作思考就说，记得，您就是和万宝？原来，当年和万宝参加党的地下组织，在民间传说中是一个来无影去无踪的传奇人物。次日一大早，奶奶去请留宿的客人吃早饭，而和万宝同志早已逾墙而去，真正做到了不拿群众一针一线。许多年后，奶奶才依稀知道这位客人是和万宝，因为她的胞弟也是和万宝的战友和同志。我在开南研习所看了当时开南区（和万宝等革命家的根据地）的地图，老家赫然在列，始信此说不虚。

虎跳峡

“劈开善城斧无痕，流出犁牛向丽奔。一线中分天作堑，两山夹斗石为门。”清代著名的云南诗人、大观楼长联的作者孙髯翁的这首《金沙江》说的就是虎跳峡吧。

虎跳峡峡谷长16千米，南岸玉龙雪山主峰海拔5596米，北岸哈巴雪山海拔5396米，中间江流宽仅30米到60米。虎跳峡的上峡口海拔1800米，下峡口海拔1630米，两岸山岭和江面相差2500米到3000米，谷坡陡峭。江流在峡内连续下跌7个陡坎，落差170米，水势汹涌，声闻数里，为世界上深不可测的大峡谷之一。

虎跳峡分上、中、下三段，我所熟悉的是下虎跳峡。它位于玉龙纳西族自治县大具乡北边，以前只能步行前往，如今已有车路修到峡口。

说起来还真是凑巧，我多次到过下虎跳峡，几乎都是去那里劳动的——家住大具营盘的姑妈总会在我到来之际给我安排一些活路，譬如去虎跳峡割做扫把的山竹。装上几个当午饭的馒头，一路上起初并不乐意，但一想到雄奇浑厚的虎跳峡就在前头，立刻浑身是劲，急不可待地前行。

走四十分钟左右就到了峡口，这里有民间传说中的张冲将军坟墓。才到峡口，空气立即变得异样，震耳欲聋的涛声已经入耳，直插云天、几近光秃的悬崖威严无比，飞溅又被吹散的水花似蒙蒙细雨侵袭过来。仰观宇宙，俯察品类，人在其中不过如小小蝼蚁。

虎跳峡以险峻闻名天下。沿着蜿蜒曲折而逼仄的山道往下，满山满坡都长有山竹。据说能够同时躲藏几万人的天然溶洞“万人洞”在山腰，里面有闻名遐迩的金沙江岩画。玉龙雪山银峰接天，怪石嶙峋，古藤盘结，山脚壁立，深入江底，据说以前虎啸猿啼，狼豹出没；哈巴雪山峥嵘突兀，与玉龙雪山默默相对、互为呼应，腰间一条巧夺天工的公路若隐若现。1996年丽江7级大地震后，哈巴雪山的山体多处滑落，堵住江流，一时还出现了“高峡出平湖”的壮丽景象，我曾与市旅游局官员泛舟江面，听他们大展“虎跳峡漂游”的蓝图，最后无疾而终。地震时，还有一块几十立方米的巨石飞越峡谷砸在大具的峡口平地上，看看高高矗立的飞来石，也令人胆战心惊。

置身虎跳峡腹内，玉龙、哈巴恰如将闭之门。看天一条缝，看江一条龙，头顶绝壁，脚临激流，蕴藏着摄人心魄的壮美，令人不由自主地颤颤巍巍。咆哮的江水中，礁石林立，犬牙交错，险滩密布，飞瀑荟萃。因为落差大、江流急，江水瞬息万变，或狂驰怒号，乱石穿空，雪浪翻飞，或旋涡漫卷，飞瀑轰鸣，雾气空蒙。或如猛虎下山，风驰电掣，水花迸射，山谷轰鸣。沿山路前行，尺把宽的小径忽升忽降，脚下是深不可测的悬崖，谷底是惊涛骇浪的轰鸣，头上是呼啸而过的劲烈江风，逼迫人紧紧靠近岩根，小心前进。偶尔碰落一个石头，便如九天飞坠，很久才见到它落进江心激起的浪花！一直下到江边，才可以清清楚楚地看到蜚声海内外的“虎跳石”傲立中流，似凶神恶煞的把门将军。金沙江从它的两侧越过断崖，凌空飞下，以雷霆万钧之力冲向崖底，又弹跳而上，形成万朵雪白晶莹的浪花，又迅速化作银雨乳雾，润湿了周围的岩石草木。断崖之下，千波万涛，沸沸扬扬，回旋翻滚，如千条蛟龙搅湖闹海，似万匹银马奔腾驰骋，之后乘风而去。

虎跳峡在纳西语中有“老虎跳过的山谷”“在金沙江两岸用手传递弓箭的地方”“猎人阿仓追着老虎跳过的峡谷”几重意思。也有人认为是古俗语的遗留，是万象谷之意，因其附近的金沙江边曾是古越人所居之地。有关虎跳峡的传说很多，最美的一个是：传说金沙江、怒江、澜沧江和玉龙山、哈巴山原是五兄妹。三姐妹长大了，相约外出择婿，父母又急又气，要玉龙、哈巴去追赶。玉龙带着13把剑、哈巴挎着12张弓抄小路来到丽江，面对面坐着轮流守候，并约定谁放过三姐妹，就要被砍头。轮到哈巴看守时，玉龙刚睡着，金沙姑娘就来了。去路被两个哥哥挡住了，怎么办呢？聪明的金沙姑娘想起了哈巴有爱打瞌睡的毛病，便边走边唱，一连唱了18支歌。婉转动人的歌声果然使哈巴听得入了迷，渐渐睡着了。金沙姑娘瞅准这一机会，终于从两个哥哥的脚边猛冲过去，大声欢笑着飞奔而去。玉龙醒来见此情景，又气又悲，气的是金沙姑娘已经走远，悲的是哈巴兄弟要被砍头。他不能违反约法，抽出长剑砍下了哈巴的头，随即转过背去痛哭，两股泪水化成了白水和黑水，哈巴的12张弓变成了虎跳峡西岸的24道弯，哈巴的头落在江中变成了虎跳石。

辽阔的草原、广袤的平原、浩瀚的海洋、平静的大湖、起伏的丘陵，各有各的美，但是，不到虎跳峡，可能一生也不知道什么叫险峻、雄奇，什么叫浑厚、磅礴。

我总是在夕阳西下时分，扛着一大捆竹子回到大具乡的中心营盘村。金沙江水的怒吼犹在耳畔，虎跳峡石的峥嵘藏于胸间，奇思异想和心灵震撼早已冲淡了劳累。

虎跳峡曾经养育我成长，教诲我刚强。

记忆古城

小时候，爸爸、妈妈和奶奶带我们上街，去得最多的是如今蜚声中外的世界文化遗产丽江古城。当年丽江新城已初具规模，但最繁华和最主要的也就是从客运站到黑龙潭的民主路，游客很少去的，那里也没有什么特色，除了有毛主席塑像、黑龙潭公园。

欢天喜地地跟着大人步行七八公里，就来到了丽江古城的五一街。说是城镇，其实那一片是菜社，家家都要种地、养猪、烧柴做饭。与郊外的农村相比，不过是房子密集、人员众多、物资较为丰富、发生的故事也较多而已。一直由东向西，踩着光滑的、色彩斑斓的五花石板街面，大石桥雄伟突兀地盘踞在古城的中河上，桥下水流湍急但清澈见底，桥旁有几大蓬月季花盛开，似红彤彤的彩霞，像熊熊燃烧的火焰，又似羞涩的少女脸庞。这里离古城的中心四方街仅一箭之遥，人来人往，或行色匆匆，或端坐桥上，或吆喝叫卖，或谈天说地，好不热闹。一些金发碧眼的外国人身背行囊、肩挎相机、手拿书本乱窜，吸引了众多当地人的目光，有调皮好事者还要说几句谁也听不懂的“英语”跟他们打招呼。

四方街上除了过道尽是摊位，商品琳琅满目、目不暇接，在我的记忆中仍然以猪肉、粮食和农具为主，毕竟当时的社会生活还以农业为主。四方街的一大功能是让人迷路、让一同来城里的家人走散。很多农民的方向感本来就不强，在四方街绕上几圈，可以说已经晕头转向了，于是，从城东边来的孩子往北边回家、从南面来的大人走在去拉市的路上说回去做饭去都是有的。这也是大家兴致勃勃消磨时光的谈资。什么木府、东大街，那时是不存在的。木府又称“木家院”，凄凉残破，已经找不到辉煌的旧迹，还不如一条大理人集中经营的“见洛过”。东大街呢，土洋杂烩，不伦不类。

丽江古城的最美妙之处是怎么逛也逛不完，怎么看也看不够，怎么绕也绕不出。后来，大人教了一个“秘诀”，说找不到方向就看古城里的河流的走向，逆流而上可到双石桥，顺流而下可到八河村。这是很灵验的，我就尝试过几次。

新华街是一条美丽的街道，它依山就势，潇洒自然，立足的是有千年古柏的狮子山，脚下流淌的是玉液般的西河。这里集中了理发店、牙医铺等人们不得不来的店面。附近的农民逛街，总要做几件不得不做的事，新华街因此显得很繁华。1997年12月4日，丽江古城成功申报为世界文化遗产，世界遗产评定委员会的推荐评语是：古城丽江把经济和战略重地与崎岖的地势巧妙地融合在一起，真实、完美地保存和再现了古朴的风貌。古城的建筑历经无数朝代的洗礼，饱经沧桑，它融汇了各个民族的文化特色而声名远扬。丽江还拥有古老的供水系统，这一系统纵横交错、精巧独特，至今仍在有效地发挥着作用。这些评价在新华街也体现无遗。

丽江古城历来先贤辈出、才俊后继，这得益于纳西族传统社会中尊重知识、尊重人才的理念。丽江古城每一条街巷都由来自附近的五花石板铺成，中间的主道是竖铺的，两旁横铺。这主道可不是官道，普通人也不敢乱迈一步，因为据说它是专门为读书人设置的，只有饱读诗书、知书达理的文人雅士才能享用。但既然文质彬彬，读书人就没有那么狷狂，也很少走主道，所以，主道竟类似于摆设了。后来人们管他三七二十一，逾矩争抢占中摇摆，世风的败落可见一斑。

无数的人说过水是古城的灵魂。这个灵魂来自黑龙潭，更远地说来自玉龙雪山。黑龙潭应该是丽江古城的重要组成部分，又称龙王庙、玉泉公园。据说，颇具丽江特色的三月、七月骡马物资交流大会首先发端于此。两股泉水从象山脚下的古栗树下涌出，汇成面积近四万平方米的水潭。泉水清澈如玉，水面开着洁白的海菜花，水底游鱼如梭，潭畔花草树木繁茂，楼台亭阁点缀其间，风景秀丽。乾隆二年（1737）建玉泉龙神祠，嘉庆十七年（1812）和光绪十五年（1889）两次被皇帝敕封为“龙神”，名列中国名泉。后来又修建了得月楼、戏台、万寿亭、五孔桥等园林建筑。新中国成立后迁入明清古建筑五凤楼、解脱林、光碧楼、忠义坊石狮、文明坊、一文亭等园林建筑。身处黑龙潭公园，令人心旷神怡，足以感受天地的玄妙、人世的美好，摒弃纷乱的杂念和烦琐。这里还是纳西族男女青年谈情说爱的聚集地。

机缘巧合，后来我在丽江古城读了六年的初中、高中，大学毕业后又在它的旁边工作、生活。每天看着它或好或坏的变化，百感交集。不知道令人肃然起敬的方国瑜故居可安好，头顶一大盘米糕像黄雀一样叫卖的王家大妈可健在，晦暗低矮又温馨暖人的李家小卖铺可经营，因为女儿未婚先孕大发雷霆而又遮遮掩掩的和大叔怎样了，还有那一张张纯真无邪的脸庞是否沾染了太多的脂粉？

巨甸拉市坝村见闻

白格堰塞湖泄流洪峰凶猛经过玉龙县沿金沙江乡镇后的第8天——11月22日一大早，我们驱车直奔受灾最重的巨甸镇，为的是感同身受灾区人民群众的生活实情和精神面貌，耳闻目睹恢复生产和重建家园的情况。两个多小时后抵达目的地。

灾情超出想象

镇党委、政府大院内外停满了各种车辆。显然，市、县党政各级各部门，驻丽部队和社会各界力量齐集于此，在统一指挥下同心协力、分工协作，正有条不紊地应对各种问题、解决不同难题。与镇里一位年轻稳重的干部作短暂的来意交流后，我立即被电话介绍给巨甸村委会拉市坝村老年协会主席王汉东先生。在政府门口等待王先生的瞬间，竟然有一位身着迷彩服、推着手推车的年轻人朝着我“姑爹！姑爹！”地大声叫唤，吓了我一跳。仔细辨认后才发现是一个远房侄子。原来，他参加的丽江出租车协会义务救援队也正在此救灾。几分钟后，风尘仆仆的王主席驾驶他那小巧玲珑的电动三轮车赶来，执意载上身高体壮的我，吃力地缓慢穿过泥泞不堪、车辆川流不息的村道进入拉市坝村西一社，并在那里与村老年协会原主席杨宗模会合。我真的不愿意惊扰两位先生，但他们对村子的所有情况如指诸掌，而且健朗热情。于是，在他俩的指引下，我们开始在六个村民小组走访灾情最严重的人家。

实地勘查前，包括来的路上在石鼓、黎明的沿江地段看到一些农田被淹没多日后覆盖着淤泥，甚至还是反射着白光的形同鱼塘的大小泽国，所以，我们片面认为受灾的最主要是农民赖以为生的田地和田地里已经长势喜人的农作物，遭到破坏的是交通、通信、电力供应设施。但走进拉市坝村后才发现，灾难是全方位的，乡亲们衣食住行的方方面面都被迫发生了巨大改变。譬如，靠近低洼良田一线的房屋经过洪水的一夜浸泡后，土基在以后的几天内陆陆续续垮塌下来。许多楼房、平房、大门仅剩下木质屋架，岌岌可危。有的围墙已经完全倒塌，院坝四面通风，内部一览无余。院坝以及房间内都被厚厚的像糨糊一样黏稠的淤泥填埋，寸步难行。下地不到一分钟，我那干净的高帮运动鞋就已经被泥浆浸没得面目全非，向前往后挪动一小步还要再三防止打滑。洪水来袭时达到的最高水位线清晰可辨，我拿一米八三的身高凑过去比画，很多院坝的被淹水线高出我二三十厘米。可以想见，除了楼房上层的极小部分财产外，这些家庭所有的生产生活资料和财富包括柴米油盐、家禽家畜在一夜之间几乎化为乌有。“从安置点跑回来一看，我完全傻了。”“什么都没有了。真的，什么都没有了。”“谁知道呢？谁能想到呢？做梦也没想到。”肖凤莲、和琼、张朝红等受灾户用哽咽地口吻告诉我，眼里很快装满了泪水。的确，近年来，大多数农村家庭都把有限的收入投入到改善居住条件、提高生活档次方面，年复一年地新建、装修房屋和添置各种电器、家具。可是，突如其来的洪水猛兽顷刻间吞噬了一切，多年的勤俭持家顿然化作南柯一梦！试问，谁能若无其事、坦然淡定？杨宗模先生已经步入耄耋之岁，是当地有名的文化人。他说，新中国成立以来，巨甸坝在他的记忆里曾被水淹过两次，但只是田坝过水，像这次一大个村子被长时间浸泡的情形，实属百年不遇、闻所未闻。

历史积淀深厚

巨甸镇历史悠久，北连康藏，南通大理，是纳西族、汉族、藏族、白族、普米族文化的交汇点，南来北往的天下客在此定居和发展，创造了探究不完、发掘不尽的文化宝藏。它是各民族交往的走廊，也是兵家必争之地。汉代和三国两晋时期就有纳西族先民麽些蛮蒙醋醋为首的一支活动其间；隋朝将军史万岁、苏荣曾带兵到这里；唐代被称为“九赕”，巨甸上下一带的金沙江两岸已成为纳西族重要聚居区之一；宋末名“花马国”，忽必烈征大理国，由兀良合台率领的西路军在巨甸一带用革囊渡江，元初改称为“巨津”；明代，木氏土司和这里的纳西土酋势力多次发生控制与反控制的斗争；清初更名为“巨甸”，沿用至今，清代设打金坝汛，有清兵驻军营盘。宋挥玉斧、元跨革囊，明代鼎盛、清初改流的历史进程中，巨甸的麽些与丽江各地的麽些一样，在中央王朝、吐蕃势力、南诏政权、大理古国之间周旋进退、夹缝求存，谱写了可歌可泣的历史篇章，唐代著名的神川之战就发生在这里。1936年4月，更有红二、六军团在石鼓到巨甸一线抢渡金沙天堑，先是胜利挥师北上与红四方面军会合，随后又与张国焘分裂主义做坚决斗争，继续北上与中央红军实现大会师，从而逐步扭转乾坤，开创了中国历史的新纪元。1950年至1968年，中国人民解放军第42师126团在此驻防。1977年，在活佛台渡口建立了红军二方面军渡江纪念碑，1994年至1997年，重建了红军二方面军渡江纪念碑，新建了“126团渡江纪念碑”、巨甸镇老年活动中心，修建了文艺演出舞台、篮球场。巨甸地处干热河谷地区，气候温暖、土地肥沃、物产富庶，被称为“金沙江畔的明珠”“丽郡明珠”。巨甸还是历史上著名的“南方丝绸之路”——“茶马古道”的重要站口，在灿烂的茶马古道文化中占有显赫的地位。改革开放后的一段时间里，因为木材生意兴旺，巨甸还曾经被称作“丽江的小香港”。漫步在拉市坝村，你可以很快很强烈地感受到浓厚的历史氛围。这个村子有五百户人家、两千左右人口，百家姓几乎都能寻访到，有仿造丽江古城的“四方街”，也有铜匠街、皮匠街等历史遗存。设施齐全的老年协会、著名的“王家大院”、红军渡江纪念公园等等是重要的文体活动场所和爱国主义教育基地。拉市坝村在外工作的人员多如过江之鲫，守望家园的人们在农忙之余也喜好琴棋书画并且小有成就。

正因为历史文化积淀深厚，这里可以说是寸土寸金，民居鳞次栉比、村巷蜿蜒狭窄，五个村小组连成一片，“各抱地势，钩心斗角。盘盘焉、囷囷焉，蜂房水涡，矗不知乎几千万落”。这同时给灾后清淤、清运垃圾、恢复重建带来了相当大的不便。大型机械可以说完全没有用武之地，于是，这里一群，那里一伙，解放军和武警战士、来自远方的民间救援队、本地常年在外打工的年轻人、受灾户自己，都在用锄头、铁锹、铲子、双手争分夺秒地清理巷道，以便电动三轮车、小型拖拉机进出，运走来自白格的泥浆和仍然多少舍不得丢弃的家具、家电、衣被、粮食……尤其难能可贵的是，一些居住位置较高的人家受灾较轻，但他们没有作壁上观，而是拿出十足的诚心帮助邻里。平日里在外谋生、风风火火、貌似不明事理的年轻人在灾难来袭后表现出来的是稳重和成熟，自觉自愿自发地回家救援。有年轻的生意人还亏着本钱和油钱运回来米肉蔬菜供集体渡过难关。一支民间救援队——塔城乡党员志愿服务队的旗帜分外耀眼，队员们骄傲地说：“我们来自遥远的十八寨沟村。”人们应该记得，这支队伍还曾出现在2008年汶川大地震的重灾区。我还碰到几家政府部门和企事业单位派来的代表，行进在同样艰难坎坷的村道前往慰问受灾干部职工的家属。下午一点半，我被邀请在一个地势较高的院落午餐，只见门口党旗高高飘扬，院坝内摆放着几张饭桌，饭菜统一标准、有荤有素，很像是在操办宴会。原来，几乎所有受灾村民和援助人群以村小组为单位在这里吃午饭。晚上，大部分受灾群众还得去安置点或亲友家住宿。

人民勤劳顽强

除了农户和农田，紧挨田地的巨甸幼儿园也被淹得面目全非。校园空旷、大门后门洞开，往来着清淤的拖拉机、三轮车，淹没了教学娱乐设施后的淤泥让人依稀可见洪水肆虐的猖狂和无情。所有师生不得已已经停课放假多日。较为庆幸的是，巨甸敬老院因位处坡地受损较轻，如今发挥了巨大作用，成为一些灾民的栖身之所。在102岁的蒋润荣奶奶家，失聪和下肢不便的奶奶躺在安放于走廊的床上，口中还念念有词，儿子儿媳、孙子孙女轮番照看着她。洪水来袭前，奶奶被悄悄转移到安置点。但发觉了异样的她嚷嚷着不想离开生活了一世的家园，还因此生了急病。为了完全满足老人家的心愿，洪水刚退，邻里和亲朋二话没说，率先义务出工出力收拾干净她家的院落，这才有了现在看似整洁的环境。我问家属目前最大的心愿，小儿媳刘品珍代表全家回答："当下只希望能够尽快恢复正常的生活。如果奶奶真要走了，也希望她走得宽心、安详。"小伙子和灿阳原定于11月25日结婚，请帖都已经发出去了。但噩梦般的洪魔让他的喜事变得遥遥无期。"可能要往后拖一年了。"他的妈妈和星云说。最惨的是，为了把婚礼办得体面大方，她家从楼房到大门刚做了较大的装修，"工钱都还没给够人家呢。"而新添置的家具、电器等昂贵的物件也全被浸泡后变成一堆废物。"仅剩下寄存在亲友处的结婚用的香烟较值钱了。"这个顽强的妇女显得很平静，也不乏开朗，“意外的惊喜是以为早已被洪水冲走的那头肥猪出现在楼上！它啃坏了五桶香油，靠舔这些油活了下来。”村里的篮球场、门球场已经变成了泥土厚积的“田块”。不过这算是好的了，铲洗两天估计就能重见天日、完好如初。在和琴家，所有房子的土基都被泡垮了，没有一件东西可以用了。而她至今单身，偌大的院落没一个男人，恢复重建的艰难程度可想而知。几经辗转来到王汉东主席家里，也是院坝一片狼藉却来不及收拾。我们的许多基层党员干部，确确实实一直秉持着利益面前“先人后己”、灾难来临“舍我其谁”的优良传统！这是我们伟大的可贵的财富。

总的说来，拉市坝村的“后排”也就是“西排”受灾严重，靠近良田的人家基本上遭受了致命的损毁。“前排”也就是“东排”的民居几乎没有被淹，但江边的田地还是被大水吞没了。来到此次洪灾的进水口——变电站一带，金沙江早已恢复平静，对它一时兴起而任性发作的滔天罪行似乎忘得干干净净，但仔细看，江水颜色还是黑的。从这里往下看，夹在江边高地和坝子中央的公路之间的呈大三角形状的拉市坝村和农田明显是一片被包围的低洼地带。

因为情况有变，走访三四十家重灾户后，已是夕阳西下之时，只得跟王主席、杨老师遗憾道别。看得出来，两位先生还希望我们能到更多的地方比如几处文化古迹亲眼看看、亲耳听听，还想给我讲述拉市坝村民族和睦相处、友好交往、与时俱进、共建美好家园的动人故事，特别希望我能把受灾的实情更多地介绍出去。随后，我在肖飞先生的引领下匆忙来到离此不远的金河村委会。金河村委会在这次洪魔面前受灾较轻，但勇挑起了后勤保障和灾民安置的重担，真正做到了与灾民同呼吸、共命运，彰显了邻里有难则赴汤蹈火匍匐救之的同乡之谊，实在令人感动！

谁都不喜欢灾害。可是，天有不测风云，灾害毕竟无法完全避免。从小直到今天，在电闪雷鸣、风雨如磐的夏天，我都会“杞人忧天”：万一悬在老家村子头顶的水库大坝有什么不祥，如果作为依靠的村后山体有什么不测，那父老乡亲包括我的至亲将如何是好？这当然不全是“胡思乱想”，因为就在1996年丽江大地震中，我经常担忧的对象——团山水库大坝就确实出现了几处险情，党和政府不得不进行了长时间的勘查、加固、除险。我当然坚信灾害终将被伟大的人民踩在脚下、巨甸拉市坝的明天也会更加美好。正如我在一家受灾农户门口看到，已经有人笑傲洪魔，用从白格裹挟而下的泥浆捏制了一套精美的茶壶茶杯坯胎摆放在木板上，在太阳下熠熠生辉、婀娜诱人。但是，当洪水猛兽等灾害真的降临周围之时，还是祈愿人们能够将心比心、互帮互助，尽量做到大爱无疆，一方有难、八方支援。就算你认为自己无能为力、爱莫能助，也不仅不要轻信和盲从，反而理当旗帜鲜明地反对和戳穿荒谬的奇谈怪论、高超的事后诸葛、冷漠的“旁观者清”、苍白的装腔作势、恶心的“诗兴大作”、虚伪的“激情澎湃”、空洞的走马观花。

我祈祷，山体不再滑坡，美德永不滑坡；洪水不再肆虐，邪气无处肆虐。

灵山秀水

一路美景醉我心

得知2015年云南省报纸副刊研究会年会将在迪庆藏族自治州德钦县举办后，我心早已向往。一是因为庸医害人，拖着病腿，已经有五六年没见到省报纸副刊界的同仁了，如今病情痊愈，迫切地希望和他们一起采风，并了解全省报纸副刊的发展现状，顺便检验一下自己的身体状况；二是四十多年来几乎一直生活在滇西北，却没有到过香格里拉，更不用说德钦。虎跳峡镇、小中甸、建塘、独克宗古城、纳帕海、碧塔海、普达措、奔子栏、白马雪山、太子雪山、梅里雪山、高原草甸、雪山杜鹃、狼毒花、松赞林寺、东竹林寺、飞来寺……迪庆州的一个个诗意的地名和旅游景点、风物，时时都在吸引我、召唤我。

一

秋末冬初的金沙江，水流平缓，江面稍浑。过了松园桥，就从丽江到了迪庆，多么近啊。其实，沿着江边一直上山，花两个多小时才能到达海拔3280米的香格里拉市区。穿行在峡谷之中，树木繁茂，层林尽染，清澈见底的溪流欢快地歌唱，玉龙雪山、哈巴雪山直指云霄、积雪皑皑。特别是玉龙雪山，晶莹耀眼，与在丽江坝子看到的几无积雪的凄惨景象完全不同。始终有一股清新、高远、淡雅、圣洁的空气充溢在天地之间，一幅幅大自然巧夺天工的杰作目不暇接，让人不得不沉醉其中。到了小中甸，豁然开朗，我终于从高原来到了更高的高原，来到了“人间最殊胜的净土——奶子河畔的香格里拉”。可惜，想象是一回事，事实又是另一回事。由于行色匆匆，又是孤身一人，我并不能饱览香格里拉市那些令人心驰神往的风景，也没能体验当地藏民淳朴、豪爽、能歌善舞、美酒相伴的诗意生活。

次日一大早，纳帕海自然保护区穿眼而过。这个“滇西北最大的春季牧场”此刻牧草金黄、湖水湛蓝，牦牛星罗、骏马棋布，更有独具特色的藏族民居、晒粮架点缀其中，高原上的湿地风光令人在恍恍惚惚中疑是到了江南，或是回到了故乡的拉市海。据说，再过几天，黑颈鹤、黄鸭、斑头雁等候鸟将翩翩而来，在草丛中、水面上飞舞嬉戏，那景象是不是“落霞与孤鹜齐飞，秋水共长天一色”呢？

车子在崇山峻岭间盘旋而下，一条大江时隐时现，那不就是金沙江吗？只是，出发时看到的它，已经完成了在长江第一湾的伟大转折，而现在，它仍在从北而南奔腾直下。一衣带水，我的一生注定是跳不出金沙江温暖的怀抱了吧。

下到江边，车子在奔子栏稍作停留。这里已经是德钦县境内。从小到大，我在不同的场合听不同的人无数次提到过奔子栏，而今，我已切切实实站在了它的门口。奔子栏自古以来就是重要的交通枢纽，从这儿往西北可进入西藏，江对岸是四川的德荣，沿江而下可到维西、大理，往东南走可抵达香格里拉市、丽江。它是茶马古道由滇西北进入西藏或四川的咽喉之地。

千年的滚滚红尘里，奔子栏演绎了多少兴衰成败、爱恨情仇？直到今天，汉族、藏族、纳西族的文化，以及佛教、东巴教等水乳交融，形成了奔子栏“各美其美，美美与共”的和谐的多元文化，这也是它至今依旧充满活力和希望的主要原因。

二

接着又是爬山。忽然，车内一片惊喜的叫喊，在明媚阳光的照耀下，一座皎洁的雪山矗立在蓝天之下，接着又是一座……而随着车子的盘旋，人们的视角从仰视逐渐变成平视，距离也由远而近，直至伸手就可触摸圣洁的白雪。

这就是著名的白马雪山。1983年列入省级自然保护区，1988年列为国家级自然保护区，总面积达27万公顷，海拔5000米以上的山峰有20座，主峰白马雪山海拔5430米。

山地垂直带自然景观赏心悦目。从低到高，疏林灌丛草坡带植被稀疏；针叶、阔叶混交林带五彩斑斓；针叶林带密布长苞冷杉、苍山冷杉，繁密而整齐；高山灌丛草甸带、流石滩稀疏植被带生长着不知名的植被，犹如羊群，又似地毯；最上面是终年不化的雪峰。广袤的保护区内还生活着滇金丝猴、小熊猫、绿尾虹雉、云豹、白马鸡和马麝等珍稀野生动物，生长着13种国家重点保护野生植物。

在海拔4292米的白马雪山垭口极目四望，绵延不绝的雪山群下，林海似乎刚从染缸中出来，红、黄、绿层次井然又错综复杂，想来伟大的画家也要折服吧。一个巨大的玛尼堆记录着来往行人拜谒白马雪山的虔诚，早已褪色的经幡在寒风中翻卷。据载，按照藏传佛教的规矩，藏民在翻越白马雪山垭口时，要捡拾一块石头放在玛尼堆上，然后解开辫子，任风吹散，大声念诵经书，大声呼唤神灵，并把手里的青稞撒向天空。人与自然、人与神的交流就这么进行。

一条贯穿白马雪山山腹的公路隧道即将竣工，香格里拉到德钦的路程将大大缩短。不知下一次与白马雪山的约会，要以怎样的方式进行。

三

此行最向往的卡瓦格博竟在不经意间相遇。下了白马雪山垭口不久，蓦然间，看到一尊尖尖的白矛似的雪峰直刺蓝天，威武无比，光芒万丈。我心里一震，意识到这可能就是朝思暮想而从未相见的卡瓦格博！经过询问，证实了它就是太子雪山的主峰卡瓦格博（梅里雪山是一座北南走向的庞大雪山群体，北段称梅里雪山，中段称太子雪山，南段称碧罗雪山）。车子停下，大家纷纷拿起“长枪短炮”冲下去，对着圣山狂拍或合影留念。而我，默然来到一地，面对圣洁的神灵慢慢拜倒，深深磕头，长跪不起。我虽然不相信某些人从某地回来后心灵都升华了的说法，但激动还是有的。感谢卡瓦格博，让我第一次从您脚下走过就尽览您的尊容！有多少人为了朝觐您，多次往返也没能揭开您的面纱。您慷慨地用欢颜接待我，莫非您知道我来自您的夫人缅茨姆的娘家——玉龙雪山脚下？

卡瓦格博海拔6740米，是云南第一高峰，范围40平方公里，终年积雪。在藏语语言习惯中，卡瓦格博是主峰、山神及整个太子雪山概念的三位一体的称呼。藏文经典中常称之为“绒赞卡瓦格博”，意为“河谷地带险峻雄伟的白雪山峰”。

在藏传佛教里，卡瓦格博赞神传说是噶举派的保护神。元代噶玛噶举黑帽系第三世活佛让迥多杰（1284—1319）曾来到卡瓦格博山脚下，为它加持、开光，由此成为噶玛噶举派的修行圣地。藏族英雄史诗《格萨尔王传·加岭之部》中记载：卡瓦格博神所管辖的雪山地区是密宗本尊的一片刹土和莲花生的藏经地。卡瓦格博为来到绒（今德钦一带）的格萨尔王收复后遵守佛界的居士界，成为佛教的保护神，统领着千千万万的地面保护神，是绒地安定、吉祥幸福的保障。在流传于青海一带的藏族木刻经文《绒赞卡瓦格博赞》中说：（卡瓦格博）山体像坚竖的长矛，山尖似白色的多玛，色彩如悬张的白绸。右边的山如雄狮盘踞，左边的山似玉龙翻腾，后面的山如鹏鸟展翅，前面的山似黑熊舞爪。绒赞卡瓦格博远望云雾笼罩，近看雪瀑纷飞，至前雪花飘扬……

依次排开的雪峰由南向北为：缅茨姆峰，卡瓦格博的妻子，有一说法认为是玉龙雪山的女儿；吉娃仁安，藏语意为“五佛之冠”，因并列着5个扁平而尖削的雪峰，很像五佛冠；布迥松阶吾学，卡瓦格博和缅茨姆的儿子；卡瓦格博；玛兵扎拉旺堆，卡瓦格博在东北方向的一名守护神；粗归腊卡，形状像黑熊的爪子。

在以后几天中，我又多次或远或近有意无意地看到卡瓦格博，领受了它四时变幻莫测而始终魅力四射的风采。百看不厌、心悦诚服的感叹下，内心满是感恩与虔诚。我还欣慰地得知，面对国内外纷至沓来的登山爱好者和冒险家，2000年，当地政府通过了一个宣言：卡瓦格博这座因信仰和文化而被尊重的山，将永远不允许被攀登。

四

年会在德钦县行政中心举行。省报纸副刊研究会的领导与各州市报社领导、文化编辑记者济济一堂，以深入学习贯彻习近平总书记在文艺工作座谈会上的重要讲话和《中共中央关于繁荣发展社会主义文艺的意见》精神、“深入生活、扎根人民、打造报纸文艺精品”为主题，进行学术研讨，交流办报经验。大家就如何办好人民喜爱的副刊、如何打造报刊文艺精品踊跃发言。认为这次会议来的人多，发言质量高，达到了预期目的，开得很成功。

德钦县县委、人大、政府、政协为与会人员安排了徒步至卡瓦格博峰下的雨崩村的采风活动。40多位全省报纸副刊界编辑、记者兴致高涨地前往，而我却只能形单影只地流连于县城。因为，这项类似探险的采风活动，完全不适合像我这样刚做过大手术的人。我没觉得遗憾，是的，有些事情不是一定要去做。譬如，既然已经遥望卡瓦格博并且钟情于它，又何须拼命靠近去惊扰它呢。

在县城堪称“大理白族一条街”的街道，我看到了各民族的团结和睦、经济的繁荣发展、民风的朴实淳厚；与“卓玛”“格桑花”的交谈中，了解到一点德钦的风土人情；在衣食住行中，感受到当地的物价与丽江不相上下。

“德钦”是藏语，意为“极乐太平”，原名阿墩子，素称“歌舞之乡”。它是滇金丝猴的故乡，也是一个多民族、多宗教、多文化交融并存的山区农业贫困县。全县辖2个镇、6个乡，总面积为7273平方公里，6.7万多人，人口密度为每平方公里8人。居民以藏族、傈僳族为主，纳西族有1000多人，占2%。县城升平镇，海拔3400米，是全省海拔最高的县，有“云岭之巅”的名声。德钦县的领导将县情总结为“地理区位特殊、生态环境敏感、自然资源富集、民族文化浓郁、维稳工作繁重、发展形势向好”，这个定位无疑是科学的、正确的。

查阅德钦县的历史沿革，始终离不开与丽江的深厚渊源。

除了玉米、水稻、小麦等粮食作物，还有葡萄、核桃、花椒等经济作物和丰富的旅游资源，德钦的虫草、雪茶、贝母、雪莲花、松茸、麝香、茶叶等也广为人知。

本来万丈豪气，无奈七尺弱躯。德钦之行，如醉如梦，似幻还真，收获良多，意犹未尽。德钦，扎西德勒！

美丽德宏行

一

怀着一颗敬畏的心、顺带许多喜悦的情，小雪节令前一天，我随同报社李建根社长沿着丽大高速、杭瑞高速来到德宏傣族景颇族自治州的芒市，参加2017年云南省报纸副刊研究会年会。

滇西北与滇西，说起来只差一字，地图上近在咫尺，实际上真有天壤之别。就说气候，初冬的丽江碧空如洗、山寒水瘦、阴风刺骨、万绿凋零，天地间充塞着悲凉凄美，人们已经开始添衣加裤把自己包裹起来。而德宏呢？阳光灿烂、林木葱茏、满目滴翠、鲜花盛开、热气扑面，不少人穿着衬衫短裤趿着拖鞋悠然漫步街头，疑是换了人间。除了对短时间内大冷大热的气温很不适应，德宏的一切比如棕榈树挺拔、叶子花盛开的街市对于我而言都十分新奇。用纳西族的俗语说，仿佛那只误入寺院大殿的猴子。我既眼花缭乱大长见识，又惶遽手足无措。

社长同志的青春岁月奉献在了德宏军分区，还以战地记者的身份上过老山、者阴山自卫还击战前线。他对于德宏的一花一木，自然十分熟悉和充满真情。而我，往事如烟，依稀可辨，其实与德宏也心照久远、神交匪浅：我的学士毕业论文题为《社会急剧变化中的文化变迁及其走向》，导师是我省著名学者王四代。王先生是西双版纳傣族自治州人氏，彝族。他提供的参考书目和平日列举的事例多与西双版纳、德宏的民族文化有关。撰写论文期间，我苦下功夫熟记傣族、景颇族、德昂族、阿昌族等少数民族的分布、语言、文字、节日、信仰等基础知识，以及这些文化的历史、发展、演变、现状，等等，以求文章的论据"翔实丰富、具体生动"，并时常对着热带雨林四时不败的图片和描述文字，极力想象当地人民的生产生活场景，还梦想在干栏民居住上一宿。最终，这篇纸上谈兵、坐而论道、画饼充饥的文章被评为优秀论文。现在回想起来，一个滇西北的高原和大山的孩子居然敢奢谈妄议热带亚热带风情及其文化，何其不知天高地厚也！更为抱憾的是，在疲于奔命的社会生活中，同许许多多专业知识一样，我早已把论文里提到的各民族文化统统交还了恩师和图书馆。倒是还稍稍记得《民间文学》课本上有这些介绍——傣族有《娥并与桑洛》《线秀》《叶罕佐与冒弄养》三大悲剧叙事长诗及《召树屯》，景颇族有叙事长诗《凯诺和凯刚》，阿昌族有叙事长诗《箭翎歌》、史诗《遮帕麻和遮米麻》，德昂族亦叙事长诗众多，有名的如《聪明的果索》《芦笙哀歌》等。

此外，大学期间我与众多的德宏籍、版纳籍校友、系友频繁交往于球场上、欢聚中，至今记得他们性情豪爽、多才多艺、活泼灵动，尤其在足球场上，他们因为身材小巧，高速运球奔跑过程中的急停转身令人望尘莫及、叹为观止。遥想当年“欣于所遇，暂得于己”，一起意气风发，既陶醉在激扬文字、指点江山间，又沉湎于狂歌痛饮、驰骋赛场上，曾不知韶华易逝、岁月无情，孰料刹那间年轮已走进不惑之岁、故友旧交天各一方，思索半日竟模糊了名姓，况世事难测、诸病来袭，“向之所欣，俯仰之间，已为陈迹”，感慨世间过客的确无非“寄蜉蝣于天地，渺沧海之一粟”。

至于那条诞生于抗日战争烽火中的国际通道、滇西各族人民用血肉筑成的生命线——滇缅公路及其要冲瑞丽、畹町等地名，每每在影视片中见到，也常常对那段历史和那些人肃然起敬，但终究没有深入了解。而来自毗邻的保山市腾冲县、龙陵县的同学和好友们一提到侵华日军的罪行就咬牙切齿，令我感同身受，并庆幸自己的家乡不曾被鬼子蹂躏。

还有那首柔和婉转的《有一个美丽的地方》，听一次就浑身酥软一次，向往着立即奔向傣家。

如今机缘巧合，终于靠近德宏。从社会发展程度上说，德宏和丽江都属于相对滞后的少数民族众多地区，但均因物华天宝、人杰地灵、自然风光和民族文化极其丰富并独具特色，因而在国内外有很大的知名度，旅游业发展迅猛。然而，两三日匆匆行程，怎能览尽德宏的美貌？四五处暂停地方，岂可洞察傣乡之奥妙？只不过旧调重弹、抛砖引玉，略记走马之见、皮毛之相如下而已。

孔雀之乡

德宏州地处热区，集边境、口岸为一体，是多民族聚集地，环境优美，坝子平坦，土壤肥沃，物产富饶，边贸活跃，民族风情独特，民族文化资源丰富，被国内外誉为“孔雀之乡”“歌舞之乡”“神话之乡”“玉石之乡”“葫芦丝之乡”“目瑙纵歌之乡”。

德宏地处亚热带，气候温和，雨量充沛，冬无严寒，夏无酷暑，芳草终年吐翠，鲜花四季飘香，山川秀丽，风光旖旎。美不胜收的德宏最适合美丽的孔雀繁衍生息。上世纪50年代到过德宏的人还经常在山脚、水边看到一群群孔雀翩翩起舞。改革开放以后，养孔雀之风渐渐兴起，仅畹町就养了300多只孔雀，绿孔雀、蓝孔雀、白孔雀都有。在德宏，傣家人和孔雀融为一体，孔雀成为傣家的一员。傣家人对孔雀只有爱怜，绝不惊扰；孔雀对人也很友善，与人和谐相处。生性爱美的傣家人把孔雀视为吉祥美丽的象征，爱孔雀爱到心灵深处，爱到骨髓里。这种爱已经超出了一般的保护鸟类的生态意义，更有一层深厚的文化意义。德宏傣家奘房的栏杆上雕刻的是孔雀，门上贴的是孔雀，五六十年代的老牛车上插的是孔雀的模型。小卜冒帽子上插片孔雀翎，倍显英俊无比；象脚鼓尾部绑一束孔雀翎，格外美丽壮观；婀娜多姿的傣家卜哨腰系彩色的筒裙，多像开屏的孔雀！那优美动人的孔雀舞，更是惟妙惟肖地模仿了孔雀的神态。景颇族目瑙纵歌舞场上瑙双瑙巴的头饰以前是犀鸟，近年来也换成了孔雀翎。

德宏是天生的“孔雀之乡”。这不仅因为德宏盛产孔雀，德宏各族人民爱孔雀，而且因为德宏的地形酷似孔雀。德宏地处云南西部，是横断山脉西南部、高黎贡山以西一块向西南倾斜和切割的山原。整个地势东北高、西南低。地表为高黎贡山山脉组成的东北向西南倾斜的几条梁状山地与宽谷相间的中山宽谷地貌。东南至东北较宽而西南部稍窄，西面顶端的瑞丽又特别向外突出，活脱脱一只开屏的孔雀：向外突出的瑞丽，恰似昂扬的孔雀头；无数的山脉就像一根根开屏的孔雀羽毛撒向东北；数十个金色的山间盆地就像一颗颗镶嵌在翠屏上的雀丹。要讲“孔雀之乡”，那只能专指德宏。德宏人民爱孔雀，德宏地貌像孔雀，只有孔雀能够概括德宏之美，只有德宏能够称为“孔雀之乡”。

历史久远

考古学家在陇川江流域的梁河勐养、潞西五岔路、瑞丽芒约及陇川芒胆发现的新石器时代遗址，实证了德宏地区早在新石器时代就有人类繁衍生息。

《尚书》《禹贡》均有记载，“华阳黑水唯梁州，黑水西河唯雍州。导黑水至三危，入于南海。”史家考证都认为，入南海的黑水不外乎是指德宏附近的澜沧江、怒江或大金沙江（伊洛瓦底江）。黑水无论是这3条江中的哪一条，都能表明德宏远在四千多年前就是中国历史不可分割的一部分。

公元前364年后，傣族先民在今瑞丽江河谷建立勐卯果占壁王国，建雷允城，遗址尚存。约公元前4世纪，中国历史上最早的一条国际陆路交通线“西南丝路”开通，中印贸易由此开始，德宏即为西南丝路的必经之地。公元前122年，张骞出使西域探寻到的“滇越乘象国”即指今德宏和缅甸的部分地区。公元前109年，汉武帝开西南夷，德宏为益州郡哀牢地。

它于东汉属永昌郡哀牢县（今盈江县），魏晋南北朝属西城县（今盈江县），唐南诏时属永昌节度和丽水节度，宋大理国时属永昌、腾越金齿部地。元代，德宏置茫施（潞西）、镇西（盈江）、平缅（陇川）、麓川（瑞丽）4路及南甸（梁河）军民府，隶属金齿宣抚司6路军民总管府。1287年，意大利著名旅行家马可·波罗随元军南下途经德宏地区。他在游记中详细记载了德宏见闻。这里明代设南甸（梁河）、干崖（盈江）、陇川宣抚司，盏达（原莲山）、遮放副宣抚司，芒市、勐卯（瑞丽）安抚司，隶属永昌府腾越州；清沿明制，乾隆年间增设腊撒、户撒两个长官司（今属陇川县户撒乡），光绪二十五年（1899）增设勐板土千总（今潞西芒牛坝一带），南甸、干崖、陇川、盏达、勐卯、户撒、腊撒土司隶属腾越厅管辖，芒市、遮放土司和勐板土千总隶属龙陵厅管辖。1874年，今盈江县芒允乡曾发生震惊中外的“马嘉里事件”。1911年10月27日，盈江土司刀安仁、张文光（均为同盟会员）领导“腾越起义”，推翻清政府在腾越边地的统治，宣告成立“滇西军都督府”。民国时期改府厅置道，设弹压委员。1917年，改弹压委员为行政委员，设立政区，隶属腾越道。1927年废腾越道，隶属云南省第一殖边督办。1932年改行政区为设治局，设潞西、梁河、盈江、莲山、陇川、瑞丽六个设治局（为准县级），属殖边督办。1940年废殖边督办，隶属腾龙边区行政监督。1938年8月31日，滇缅公路全线通车，一度成为抗战期间中国与国际联系的陆路唯一交通要道。1942年5月，日军入侵，德宏沦陷。1945年1月国土光复后，仍置设治局，先后隶属云南省第六区（保山）及第十二区（腾冲）行政督察专员公署。1949年8月潞西设治局改为潞西县，县城设在芒市。

1950年4月21日，中国人民解放军进驻潞西，德宏解放。军政代表团接管设治局，建立潞西县和瑞丽、陇川、盈江、莲山、梁河五个各民族行政委员会，隶属保山专区。1952年经政务院批准，瑞丽、陇川、盈江、莲山、梁河改设县，并设畹町镇（县级镇），均隶属保山专区。1953年7月，成立德宏傣族景颇族自治区，1956年5月保山专区并入德宏，改自治区为自治州，辖保山、腾冲、昌宁、龙陵、潞西、梁河、盈江、莲山、陇川、瑞丽十县及畹町镇。1963年8月，德宏与保山地区的建置分开，德宏州辖潞西、梁河、盈江、陇川、瑞丽五县及畹町镇。1969年11月撤销德宏州，并入保山地区。1971年11月恢复德宏州，辖潞西、梁河、瑞丽、陇川、盈江五县及畹町镇。1985年改畹町镇为县级市。1992年6月瑞丽撤县改市。1997年4月潞西撤县改市。1999年2月8日，撤销畹町市，设立瑞丽市畹町经济开发区（副县级）。至此，德宏州辖二市三县，即芒市、瑞丽市和陇川县、盈江县、梁河县。

文化兴盛

德宏常住有傣、景颇、汉、傈僳、阿昌、德昂等民族。

傣族是一个跨境民族，主要分布在泰国、老挝、缅甸、越南、柬埔寨、印度、中国等多个国家和地区，在泰国、柬埔寨、越南等国被称为“泰族”，在老挝被称为“佬族”，在缅甸被称为“掸族”，在印度被称为“阿洪族”，在中国被称为“傣族” 。傣族语言属于东亚语系。傣族一般信仰南传上座部佛教，但也有一些地区的傣族信仰原始崇拜宗教及印度教。浴佛节又名“泼水节”，一般在傣历6月举行，相当于公历4月中旬；入夏节（关门节）在傣历9月15日（农历七月中旬）开始举行，历时三个月；出夏节（开门节）在傣历12月15日（约在农历九月中旬），象征着三个月以来的雨季已经结束。

景颇族是云南独有民族，支系有景颇、载瓦、勒期和浪俄，其中载瓦支系最大。其语言有景颇和载瓦两种语言，差异颇大。景颇语属汉藏语系藏缅语族景颇语支；载瓦语属汉藏语系藏缅语族缅语支。景颇人使用的景颇文是一种以拉丁字母为基础的拼音文字。景颇族主要信仰基督教。目瑙纵歌是景颇族规模最大、最隆重的节日庆祝活动，一般都选定在农历正月中旬，为期三天至七天；撒种节和尝新节是盈江、梁河、陇川等县的传统节日，每年农历三月十日和八月十五日举行；新米节是庆丰收的节日，每年农历八九月间当稻谷成熟时家家户户欢度；采花节一般在春节期间举行；能仙节是景颇族青年男女为主的聚会、唱歌跳舞的节日。一般在每年的农历二月十日举行。

傈僳族是云南特有民族，为氐羌族后裔，即藏缅语族的一支。傈僳族有自己的语言，属汉藏语系藏缅语族彝语支。傈僳族分为南北两族群，南族群主要为花傈僳，聚居在德宏傣族景颇族自治州的盈江县、保山市、临沧市，宗教上多数信仰基督教，少数信仰天主教和藏传佛教。傈僳族节日众多，规模较大的有阔时节、新米节、刀杆节、火把节、收获节、澡塘会、拉歌节、射弩会等。

阿昌族是云南境内最早的世居民族之一。古代汉文史籍中称峨昌、娥昌、莪昌或阿昌、萼昌等，主要居住在德宏州陇川县和梁河县，芒市、盈江、腾冲、云龙等县也有少量分布。阿昌族有自己的语言但没有文字。阿昌语属汉藏语系藏缅语族缅语支。由于长期和汉族、傣族杂居，大多数阿昌族人兼通汉语和傣语，习用汉文和傣文。阿昌族普遍信仰南传上座部佛教，较大节日与邻近的傣族相同，有火把节、换黄单、烧白柴、浇花水、窝罗节，其中以火把节和窝罗节的规模较大、活动内容最丰富。

德昂族也是云南独有民族，又名崩龙族，主要散居德宏州的今芒市和临沧地区镇康县，其他分布在盈江、瑞丽、陇川、保山、梁河、龙陵、耿马等县，与傣族、景颇族、傈僳族、佤族、汉族等民族交错而居。德昂族有自己的语言和文字，语言属南亚语系孟高棉语族佤德昂语支。德昂族信仰南传上座部佛教，主要节日有关门节、开门节、泼水节、烧白柴节。

在漫长的历史长河中，德宏各民族以其勤劳勇敢和聪明才智创造了许多内容广泛、形式多样、色彩丰富、优美动人的民族民间文学作品，与各民族社会历史发展的特点、生产生活情况、风俗习惯、宗教信仰等密切相关。民族史诗内容大致有三类记述了人类起源、创世造物的过程或反映重大历史事件、塑造英雄人物，或以本民族历史文化的保存者、传承者——宗教经师们世世代代吟唱活动而形成的创世史诗。

叙事长诗大致有以下几大类：爱情叙事长诗、英雄叙事长诗、悲剧叙事长诗。神话传说也有关于英雄勇士、洪水猛兽和风物人情等几类。

德宏的汉语言文学作品创作起始于清末。当时因为设义学、办私塾，培养了一批人才，涌现了一批吟诗著文的文学人士，知名的有尹艺、李沛乙、侯树屏、曹锟、尹乃汤、李根源等数十人。清末民初，还出现了以傣族刀盈廷、刀安仁父子为代表的民族爱国诗人。五四运动特别是滇西抗战，激发了边地的热血文人以笔为武器，写下了一批反侵略战争的文学作品。

新中国成立后，德宏的文艺创作水平不断提高，但体裁相对单一，内容大都强调突出政治。改革开放为德宏文学插上了腾飞的翅膀，各民族都出现了一大批文学爱好者，在全国各地文艺报刊发表了大量的作品，已有数十位各民族作者出版专集，部分作者在全国和全省获文学奖。同时，一批戏剧作品和电视剧本也开始产生。上世纪90年代，先后有一批文学功底深厚的作家出版了专著。进入新世纪以来，《德宏文艺》《德宏文化》《勐巴娜西》《瑞丽江》等杂志相继与读者见面，德宏团结报《孔雀之乡》栏目开辟“德宏作家、诗人专栏”，为文学爱好者提供了一个展示自我的平台，使老一代作家焕发生机，新一代青年作家、诗人开始不断涌现，德宏文学创作一派活跃景象，呈现出你追我赶的良好势头。特别值得一提的是，2008年，景颇族女作家沙红英的长篇小说《罗孔札定》、阿昌族作家孙宝廷的散文集《月亮刀魂》、德昂族作家唐洁的诗集《以我命名》获得了全国少数民族文学骏马奖。

然

二

研讨会后，我们离开黎明之城开始参观访问，沿途都是满眼的青翠，绚烂的野花，灼热的气流。几十分钟后已经来到了畹町。“畹町”是傣语，为“太阳当顶”的意思。镶嵌着金色大字“中国畹町口岸”的海关办公大楼直插云霄，正对面是边防检查站，两栋大楼前是高高飘扬的五星红旗。沿着道路稍往前，九谷桥雄踞畹町河上，成为前往缅甸边城南坎、九谷、木姐和腊戍的中缅两国界河桥。据记载，半个多世纪前的九谷桥只是由两根并排的木头组成的简易桥，走上去摇摇晃晃。滇缅公路开通后才重修一座石拱桥，出国作战的几十万中国远征军和盟国援助中国抗战的军火物资都经此进出。毁于抗日战火的九谷桥直到1946年才重建钢架桥，1979年再次修葺加固。它高9米、宽5米、长20米。1956年12月15日，周恩来总理、贺龙副总理陪同缅甸总理吴巴瑞等贵宾步行从九谷桥入境，到芒市参加两国边民联欢盛会。紧挨九谷桥的是畹町桥。它钢架结构，木质桥面，比九谷桥矮小、狭窄，更多地供行人往来。其正中间被国界标识牌隔开，桥头肃立着荷枪实弹的执勤战士。畹町这个全国边境袖珍城市是国家级口岸，本地人口仅1万多人，但来自全国各地的游人可真不少，都纷纷在桥边摆着自豪的姿势留影。当然，没有边境通行证的游客到此止步，再不能越雷池半步。折回上山，只见分布有畹町边关文化园、南洋机工回国抗战纪念馆，让我再次接受革命传统教育和爱国主义教育。居高临下看着对面的缅甸国土，风景与我方大同小异，滇缅公路在群岭中若隐若现。

次日来到瑞丽口岸参观姐告国门书社、玉城、“一寨两国”等地，所见所闻主要还是亚热带风光风情。但熙熙攘攘的往来人流、琳琅满目的珠宝玉石、典雅昂贵的红木家具，足可让人很快强烈感受到边贸经济的繁荣活跃。在丽江的农贸市场采买，我也曾见识过品种花样眼花缭乱的米面、肉类、蔬菜、水果等等，但是在外形与农贸市场无异的瑞丽珠宝玉石城，门店里、摊位中、地面上都是各种各样的石头，有成品半成品，更多的是用来“赌石”的毛坯石，密密麻麻的石头和对石头寄予极大希望的各色人等是这里的主角。一个个精明的商人大造声势甚至玩起微信直播，一双双独具智慧的眼睛滴溜溜地似乎恨不得把每一块石头看个穿透。“天下熙熙，皆为利来；天下攘攘，皆为利往。此之谓乎？”我突然想起这里有一个在口岸当军医的表妹和一个大学时的同班女同学。怎奈多年失联、临时抱不了佛脚，只得硬着头皮继续装模作样地东摸摸西探探神秘而疯狂的石头。另有一组与会人员办理出境手续体验缅甸风情，后纷纷表示“还是祖国好”“还是在国内幸福”。这是正确的废话，伟大的祖国已经从站起来、富起来走到了强起来，并没有人怀疑这一举世瞩目的伟大事实，“月亮是外国的圆”之类的畸形认识早可以扫进垃圾桶了。

与石头相较而言，早在抵达德宏当夜登临的勐焕大金塔倒是让我兴致盎然。德宏的傣族、阿昌族、德昂族人民主要信奉南传上座部佛教。佛教在漫长的流传发展过程中不断分出许多部派和学说。作为保守圣者的传统、以维持佛陀教法的纯洁为己任的上座部，自始至终坚持恒久不变的原则：凡是尚未制定者不应再制定；凡是已经制定者不应废除；佛陀如何制定，即应如何受持遵行。上座部佛教的主要特征是：以佛法僧为信仰中心、以律经论为教法根本、以戒定慧为禅修次第、以现证圣果为禅修目标、以说法利生来化导有情。

勐焕大金塔矗立在芒市雷崖让山顶。相传，释迦牟尼佛生前转世为金鸡阿鸾，曾在雷崖让山生活。佛祖涅槃几百年后，佛门弟子召罕达在此修行并建敬放金鸡阿鸾舍利子的佛塔，只是佛塔后毁于兵燹，2004年由私人重建，2007年5月加冕开光卖门票。塔高76米，直径50米，八角形空心七级，号称中国南传佛教第一塔。夜幕之下，塔身金碧辉煌、庄严耸立、气势恢宏，晚风徐徐中拾级而上，令人心旷神怡、灵魂空净。在观景长廊俯瞰芒市，只见灯火璀璨、流光溢彩，美不胜收。据说，建塔斥资了几千万元。参观完塔内外，觉得其中收藏的大量佛教文物、种植的斯里兰卡赠送的释迦牟尼成佛后的第三代菩提树等均是无价之宝。雷崖让山对面山头上，与金塔遥相呼应的由同一人投资兴建的银塔已初现华姿，不久即可对游人开放。它们一金一银，相得益彰，令人稍有走进德宏即走进佛国的感触。在此，我虔诚地祈愿善良纯洁的德宏人和普天下纯洁善良的人一生安康、百毒不侵、万恶远遁。

若论大开眼界，当数勐巴娜西珍奇园。这里的主人依旧是那位金塔银塔的建设者、拥有者、神秘的商人。“勐巴娜西”有“神奇、美丽、富饶”的意思。德宏勐巴娜西珍奇园拥有4项全国之最：百年古树数量500余株；树化石、树化玉的数量和精品1000余吨；大型根雕数量为全国之最；大（古）树移植数量500余株、成活率96%。据说，这里原本是人民公园，亭台楼榭相连、一池碧水镶嵌、凤尾竹参天、通幽小径萦回、孔雀闲庭信步时而开屏、灵猴上蹿下跳憨态可掬。千年桂花、千年紫薇、千年黄杨、600年榕树、500年鸡蛋花、300年三角梅，以及高2.6米、重4吨多的树化玉，高4米多、直径1米多的树化石，长5.3米、树龄3000多年的红豆杉根雕长桌，高4米多的千年乌墨木大型根雕“双龙抱柱”，高3米多的千年香果树根雕“寿比南山”琳琅满目。珍奇园不仅拯救、保护和培植了大量古树名木和珍稀植物，而且成为精品旅游景点，让人既可领悟大自然的神奇美妙，感受热带雨林风光，体验浓郁的民族风情，还可以品尝到德宏的地方饮食，乐不思蜀。

另一处让人流连忘返的所在是陇川县广山景颇生态文化村。它位于章凤镇广山寨，距县城2公里，离瑞丽28公里。陇川是全国景颇族最聚居的县，被誉为“中国目瑙纵歌之乡”。广山景颇园是一个以景颇族文化体验为主的综合旅游区，集民族文化展示、民俗活动、休闲娱乐、特色餐饮、旅游观光为一体。整个村寨被树林、竹丛环抱，数十棵形态优美、苍劲高大的古老榕树遮天蔽日，建筑物均为景颇传统民居，既有历经岁月的落地茅屋和矮脚竹楼，也有凸显景颇特点的木瓦楼、铁皮楼和砖混结构的别墅，芭蕉、芒果、菠萝蜜、柚子和各种花做天然围墙。离寨门不远的林中，就是村寨的圣地“能尚”（官庙），即一小块集体祭祀用的林间空地。村民都是景颇族，并有一支传统民间歌舞表演队，几位美丽的少女演员羞涩地从我们身旁走过，脸上突然泛起的红晕让我感觉这是人间最真最美的容颜。的确，这对我来说简直是久违了的惊鸿一瞥。“目瑙纵歌”是大家欢聚、集体歌舞的意思，是景颇族最盛大的传统节日，一般在每年农历正月十五日举行。需要男子在身前竖举长刀、女子持扇，踩着同一个鼓点起舞。队列时分时合，宛如蛟龙随意又有意地游走在饭桌之间，仿佛要把饱尝美味的客人彻底包围、融化。这里还有遐迩驰名的“绿叶宴”，餐桌上没有碗、没有勺、没有筷子，摆宴席用的是绿色的竹桌、竹凳，盛饭菜的盘、盆、碗用的是硕大的芭蕉叶。其酒杯由竹节雕刻制作，饭由竹筒烧，菜由竹筒舂，茶由竹筒沏成，就连吃的也是山茅野菜、纯香土鸡，它们从内容到形式、从视觉到味觉，都远离了现代饮食的观念。绿叶宴是景颇族饮食的永恒主题，也最能体现景颇人热爱自然、回归自然的性灵。放下“文明”“高雅”的身段，我们回归到了用十指抓撕饭菜的“原始”“本能”阶段，了无拘束、大快朵颐、回味无穷、相当惬意。当然，因为气候因素，德宏人偏爱吃酸味的菜肴倒有些不合我的胃口。然而，一个地方、一个民族的传统文化包括饮食习惯能够传承数百载上千年，自然有它存在的充足合理性，他人并没有权利自视为真理的化身、公允的判官，简单地用“先进”“落后”来指指点点。“礼失求诸野”，今天我们需要反思的东西实在太多，像广山景颇园一样依旧尽力保持原汁原味的村寨已经越来越珍贵，“像对待生命一样对待生态环境，统筹山水林田湖草系统治理，实行最严格的生态环境保护制度，形成绿色发展方式和生活方式，坚定走生产发展、生活富裕、生态良好的文明发展道路，建设美丽中国”不单任重道远，而且迫在眉睫。

德宏，一个美丽的地方！一处不知不觉烙印在灵魂深处的傣乡！德宏，若再有缘，定然再见；明知无法厮守，也会始终祝愿、悄悄思念。

天造地设的坝美

由于行程安排上的出入，我们在黑夜稀里糊涂地进入了坝美村——一个被当地人和不少游客称为“世外桃源”的文山壮族自治州广南县的壮族村庄。当时四周一片漆黑，只记得一人发一支手电筒，乘船进入一个几百米长的溶洞，然后踩着泥泞的乡间小路，在一户主人是从县公安局退休的农家填饱肚子。

这里居然没有使用电。但热情好客的村民已经在村小学的操场上燃起了一大堆篝火，似乎要努力让我们忘记旅途的劳顿和已经很晚了的时间。壮族的能歌善舞是出了名的，欢迎晚会精彩纷呈、情真意切。不过，这可是我参加过的最晚的晚会了：当我们才在村民家中躺下，公鸡已经啼鸣了几遍，东方已经发白，索性起床活动。

不一会儿，天已大亮，环视四周，不禁大吃一惊：我竟然置身于一个四周被悬崖峭壁包围的小坝子里。这里有良田百亩、清流一股；阡陌蜿蜒，水车轻转。村子里密密麻麻的全是房子，但出奇地静，只有袅袅炊烟扶摇直上。房屋多是红砖青瓦，村道则用石头铺就。几棵古老、巨大的榕树挺立于村口，成片的竹林掩映着村庄。

照例又麻烦当地群众给我们吃的，喝过临别的“坝美茅台”，在县旅游局局长的带领下，开始了坝美风光风情之旅。

原来，穿越坝子的那条清流叫坝美河，是进出坝美村的唯一通道，无论顺流而下还是逆流而上进入坝美村，两头都要各经过一个长约一公里的溶洞，洞内不仅布满奇形怪状的钟乳石，更有数量惊人的燕子、蝙蝠。

坝美面积三十平方公里，土著六百多人均为壮族的沙支系。全村至今未通电，因此也没有一件家用电器，村中现存并一直使用的全是传统的农耕生产生活用具：水车、石磨、手工纺织机、木梯、木背柴架、木灯架、石碾子、石缸等等。村中夜不闭户、路不拾遗，建房起屋、农田劳作互相帮忙、不请外人。定时举行祭龙、围渔、对歌、斗鸡、跳古兵器舞等传统文化活动。

崇敬自然，崇敬神灵和祖先。简言之，村民过着自给自足、怡然自得、几乎不与外界联系的小农经济生活。

坝美河极为清澈，到处有鸭子嬉戏觅食。因水深不同，只有三段可以泛舟。船都是独木舟，估计有百艘，这是为了发展旅游业而打制的。时下农忙已过，所以村中的男子几乎都在划船。据他们说，无论如何，本村的人乘船是绝不收钱的。

沿河而上，就到了上溶洞。这是一个明洞，绝壁之上，兰叶葳蕤，百鸟争鸣，偶尔还可见猴群穿越、飞狐滑翔。乘坐牛车行进两公里，再乘船穿过上洞就出了坝美。外面已经是汽车奔驰在畅通的道路上，算是进入了现代文明社会。

陶渊明虚构的“桃花源”中，“男女衣着，悉如外人；

黄发垂髫，并怡然自乐”的村民是因为躲避秦时的战乱而来的。坝美村的村民小黎说，他们的祖先也是因为清军入关统一天下时为躲避战乱从广东流落至此的。但是，当地有人考证，坝美村其实早在宋朝就有记载。至今，宋代壮族英雄侬智高的传说仍在村中流传。孰是孰非，不得而知。

不论怎样，陶渊明的“桃花源”是他臆造的避世的理想境界。他断不会想到，大自然的鬼斧神工竟然会使“桃花源”在祖国的一些地方找到“原型”——当然只是外部特征较为吻合的“原型”，也包括文山州广南县的坝美村。“相命肆农耕，日入从所憩。桑竹垂余荫，菽稷随时艺”“荒路暧交通，鸡犬互鸣吠”“草荣识节和，木衰知风厉。虽无纪历志，四时自成岁”的诗意虽然在坝美村依旧存在，但是，我不希望坝美村一直“怡然有余乐，于何劳智慧”“借问游方士，焉测尘嚣外”下去，而是在保护优美的自然环境的前提下，在当地党委、政府的帮助下，发展旅游业等产业，早日过上幸福的、现代的、文明的生活。

银生景东漫笔

景东彝族自治县位于普洱市北端，藏在无量山深处、澜沧江东畔。

一说到景东，人必称银生景东。“银生”者，常见于有关云南的民族史籍，追根溯源，源于唐代，有“南诏银生节度”的记载，是相当于省一级的行政区划。唐初，位于今大理巍山的蒙舍诏逐步强盛，一统洱海地区的六诏，成立南诏国。唐天宝七年（748），诏主皮逻阁受封云南王。至阁逻凤继位，又征服了滇南的大部分傣族地区，分设治所，并置开南节度于今天的景东文井。贞元十年（794），南诏完成了对西南地区的统治，改开南节度为银生节度，府治设在银生城（今景东县城），管辖滇南7城，即今临沧市的大部分、普洱市、西双版纳州、泰国景迈、老挝丰沙里、越南莱州、缅甸景栋等地，是南诏中疆域最广阔的节度。至宋代大理国兴盛，仍然一度沿称为银生节度。直到宋绍圣元年（1094）大理国撤销节度建制，银生节度延续329年历史。至于“景东”之名，起于元朝中期，称景东军民府，直属云南行省。

使银生景东声名远播的还有陶氏土司文化。陶氏出自金齿百夷，世袭25任知府，传袭595年。据史书记载，元、明、清三朝，在云南地方上有影响的土司莫过于丽江木氏、大理段氏、景东陶氏。明洪武十五年（1382），明大军攻克楚雄，景东傣族土酋俄陶派使到楚雄迎降，并向明王朝贡献物品。两年后，朝廷允准景东升为军民府，俄陶为首任知府，并赐姓陶，可以世袭。陶氏土司世袭期间，忠于朝廷，积极奉命征讨叛乱，深得朝廷赏识，得到“诚心报国”“大中大夫”“资治少尹”等封赏，为维护边疆稳定和经济社会发展起到了很大的作用。景东有着灿烂的历史文化。诸多的文物古迹、风景名胜、民族风情在这片富饶的土地上异彩纷呈。

据传，250万年前，人类的祖先从非洲大陆迁徙至亚洲，再到云之南，三迤大地留下了他们的足迹。从170万年前的“元谋人”到10万年前的“丽江人”，再到新石器时代、青铜器时代，云南的文物古迹层出不穷。在澜沧江边的景东县境内，同样出土了新石器时代先民遗留的石斧、石锛，青铜器残片、陶片以及先民居住过的不少遗址。

景东是茶的故乡，现存有世界最古老的野生古茶树群落，还有先民遗留的栽培型古茶树、古茶园。早在唐代以前，景东的茶叶生产已经形成相当规模，南诏设立的银生节度，以茶叶作为重要的交换产品，与周边各族进行贸易，饮茶品茶之风盛行，并开创了茶马古道等悠久的茶文化历史。

景东的民族民间文化丰富多彩，有龙灯、狮灯、马灯、花灯、杀戏、洞经音乐等等。笔者有幸目睹了倮利、蒙化、香膛等彝族支系的民间歌舞，纯属原生态珍品，粗犷、激越、雄浑。其中有一个彝族支系的“羊皮舞”相当深沉，舞者身披羊皮、手持羊皮鼓，边舞边拍，声震云天，可谓动人心魄。史上记载的汉代以前即有的“牦牛羌”活动于岷江流域，为高原游牧部落，后入云南，与纳西族的历史密不可分。由于从西北陆续向西南迁徙，生活环境的改变，使一直崇尚的牦牛逐渐被山羊取代，随即在服饰、祭祀、崇拜、歌舞等方面都有了羊的成分。据此，深藏在无量山里的“羊皮舞”与纳西族的歌舞有何渊源，值得深入研究。问及舞者，也说是祖祖辈辈相传，时代久远了。

儒学于明代传入景东，至清代繁荣昌盛，这与丽江颇为相似。文井镇现存轩昂宏伟的文庙，规模在云南全省名列第三，在边疆少数民族地区有此遗存，实属难得。景东在历史上也出现了诸多的儒学佼佼者，如历代陶氏土司、名宦，以及著名诗人程含章、同治皇帝的老师刘崐、弃官为文的大诗人戴家政等。科举也写下光辉一页，先后出了4名进士、109位文武举人、246名各类贡生。

景东的文物古迹竞放异彩，有省级文物保护单位文庙。城西北有景东卫城，原为陶氏府邸，几经战乱，几度变为残垣断壁，现存卫城南门，青砖拱顶，扼制险要，也属省级文物保护单位。另外还有景东三塔、林街清真寺。

出土文物以陶氏墓葬为最，墓主为陶氏第九任知府陶金，各类器皿数量众多，足见生前的豪华富贵。

逢会必讲吃。一般开会期间接触最多的是闻名已久的彝族“跳菜”。此前仅在舞台上见过，那是舞台化了的艺术，而今是原生态的。“跳菜”不是什么人都可以胜任的，要有很强的基本功，有的还是祖传技艺。上菜者用单手的三根指头托着一个大木盘，里面是几大碗菜肴、汤水兼备的美食，还要面带笑容，随着音乐的节拍翩翩起舞，准确地把木盘里的菜肴摆放到饭桌上。跳的人来不得半点疏忽，兴致要高；客人们尽情欣赏，不吃也看饱了。

在南诏时代，被封为北岳的是玉龙雪山，无量山是南岳。玉龙雪山，积雪皑皑，山石峥嵘；无量山林海苍莽，四季碧染。二者各有千秋。无量山南北绵延89公里，东西宽50公里，主峰笔架山海拔3376米。由于气候湿润，山林茂密，云海茫茫、雾气蒸腾，人迹罕至。山中蕴藏着丰富的动植物资源，尤以国家一级珍稀濒危保护动物黑冠长臂猿著称。目前，全世界只有我国的海南省与景东无量山发现，海南19只，无量山98群450只。无量山上有几十米高的羊山瀑布，在林海中轰鸣跌宕，气势恢宏，古人曾称赞“凌虚化作轻烟起，疑是层霄舞玉龙”。还有“世外桃源”黄草岭、“高山明珠”杜鹃湖、文井土林、文龙仙人洞、者后仙人寨、川河田园风光、气势磅礴的澜沧江及漫湾水电站、大朝山水电站壮丽景观……共同组成了景东的六大旅游资源区，发展前景非常良好。

景东县城具有一定规模，规划合理、街道整洁、绿化美化做得好，富有内涵和象征意义的城市雕塑非常醒目、美观，贯穿着“以人为本、环境优先”的建设理念，仅大的文化广场就有8个，促进了群众文化的蓬勃发展，呈现出一派安定祥和的景象，令人难忘。

会泽记忆

年底，我们有幸走进位于滇东北的历史文化名城会泽，领略乌蒙山的磅礴气势，见证会泽深厚的文化底蕴、今天的辉煌成就。

走进会泽，眼前呈现的是一座崭新的现代化城市，宽阔的道路和林立的现代建筑，体现出设计者的科学规划、匠心独运，给人文明、整洁的印象。

会泽坝子南北走向绵延数十公里，沃野开阔、阡陌纵横，村庄多依山而居，远看富庶、大方。会泽历史文化悠久，汉代即设堂琅县。早在商代，会泽的铜矿就得到开采利用，并形成延续历代王朝的“南铜北运”，开创了著名的“京运古道”。明代东川府铸钱局开炉铸造的“嘉靖通宝”堪称“钱王”，直径58厘米，厚3.7厘米，重41.5公斤，是至今世界上发现最重、最大的金属钱币，被认定为吉尼斯世界纪录，会泽也因此享有“钱王之乡”的美誉。在三千年来的“铜商文化”熏陶下，围绕铜的开采、冶炼、京运，各地人流涌向“铜都”“淘金”，使会泽的经济、文化在历史上长盛不衰，称为“五方杂聚、百物竞流，商贾辐辏、酒旗茶旌，辉映相望”的都市，留下了气势雄伟、风格迥异的十省八府会馆，成为今天会泽独特的“会馆文化”。会泽的文物古迹众多，遗留有会馆、寺庙、祠堂108座。县城西北部有中国历史文化名村娜姑白雾村，是历史上的商业重镇，“万里京运第一站”。水城有汉代古墓葬群，是考证邛都文化、夜郎文化和滇东北地区历史文化的重要遗址。钟灵毓秀的会泽在历史上出了100多名进士、举人，也是近代“重九起义”“护国运动”的领导者唐继尧的故乡。会泽还是一块红色革命土地，早在1927年大革命时期，就有了党的基层组织。1935年，罗炳辉、何长工率领的红四方面军经过这里，有1300多名会泽儿女参加了红军。

会泽的自然旅游资源也很丰富，有大海草山自然生态旅游区、大地缝喀斯特自然风景区、以礼河旅游度假区、国家级黑颈鹤自然保护区。

会期短暂，不能顾及会泽的许多珍奇，走马观花，略记三题，以志此行。

“铜运”沧桑

乾隆《东川府志》序者有三，都首推会泽铜业、铜运、商业之最。云贵总督、兵部侍郎刘藻写道，“郡产铜，滇省所产之半。而铜之转运京师者，亦分任其半。又设局鼓铸，获钱四十余万缗。民夷商贾，四方辐辏，食货浩穰，屹然一都会，是皆不可以不志。”云南布政使顾济美写道，“滇蜀之间，富产五金，东川为最……铜厂之旺盛，或十倍于前……志‘厂课’‘铜运’‘鼓铸’三事则自发义例。”东川军民府知府方桂写道，“商贾之辐辏，以及璆铁、银缕之产，金钱、刀币之用，莫不纷然斓燃。”《解读会泽》一书中这样介绍，“会泽的历史，是一部三千多年铜的开采、冶炼、鼓铸、京运的历史。会泽历史上有过三次‘铜商文化’的辉煌时期。”河南安阳出土的青铜器，主要原料来自会泽，说明商代晚期会泽就已经开采、冶炼和运输铜。此辉煌之一也。至汉代，从会泽传世及出土的“堂琅铜洗”考证，其工艺处于汉代领先水平。特别是铜镍合金的斑铜，为会泽所发明创造，比欧洲早15个世纪。此辉煌之二也。清代是会泽铜业的鼎盛时期，年产量最高达1600万斤，有70座炉子专门铸钱。铜锭由陆路托运到四川泸州下长江，再转运京杭大运河至北京。滇铜万里运京城，运数之大、运时之长、运程之遥、道路之险，都堪称世界第一。这就是第三次辉煌。

会泽的铜运史，沧海桑田，清代延续了184年的辉煌时光，陆路铜运最为艰辛，全靠人力畜力。从县城经咸宁、毕节、叙永抵达泸州，或由寻甸组织运力经宣威、威宁、毕节、叙永抵达泸州。娜姑铜运古道是必经之路，石匠房路段最危险，是人工在悬崖峭壁上开凿出的人马驿道，至今犹存。明清两代，不少有识之士进谏皇帝开通水路航运。乾隆年间，得以实现。于是，从小江口象鼻岭起，至宜宾止，对金沙江进行疏通，实在不能行船的江段，搬移铜上陆路，避开阻碍后又装船水运。后来曾多次探索水运路线，但都损失严重，艰辛万分。从泸州开始，运铜船驶入长江航道，经重庆、汉口、扬州、京杭大运河、天津到通州大通桥，途经八省，耗时一年半载，行程超过万里。马帮和船队、官员与民夫，在沿途不知演绎了多少故事，都付之于漫漫古道、滔滔江流。仅乾隆至咸丰的百余年间，从会泽运到北京的铜料近7亿斤。南铜北运，所铸的一枚枚铜钱，支撑起大清帝国的大厦。

会馆文化

如果没有铜的诱惑，千百年来，人们不会涌向云南这个偏僻落后的地方“淘金”，也就没有了会泽独特的会馆文化。2006年，会泽会馆列入全国重点文物保护单位。

来自五湖四海的人流，为寻求乡情、保护利益，纷纷组织同乡会，建立同乡的联络点、办事处，先后在会泽建立11个省级会馆，7个府、厅、州级会馆，2个县级会馆，以及9个行业庙会，加上其他各类庙宇一共108个，一个个各具特色的建筑群也使会泽成为全国会馆最多的县城。

江西会馆始建于康熙五十年（1711），为三进两跨院，有门楼戏台、正殿、后殿。正殿为真君殿，供奉江西道教创始人许逊神像，左右是东西偏殿。后殿为观音殿，另有两个跨院，东边的是花园，西边的是室内剧场，可容纳500多名的观众。江西会馆最有特色的是门楼戏台，为穿斗抬梁混合式歇山顶结构，前檐开山门，楼层作戏台。前檐三重，后檐五重，檐下有装饰性的斗拱挑檐。挑檐内设立神龛，供奉福禄寿三星。屋顶前后一共有42只翼角，造型别致、设计精巧，犹如仙鹤展翅凌空飞翔。戏台前阔达16米，可演出大型传统剧目。

江西会馆的门楼是会泽所有会馆、寺庙建筑中的“会馆五子”之首，是会泽的“县宝”。湖广会馆的始建时间更早，在明朝末年。乾隆三十六年（1771）重建，是湖南、湖北籍同乡的联络处。湖广会馆也有门楼戏台、前殿、中殿、后殿、东西偏殿、厢房，以及韦陀亭。最具特色和价值的是各个殿的雕花镂空槅子门，内容均是历史故事，但现存的是复制品，原件据说已经漂洋过海，藏于大英博物馆。其他还有贵州、湖北同乡合建的楚黔会馆，江苏、浙江、安徽铸钱局炉头同乡合建的江南会馆，云南各府、厅、州、县合建的云南会馆，以及陕西会馆、福建会馆、四川会馆等等。

中国历史文化名村、“万里京运第一站”——娜姑镇白雾村，如果不是因为铜，也只会是云南大山深处一个不能再普通的小村庄。就是这个方圆不足半平方公里的小村子，却因铜运而有了一段繁华的历史，成为商业重镇载入史册。至今遗留有会馆、旅店、寺庙、青楼、碉堡。走在斑驳的石板路上，满目都是高大而布满历史尘垢的建筑、挤挤挨挨的商铺……如果让我们从时光隧道回到当年，看到的一定是满街的人流，听到的尽是马蹄嘚嘚、缨铃声声，叫卖声、寒暄声，青楼里传出的丝竹声、调笑声。小村子的沧桑历史里，不知埋藏着多少是是非非的故事，引人联想。

草山天堂

会泽作为一座重型矿区城市，经过了千百年的铜矿开采，但依旧没有失去自然风光优美的一面。大海草山就足以让人眼前一亮，不敢相信在滇东北能领略到大西北的草原景致。

虽然大海是乡镇的名称，但当我们登上山巅，苍茫的群山和游动的白云不就形成了“大海”吗？草山距离县城42公里，是温带高原自然生态旅游区，海拔都在3000米以上，最高峰牯牛寨（绛云弄山）是乌蒙山系最高峰，被南诏王封为东岳。草山景区朴实、自然、原始，有好事的人誉之为“中国的新西兰”“滇东北的小西藏”。

我们是在冬日里进去的。早晨出发的时候，天空骤然转阴，县城乌云笼罩，气温下降。很多同仁担心没有带棉衣，去这么高的地方受得了吗？车子蜿蜒而上，不一会儿进入雾海，路旁的松树、草地披上了晶莹的白外衣。是下雪了吗？大家下车拍照，才发现是霰。待到钻出雾海、云海，突然艳阳高照，碧空如洗，一尘不染，也不觉寒冷了。随着海拔的升高，我们仿佛是乘坐着飞机：头顶一片阳光，身下都是洁白的云海。一座座草山线条柔美，蠕动着数不清的牛羊。不知春、夏、秋的草海如何美丽？有文字记录：春天，绿色的牧歌延伸到天边；夏天，烂漫的山花铺满山地，欢快的溪流奔向远方；秋天，苍茫的天地间，风吹草低见牛羊……

大海草山

大海，不可望文生义，其实是曲靖市会泽县的一个山乡的名称；草山，顾名思义，满山满坡都是草。

慕名来到草山，已是隆冬时节。草山辽阔、凄凉、苍茫、高可接天。“山有多高，水就有多高。”散布其间的涓涓细流蜿蜒曲折，阳光下如一条条白练，为草山大大增色。而成群结队或星星点点悠然觅食的牛羊，无言地告诉人们，它们才是这里的主人——草山实际上也就是牧场。

草山景区面积有20万亩，蔚为大观。其最高峰绛云弄山海拔4017米，是乌蒙山系最高点，唐代南诏国王封其为东岳，闻名中外的玉龙雪山则是北岳。草山风景区因独特的自然条件和地理地貌，构成朴实、自然、原始的亚高山草原风貌。据说，大海草山春天像一块铺满碎金的地毯，夏天山花竞放、牧场绿茵、云雾缭绕，秋天层林尽染，层次分明，饱满迷人。虽然略感时令不佳，但仅凭想象，亦足以勾画出草山春、夏、秋的醉人景色。

极目四顾绵延起伏的山丘，确实找不到一棵树，哪怕是一丛灌木。草连着草，无穷无尽，好似一个永远也讲不完的故事。碧空如洗，牛羊若云，一步一景，实在令人心旷神怡。听说景区里另有上万亩的野生杜鹃林，不知藏于何处，终不得一见。

身临高寒之地，体会最深的莫过于天气的变幻莫测。阴晴晦明，幻如梦境；时而云飞霞涌，山岳潜形；时而翠羽丹霞，满天壮锦；时而云天洞开，光柱万道。路上经过一个小村子，寒风凛冽，飞霰普降，冷得直打哆嗦；刚转个弯，艳阳高照，暖意融融，真觉得不可思议。

令人惊叹的云海出现了。原先塞满山谷的厚重的白絮，缓缓上升，随心所欲地伸缩，在山峰之间无拘无束地挥洒。那白云，你说像什么都行，境由心生嘛。眼前云卷云舒，心中神游思驰。

游程中有小事一二。其一，在草山的腹地，大家兴致勃勃地围着一条溪流，上面结着冰，下面依旧流水潺潺。多么美啊。突然，“咔嚓”一声，不知哪一位坚实的鞋子粗暴地将冰层击碎，瞬间踩破了大家难得的好心情。众人既感索然无趣，又不由叹美景易逝。其二，遇一当地受雇牧民，要搭顺风车回家。尽管我们的车内已经人满为患，但大家仍积极让座，满足了这位寡言少语的老人的微薄心愿，旅途倒也其乐融融。据这位牧民讲，他的月薪300元，责任却很大很多。对于草山美景，他倒是“只缘身在此山中”。

云南的自然奇观多如牛毛，仅“林”就有石林、沙林、土林。这些吸引了大量游客的景观，有的前辈认为其实是生态遭到不同程度恶化的体现。我以为言之有理。也许是杞人忧天，看着草山薄薄的草层和裸露的沙石，不禁担忧起它的明天。

世之奇伟、瑰怪、非常之观，常在于险远，而人之所罕至也。时代发展到今天，情况已经并非如此。方便的交通、食宿可以说无处不可到。大家何妨一游草山？

徜徉于东方人类始祖的家园

乘着云南省报纸副刊研究会年会召开的东风，我们来到久负盛名的楚雄彝族自治州元谋县。首要任务是交流办报经验，《丽江日报》副刊部在大会上做了精彩的交流发言。其间，在当地党委、政府的精心组织下，我们也饱览了元谋县的自然和人文景观，如元谋人遗址、龙街红军渡口、物贸4A级土林风景区等。在这个“中国冬早蔬菜之乡”，还参观了西南地区最大的蔬菜批发交易市场、小丙岭国家农业综合开发元谋科技推广综合示范项目。在今年遭受“8·30”地震的乡镇，还目睹了当地干部群众艰苦奋斗、全力恢复重建的感人的精神面貌。

已是隆冬时节，元谋县境内却一派生机盎然的景象：庄稼地里到处是番茄、黄瓜、西瓜、西葫芦、花椰菜、黄花菜、辣椒、甜椒、豆类蔬菜、甜玉米等；房前屋后极目都是青枣、芭蕉、莲雾等郁郁葱葱的果树。原来，元谋县属于南亚热带干热河谷气候，全年基本无霜，素有“天然温室”的美誉。

这种非常独特的气候，让我有点乱了时空观念，虽然享受着温暖的和风与阳光，仍然多少不太适应。而对当地农民来说，这是金饭碗。元谋县的农民人均收入因此连续多年高居全州第一位。虽说是农业大县，元谋县的民族民间文化底蕴也很深厚，旅游资源丰富。

1965年5月1日，中国地质科学院力学研究所的钱方、浦庆余一行在元谋县上那蚌村西北坡发掘出左、右中门齿各一枚，属青年男性，形态特征与北京人相似，时代比北京人更早。经地磁仪器科学手段测定，这两颗牙齿化石为距今一百七十万年的原始人类所有，经中科院古脊椎所鉴定，定名为直立人元谋新亚种，举世闻名的“元谋人”就此传遍地球。元谋人的发现，对于揭示人类演化和发展的历史具有重要的意义：元谋人早于“蓝田人”“北京人”“山顶洞人”等猿人，从而把中国发现最早人类化石的年代推前了一百多万年。

伴随元谋人牙齿出土的，还有十七件石制品，经研究鉴别，属旧石器，其类型包括尖状器、刮削器和砍砸器。在同一地层中还发现了大量的炭屑和一些烧焦的骨头，并且在有炭屑的地方都伴有动物化石，属共生哺乳动物化石，有四十余种，距今一百七十万年，是中国乃至亚洲最早的原始人类化石。说明元谋人不仅会使用自己制造的工具从事狩猎及采集活动，而且还学会用火烤食他们所获取的猎物，开始摆脱了茹毛饮血的时代。1982年2月，国务院公布元谋人遗址为第二批国家级重点文物保护单位。

元谋人陈列馆位于元谋县龙川街，距离元谋县城七公里处。陈列馆介绍了元谋人的牙齿化石等内容，馆藏文物千余件，展厅内陈列分“人类的起源”“元谋古猿”“元谋史前文化”三部分，揭露了人类起源与发展的简史，系统地展示了原始人类的进化环节。元谋人遗址有纪念碑，不远处有博物馆，馆内陈列着元谋人牙齿化石的标本、古生物化石及其他有关实物、资料。

云南多有天造地设的奇山异水，物贸4A级土林风景区就是其中一道奇观。明崇祯十一年（1638）十二月，著名旅行家、地理学家徐霞客游至元谋县，记述了土林的景色，“涉枯涧，乃蹑坡上。其坡突石，皆金沙烨烨，如云母堆叠，而黄映有光。时日色渐开，蹑其上，如身在祥云金粟中也。”张艺谋、陈凯歌分别在土林风景区拍摄了电影《千里走单骑》和《无极》。徜徉在迷宫一样的土林中，如果走错一个路口，就远离了同伴，也可收获不同的风景。除了大块的连在一起的“土城”“土墙”，最引人注目的还是“林柱”：有的像古城堡，有的像殿宇，有的像宝塔，有的像巨剑冲天，有的像刀脊横地，有的像展翅欲飞的雄鹰，有的像奔驰的骏马，有的像戴头盔的赳赳卫士，有的像摇扇苦吟的书生。有的土柱如锥似剑，直指蓝天；有的像威严武士，整装待发；有的如亭亭少女，凝视远方；有的土柱顶上杂草丛生，间或长有野花；有的砂石累累，裸露身躯……还有“玉女观云”“母子偕游”的立体群像，真可谓鬼斧神工。“土柱”上分布密集的云母和石英等矿物质，在阳光的照射下反射着灿烂的光芒，更为土林增添了绚丽的色彩。这些土林多由沙粒、黏土组成。据科学工作者考察，其中还有丰富的动植物化石，如巨大的栎属性硅化木、剑齿象、中国犀、剑齿虎等等。它们是距今二百万年前早第四纪积淀下来的，沙子和黏土中含有少量钙质胶结物，间或夹杂一些铁质结合体。这些土壤在漫长的岁月中，不断吸水、膨胀，失水、收缩，致使地面龟裂。加之雨水沿裂缝冲刷、流动，久而久之，裂缝逐渐加深、扩宽、延长，土柱逐渐显露、增高，因而形成土林。研究表明，土林是在自然界的外力（主要是水流）的作用下，经历千百万年的时间而形成的。土林是流失地貌特殊形态，一种奇异的自然地理现象，是在千差万别的地形结构、组成物质、构造运动、水文气候、土壤团力和水动力等综合因素作用下形成的。

龙街渡口开渡始于宋元时期，清朝、民国驿渡趋盛。据史料记载，驿道是我国古代供往来递送公文的传车、驿马通行而开辟的大道。古人入滇之路有北路、南路、中路三条，龙街渡就是连接自四川建昌（今西昌一带）行都指挥使司属之会川卫（今会理）至云南武定府的川滇北路上的重要渡口。千百年来，龙街渡是沿江百里川滇两省商贾往来的重要渡口。1935年，在毛泽东和中央军委的正确领导下，中国工农红军红一方面军红一军团在龙街渡口诱敌佯渡金沙江，掩护中央红军主力巧渡金沙江留下了千古绝唱。日灿金沙在金沙江龙街渡口，距元谋县城二十九公里，旧志载，“（金沙江）流经万山绝壑之中。皆峭壁悬岩，平分对峙，各其水势，奔放若走蛟龙。唯县治北界接连渡口，漾出平滩，一望汪洋。天暮云卷，日色与水光争射，灿成五色飞霞，腾空上下，绚丽夺目，凝睇之际，不尽奇异之观。”元谋的金沙江风光别具一番情趣。两岸或悬崖峭壁高耸入云，酷似长江三峡，又似华山险境，令人胆寒；或怪石嶙峋，形态万千，像蜥蜴爬行，更像猴子捞月。江面或弯拐狭窄，波涛翻滚，浪花呼啸；或平坦宽阔，清水悠悠，鱼儿欢唱。

元谋县一年一度的“火把节”“花山节”是彝族、苗族人民的传统节日，最为有名的是元谋花灯。明末以来，正、二、三月闹花灯的传统习俗一直流传。传统花灯剧《谷顿子接妹》《打样》《好当家》等，多次获省州文艺会演多项奖。

随想偶感

红颜易老，知己难求

——重读嵇康《与山巨源绝交书》杂感

从呱呱坠地到盖棺论定，一个人的一生除了父母兄弟姐妹等亲属外，毫无例外地、主动被动地、意料意外地、缘聚缘散地会结交一些“外人”。“在家靠父母，出门靠朋友”这句老话就曾经深深影响了我的青壮年时期，使我既有“取诸怀抱，悟言一室之内”的故人，又有“因寄所托，放浪形骸之外”的旧交，既遇到过良师、益友、同志，也撞上了狐狸、恶狼、奸人。最多的当然还是半面之交、一面之交，悉数缘起缘落，随风而散。始终如一让我安心、叫我“如坐春风、如沐春雨”的是那些早已作古却永存不朽的思想家、文学家、艺术家。一般地说，我们对遇见的人并不难分辨出好歹（伪装也有个时限、吃亏也有个次数），这是因为经过万千年来的摸索、总结，祖先已经为我们提供了一套长期约定俗成的较为严谨的判断体系，用来区分善恶美丑真假，有责任心有良知的父母在我们初涉人世之际就反复灌输了，长大后我们只需简单地按图索骥、胶柱鼓瑟、照本宣科、刻舟求剑就可做到八九不离十。但是，奇怪的是，古今中外的圣哲先贤，莫不感慨知己难求——人与人之间最高层次的交往。于是，俞伯牙和钟子期的知音之交、管仲和鲍叔牙的莫逆之交、廉颇和蔺相如的刎颈之交、陈重和雷义的胶膝之交、元伯和巨卿的鸡黍之交、角哀和伯桃的舍命之交、刘关张的生死之交、孔融和祢衡的忘年之交、伯乐与千里马的知遇之交等便历久弥新地成为世人交友的圭臬，鲁迅先生以清人何瓦琴的联句“人生得一知己足矣；斯世当以同怀视之”书赠中国共产党元老瞿秋白也一时传为美谈。

恩恩怨怨、爱恨情仇、聚散离合原本是俗人的生活常态。然而，人与人之间如果闹到非“绝交”不可的地步，那得有多大的利害冲突或者仇恨？又如果“绝交”的原因竟然是一方邀请另一方过来当官，这另一方不仅不做遇见再生父母状匍匐在地感激涕零，反而要“出言不逊”，公开轻蔑对方、严正声明与对方不共戴天、至老死不相往来，熙来攘往、只为名利的庸夫俗妇一时半会又怎么敢相信？实际上，凡事不可以小人之心度君子之腹，这种事情还确实在中国历史存在过。

“竹林七贤”嵇康、阮籍、山涛、刘伶、向秀、阮咸、王戎是魏晋玄学的代表人物。起初，七个才华横溢“玄之又玄的方外高人”“公斤级的酒桶”犹如七棵亭亭玉立的竹子，在四时风雨里摇曳多姿、大受瞩目。他们喜欢经常在竹林里聚会喝酒纵歌（似乎并没有达到扰乱社会治安或者寻衅滋事的程度），同时也喜欢吟诗作文揭露和讽刺司马朝廷的虚伪荒唐（这就让统治者觉得很可恶了）。司马氏恼羞成怒后，要尽软硬兼施的伎俩，最终导致“七贤”分崩离析：首先是山涛

（巨源）投靠朝廷做了官，随之他又出面打算拉拢嵇康“入伙”。嵇康是“七贤”的精神领袖，出身贫寒的他已经与魏宗室通婚，所以对司马氏始终采取拒不合作的态度。“好朋友”山涛做了大官后“力荐”嵇康补上自己的原职位，这可把“领袖”惹恼了：为了表明坚定的心志，也为了表达对山涛相当程度的蔑视，主要是为了说明“道不同不相为谋”的道理，也就是当代人说的“三观不合一切免谈”的哲理，他写下了千年来熠熠生辉的散文《与山巨源绝交书》。姑且抛开“七贤”各自的最终归宿，重读该文不禁使我再次感受“世上难求一知己”的人生宿命，并稍有肤浅的感悟如下。

首先，人之交往贵在真正知晓对方。文章一开头，嵇康就指出，“足下昔称吾于颍川，吾常谓之知言。然经怪此意尚未熟悉于足下，何从便得之也?”——过去您曾在山嵚面前述说我不愿出仕的意志，我常以为这是知己的话。但我感到奇怪的是您对我还不是非常熟悉，不知是从哪里得知我的志趣的？放在当下的语境里，就属于这种情况：口口声声对人称兄道弟、把盏推杯、誓愿结为生死之交，其实对对方并没有较深入的了解，仅限于“以貌取人”“逢场作戏”的程度，或者说了解的那一点点也不过是道听途说得来的。我以为这是当下浮躁、轻薄、乖戾、低俗、势利的社会风气在人际往来中的本真体现：既没有对老朋友深入骨髓的体谅理解，也没有或者懒得对新朋友作感同身受的交流，“我与某某一起吃过饭、照过相”“我对某某了若指掌、情同手足”，实际上却只是一大堆恬不知耻的空话大话假话。经过认真仔细的观察，嵇康倒是了解山涛的，他说，“足下傍通，多可而少怪；吾直性狭中，多所不堪，偶与足下相知耳”——您遇事善于应变，对人称赞多而批评少；我性格直爽，心胸狭窄，对很多事情不能忍受，只是偶然跟您交上朋友罢了。请注意，你我性格差异太大，与你相遇，只是非常偶然罢了。现在，“恐足下羞庖人之独割，引尸祝以自助，手荐鸾刀，漫之膻腥，故具为足下陈其可否”——恐怕您不好意思独自做官，要拉我充当助手，陪衬您的“慧眼识人”“有情有义”，正像厨师羞于一个人做菜，要拉祭师来帮忙一样，这等于使我手执屠刀，也沾上一身腥臊气味，所以向您陈说一下可不可以这样做的道理。

其次，人各有志，不能强求；人各有缘，不能强结。现实中，你所稀罕的，可能恰恰真的是人家所鄙夷的；你认为轻贱的，也可能恰恰是人家视为珍宝的。都说“性格决定命运”，的确有道理。“今空语同知有达人无所不堪，外不殊俗，而内不失正，与一世同其波流，而悔吝不生耳”——现在大家都说有一种对任何事情都能忍受的通达的人，他们外表上跟一般世俗的人没有两样，而内心却仍能保持正道，能够与世俗同流合污而没有悔恨的心情，但这只是一种空话罢了。“君子百行，殊途而同致，循性而动，各附所安”“志气所托，不可夺也”。我嵇康也想学学历朝历代圣贤能人的样子，立德立功立言，但是，实在是有难以启齿的地方：年轻时就失去了父亲，身体也比较瘦弱，母亲和哥哥对我很娇宠，不去读那些修身致仕的经书；性情又比较懒惰散漫，筋骨迟钝，肌肉松弛，头发和脸经常一月或半月不洗；又因为放纵过久，变得孤傲无羁，行为简慢，与礼法相违背，懒散与傲慢却相辅相成，而这些都受到朋辈的宽容，从不加以责备。读了《庄子》《老子》之后，行为更加放任。因此，追求仕进荣华的热情日益减弱，而放任率真的本性则日益加强。“此犹禽鹿，少见驯育，则服从教制；长而见羁，则狂顾顿缨，赴蹈汤火。虽饰以金镳，飨以嘉肴，愈思长林而志在丰草也。”

嵇康是这样剖析自己缺点的：我也打算学习阮籍嘴里不议论别人过失的优点，却没能做到。就算天性淳厚超过一般人、待人接物毫无伤害之心的阮籍，因为饮酒过度以致受到那些维护礼法的人们的攻击，像仇人一样地憎恨他，幸亏得到了大将军您的保护（可见您也不是一无是处）。嵇康我没有阮籍的天赋，更不懂得人情世故，不能随机应变，还缺少谨慎而有直言不知忌讳的毛病。倘若长久与人事接触，得罪人的事情就会每天发生，虽然想避掉灾祸，又怎么能够做得到呢？还有君臣、父子、夫妻、兄弟、朋友之间都有一定的礼法，国家也有一定的法度，我已经考虑得很周到了，但有七件事情我是一定不能忍受的，有两件事情是无论如何不可以这样做的：我喜欢睡懒觉，但做官以后，差役就要叫我起来；我喜欢抱着琴随意边走边吟，或者到郊外去射鸟钓鱼，做官以后，吏卒就要经常守在我身边，我就不能随意行动；做官以后，就要端端正正地坐着办公，腿脚麻木也不能自由活动。我身上又多虱子，一直要去搔痒，而要穿好官服，迎拜上级官长；我向来不善于写信，也不喜欢写信，但做官以后，要处理很多人间世俗的事情，公文信札堆满案桌，如果不去应酬，就触犯礼教失去礼仪，倘使勉强应酬，又不能持久；我不喜欢出去吊丧，但世俗对这件事情却非常重视。我的这种行为已经被不肯谅解我的人所怨恨，甚至还有人想借此对我进行中伤。虽然我自己也警惕到这一点而责备自己，但是本性还是不能改变，也想抑制住自己的本性而随顺世俗，但违背本性又是我所不愿意的，而且最后也无法做到像现在这样的既不遭到罪责也得不到称赞；我不喜欢俗人，但做官以后，就要跟他们在一起办事，或者宾客满座，满耳嘈杂喧闹的声音，处在吵吵闹闹的污浊环境中，各种千奇百怪的花招伎俩，整天可以看到；我生就不耐烦的性格，但做官以后，公事繁忙，政务整天萦绕在心上，世俗的交往也要花费很多精力。还有，我常常要说一些非难成汤、周武王和轻视周公、孔子的话，如果做官以后不停止这种议论，这件事情总有一天会张扬出去，为众人所知，必为世俗礼教所不容；我的性格倔强，憎恨坏人坏事，说话轻率放肆，直言不讳，碰到看不惯的事情脾气就要发作。以我这种心胸狭隘的性格，再加上上面所说的九种毛病，即使没有外来的灾祸，自身也一定会产生病痛，哪里还能长久地活在人世间呢？人生一世，“安能舍其所乐而从其所惧哉”——怎么能够丢掉自己乐意做的事情而去做那种自己害怕做的事情呢？

人与人之间相互成为好朋友，重要的是要了解彼此天生的本性，然后成全他。这才是能够不离不弃、真正相互知晓的好朋友。“直木不可以为轮，曲木不可以为桷，盖不欲枉其天才，令得其所也。故四民有业，各以得志为乐，唯达者为能通之，此足下度内耳。不可自见好章甫，强越人以文冕也；己嗜臭腐，养鸳雏以死鼠也”——直木不可以做车轮，曲木不能够当椽子，这是因为人们不想委屈它们原来的本性，而让它们各得其所。所以士、农、工、商都各有自己的专业，都能以达到自己的志向为快乐，这一点只有通达的人才能理解，它应该是在您山涛意料之中的。不能够因为自己喜爱华丽的帽子，而勉强越地的人也要去戴它；自己嗜好腐烂发臭的食物，而把死了的老鼠来喂养鸳雏。嵇康我最近正在疏远荣华，摒弃美味，心情安静恬淡，追求“无为”的最高境界。即使没有上面所说的九种毛病，尚且对您所爱好的那些东西不屑一顾，何况心闷的毛病又越来越加重了，请您不要刻意使我陷于走投无路的绝境。

嵇康最后说，“野人有快炙背而美芹子者，欲献之至尊，虽有区区之意，亦已疏矣。愿足下勿似之。其意如此，既以解足下，并以为别”——山野里的人以太阳晒背为最愉快的事，以芹菜为最美的食物，因此想把它献给君主，虽然出于一片至诚，但却太不切合实际了。希望您不要像他们那样。我的意思就是上面所说的，写这封信既是为了向您把事情说清楚，并且也当作是向您绝交了。

再次，朋友之间一定要真诚，有什么话一定讲清楚，不能藏着掖着，即便是要绝交了亦可以如嵇康开诚布公。越是熟悉的亲友、情深意厚的朋友之间，由于沟通不够、交流欠佳或者无意冒犯、无心铸错，越容易发生误会。这就需要通过冷静的客观的坦诚的后续措施把小误会消除，以加深弥足珍贵的情谊。倘若多次努力改善一如毫无波澜的枯井水，那就大可不必自作多情了，其实也不必扬言绝交。你需要的可能仅仅是思考，重新想想彼此之间是否一开始就配得上“朋友”二字。亲人、朋友之间有什么话不能说？“我都已经知道真相了，你却还在继续欺骗我”，揣着明白装糊涂的“朋友”才可怕，时刻想把你卖了的“朋友”才让人不寒而栗。

最后，绝交而不能绝情，那就不要过早地意气用事。窃以为，除了斐然的文采、严正的立场、孤高的风骨值得学习和深思而外，嵇康的许多观点、一些习性倒不可效仿。原因呢？您懂的！又记起《战国策·乐毅报燕惠王书》里的一句话，“臣闻古之君子交绝，不出恶声；忠臣之去也，不洁其名。”我们可以理解为“绝交见人品”。因为，绝交后，两人之间没有了往日情感的依傍、利益上的互惠，还增加了矛盾与裂痕，此时以何种态度对待昔日朋友，足以显露一个人的人品底色。君子、忠臣的不出恶声、不洁其名，都是为了保全朋友、主公的盛名和品德，虽然他们心里也许有气。据说，嵇康在写下这篇痛快淋漓的绝交书后并没有其余任何“搞臭”山涛的“小动作”，临死之前还告诉自己的儿子嵇绍，“山公尚在，汝不孤矣”（你的山叔叔还在，你并不孤独也不必担忧前程）；手捧《与山巨源绝交书》反复玩味的山涛，心情该不会是乐呵呵的吧？但故事的结局还真算美妙：嵇康生前，山涛对他的态度是“悉听尊便”，没有回信也没有怨言；嵇康死后，山涛始终尽心尽力地关照着嵇康的家庭，还力荐嵇绍入朝为官（这一次他成功了）。由此看来，当初嵇康不顾一切地挥就脍炙人口的绝交书，要么是任性地泼洒“书生意气”，酣畅地彰显自己的文采？要么是确实有难言的苦衷，逼迫他必须以这样一篇文章来“扶世导俗”？

又到记者节

每年立冬一到，中国记者节也便如约而至。“欲求言顺，先正其名。”它的来历简述如下：1937年，抗日战争全面爆发。11月8日，以范长江为首的左翼新闻工作者在上海山西南路200号南京饭店成立中国青年记者协会。“中国青记”是中国共产党领导下的新闻界抗日民族统一战线组织，以爱国、进步、责任、担当为基本宗旨，先后成立四十多个分会，团结了一批爱国进步记者用笔作枪，唤起民众投入抗日救亡，在我国新闻史上写下了光辉的一页，也成为中华全国新闻工作者协会（简称“中国记协”）的前身。新中国成立后，1949年12月23日，政务院在颁布我国第一个全国年节及纪念日放假办法中就曾提出设立记者节，但没有确定具体日期。1999年9月18日，国务院总理朱镕基签署国务院第270号令暨全国年节及纪念日放假办法，在第五条中提出设立记者节。中国记协遂提出以“中国青记”成立的日子作为记者节日期的建议，经反复征求新闻界的意见后报中宣部、国务院。2000年8月1日，国务院办公厅批复中华全国新闻工作者协会，“同意将每年11月8日确定为记者节的具体日期。”同年11月8日，中国记协在人民大会堂举行隆重的庆祝大会，丁关根同志代表党中央、国务院出席会议并做重要讲话，全国和地方各主要媒体纷纷发表了庆祝报道和评论员文章，组织丰富多彩的文体活动庆祝属于自己的节日诞生，央视一套当晚黄金时间播放了九十六分钟的《中国记者》。2017年11月8日，中共中央总书记、国家主席、中央军委主席习近平致信祝贺中国记协成立八十周年，向全国广大新闻舆论工作者致以诚挚的问候。“八十年”的时间概念从“中国青记”的生日算起，而今年度过的是第十八个记者节。

因为处在秋的萧瑟肃杀、日远风高和冬的山寒水冷、银装素裹之际，记者节似乎不大容易激起人们狂热的激情，加上它不是一个法定休息日，总显得再普通不过。其实，平平淡淡和从从容容何尝不是真生活？即便在节假日和双休日，因为工作的特殊性，记者们依然穿梭在五彩斑斓的各种场合，忙碌于从常发和突发的新闻中还原事件的真实性，在“无冕之王”的光鲜外壳下，还要时常经受种种冷遇，夜深人静了还得为刊发一条消息咬文嚼字，更遑论为了深度报道某个问题而日积月累素材，别无选择置生死于度外地紧急奔赴危险现场，因为触碰某个“敏感领域”刺激某些人的紧张神经而遭遇恐吓、威胁、报复，记者因此曾一度成为高危从业者……甚或有人挖苦记者写稿是因为没钱而挣稿费，有人讥讽记者的付出无力改变现状，有人痛恨记者的“多管闲事”，有人嘲笑记者的无心笔误，有人妄议“记者都是报喜不报忧”，有人滑天下之大稽、神悖心虚地要求本部门、本单位人员要“防火防盗防记者”，更有人对记者不懈地为他们争取合法权益浑然不知、麻木不仁。但是，我几乎没有听过记者喋喋不休的抱怨、针锋相对的辩驳、据理力争的还击。这可能因为他们不想无端地浪费时间和精力，更是因为对于无愧于心的艰辛付出，他们从不奢求回报，为人民服务过程中从不信仰庸俗而恶劣的“商品交换原则”。从亲临现场“采蜜”的一线记者到最终新闻报道公开问世的整条“流水线”，我看到的只是媒体人的默默无闻和高度负责、如履薄冰、不舍昼夜。他们或许没有正襟危坐在办公室里，但快速及时的新闻报道总是能够从不同时间和地点传送回来、传播出去。他们的最大欣慰不过是感知新闻报道产生了一定的社会影响，滴水穿石地助力推动社会的文明、发展、进步，自认为这就是对他们的辛勤劳动天大的回报了。

天底下没有不苦不累的工作，但记者这个职业尤其“吃力不讨好”。我曾听业内人士说过，世界上有两种活不是常人干得了的：一是在地底下挖煤炭；二是在地面上做媒体。言则显然过其实，理则颇耐人寻味。这是一个脑力劳动和体力劳动高度结合的工种，记者不仅需要各种各样的知识储备和理论修养，敏锐的观察力和洞察力、引导力，更要有健康的身体、充足的体力，不仅要有深厚的生活阅历，还需要相当的文字表达能力。记者因此被划归为专业技术人员。当然，与文学艺术相比，记者写稿的忌讳是展开想象的翅膀、挥舞生花的妙笔、堆砌华丽的辞藻、抒发浓烈的爱恨。因为，新闻事实是“冷冰冰”的，容不得添油加醋、任意挥洒，但这并不意味着新闻就与文采完全无关。事实上，那些经典的新闻作品正是采用了白描等各种艺术手法而给人带来美的享受的同时，留下了无穷的意味和漫长的记忆。

记者也并非“一条筋”“没情趣”的一类人。即如我单位，记者队伍里就有书法家、摄影家、运动健将、棋类高手、爱心人士……只是，与新闻报道相比，这些“副业”经常统统靠边站。又因为文化体制改革，我们除了要尽心尽力承担好社会责任，当好党和政府的喉舌，做好党和政府与人民群众之间的桥梁、纽带，还得四处“找饭吃”，以适应自收自支的生存实际。可以略微夸张地说，我们的记者已经像无所不能的孙猴子，而本领自然不是与生俱来的，更多的是“逼上梁山”练出来的。记得有读者发现了错别字后很快打电话过来，开口就来一句“你们是干什么吃的”，甚至是风马牛不相及的胡搅蛮缠。我们从不“投桃报李”，只是真诚地对他们的关注表达深深的谢意。是的，“此中有真意，欲辨已忘言。”人们已经习惯于对他人指指点点，而总是不愿意拿起镜子照照自己。好在总有许多理解永驻心房，总有一份默契无须表达。当然，对自己过往工作中的冒失冒犯和偏激偏执，在此要真诚地道一声对不起；曾经的委屈憋屈和误解误会，宁愿一辈子烂在肚子里。

作为时代的“弄潮儿”，记者的确可以出现在一些“令人艳羡”的场合，偶尔也会现身繁华都市。但是，我们的市情决定了记者更多的是往山里跑、往边远落后的目的地出发。犹记得当年因为交通不便，钻进挤满了人还装满了狗的皮卡车盘旋在险峻的山道，而后孤身徒步三天一睹“元跨革囊”故地、穿越“伸手摸着天”的太子关、体验驰名中外的宝山石头城的真实生活，平安回来后还被领导“训斥”“未经允许从事危险活动”；犹记得与公安干警一道乔装打扮后衔枚疾走，一举端掉臭名昭著的赌窝；犹记得宁蒗县与四川省交界的山区干部群众为“第一次见到记者”而举行盛大的篝火晚会、用当地的最高礼节相待；犹记得爬上围墙以获取丑恶行为的证据、钻进车间偷拍违禁生产的物品；犹记得因为准备不足而在半道上口干舌燥、饥肠辘辘、天地不应的困顿；犹记得因为我们的采访计划“影响当地工作”而饱尝冷眼，因为卷入正当的“名分之争”而被列入外地的“黑名单”；犹记得耐心听完一些人凭空捏造出来的侃侃而谈的“政绩”之后又装作漫不经心地处处核实；犹记得新闻稿还没写完，阻止的、求情的电话就响个不停；犹记得真心支援山区的外来干部突然辞世、当地群众以最隆重的风俗送别的感人场面；犹记得事情得到满意解决后前来感谢的父老乡亲的纯真笑脸；犹记得国际东巴文化艺术节撼人心魄的民族精神、丽江古城一夜间“珠光宝气”后的黯然神伤……我们不敢妄称“铁肩担道义；妙手著文章”，也并无不可磨灭的伟大功绩，但是始终在尽心尽力维护天空的湛蓝、河流的清澈、人间的公义，弹拨主旋律、奏响进行曲。社会的每一个进步，我们一边写稿，一边激动兴奋；社会的每一处污垢，我们从不幸灾乐祸，而是小心清洗擦拭。我们的水平能力有限，但都以高举旗帜、引领导向，围绕中心、服务大局，团结人民、鼓舞士气，成风化人、凝心聚力，澄清谬误、明辨是非为最高追求，以“政治坚定、业务精湛、作风优良、党和人民放心”作为终极行为准则。

随着高科技的汹涌出现、广泛应用，对传统媒体和从业人员的生存发展能力提出了更高要求。好不容易掌握的画版技巧、字数计算方法等刹那间变得无用，用胶卷照相、靠手笔写字一下子被淘汰。为了跟上新时代，无论男女老少，我们一遍遍像入学儿童一样从零学起、用心钻研，飞快的社会节奏让我们目眩，而不断掌握新生事物的喜悦也着实掩藏不住。同时，我们并不对所有的社会新生事物予以肯定、盲从，我们没有扭曲世界观、人生观、价值观，没有为腐败现象为虎作伥、没有向丑恶肮脏低眉顺眼、没有同似是而非的歪理邪说妥协谦让、没有陷入人云亦云的简单窠臼。当深层次的社会矛盾日渐浮出水面、当物欲横流甚嚣尘上、当美好品德莫名遭遇贬值、当价值取向日趋纷乱如麻、当不知所云的“新鲜词汇”层出不穷……我们所做的是“帮忙而不添乱”，更没有随波逐流和围观起哄，而是从一切浮华的表象之下仔细辨清事物的本质，努力用“源自中华民族五千多年文明历史所孕育的中华优秀传统文化，熔铸于党领导人民在革命、建设、改革中创造的革命文化和社会主义先进文化，植根于中国特色社会主义伟大实践”的中国特色社会主义文化对照是非美丑、站稳审美立场，为人间所有的真善美鼓与呼，既致力于早日实现中华民族伟大复兴的中国梦的伟大事业，也勇于和善于把那些丑陋的人事暴晒在阳光之下。我们没有高傲的头颅，却也不乏铮铮的硬骨；我们没有舍我其谁的骄狂，但也蕴含着剑胆琴心；我们尽力与人为善，不过也历来疾恶如仇；我们关注一切社会现象，只是也一直反对模棱两可的立场；我们不喜欢婆婆妈妈，可并未放弃侠骨柔肠；我们很少陷于缠绵悱恻，然也坚信大爱无疆。

不忘初心，方得始终。我们“不要人夸颜色好，只留清气满乾坤”。在习近平新时代中国特色社会主义思想光芒的普照下，在不同历史时期无数优秀的党的新闻工作前辈的感召下，我们一定会苦并快乐着、且行且珍惜，不断绳愆纠谬、放低姿态、增强本领，用好党和人民交给的强大公器，做好无愧于时代、无愧于人民的忠实记录者和新时代的宣传者、新气象的推动者、新作为的践行者。

食堂絮语

炎热且多雨的7月初开始，我又过上了在单位吃早点、午餐的生活。当年报社职工自己动手栽种的竹子、桂花、十里香、玉兰、枇杷等枝繁叶茂、争奇斗艳装点着至今仍然背负贷款的办公大楼。蓝天白云下、林木掩映中、潺潺溪流边的院子东北角，就是收拾一新的食堂。

随着人员的日渐增多，员工的早点、午饭如何得到更为妥善的解决早就摆上了报社党委的议事日程。走过一些曲折波折，付出相当真情实感后，而今，品种多样、营养均衡、服务一流、干净整洁的食堂终于开张了，这是单位的一件大事、喜事，大家奔走相告。因为，这不仅可以节省大量花在吃饭上的时间、心思，保证饭菜的安全卫生、味美量足，增进同事之间交流沟通，还可以起到养成良好饮食习惯、进餐规律的作用，在大风大雨或天寒地冻的恶劣气候中自然更会凸显它的方便体贴。当然，还有一个尽人皆知的重大好处，这是报社在捉襟见肘的情况下推出的深得人心的善举。个人的花费与在外面的酒店、饭店、食府、农家乐、大排档、快餐厅相比，肯定也会大大减少。

面对久违又熟悉的餐厅环境和还算热闹的人流，我的思绪却本能地简单跑回到远逝的岁月，进入那些历历在目的食堂经历，情不自禁地忆起那些人、那些事。所谓触景生情、睹物思人，说的大概就是这样吧？

“民以食为天。”这于年轻时代的我尤其如此，毕竟当年的物质还不像今天这样极大地丰富。到目前为止，我的人生简而言之就是愚昧未开、在校学习、毕业工作。屈指数来，有十年在校园里过着教室、食堂、宿舍的三点一线生活，有三年过着办公室、地委食堂、单身宿舍的简约生活，加上懵懂无知的孩童时光和在家吃饭的小学阶段，剩下的就是单位、家庭、未知综合起来的日子。其中，成家后在家吃饭的时间又几乎可以忽略不计，因为我们三口之家彼此的生活节奏各个不同，聚少散多是实情，厨房不生火不冒烟也是常态。可以说，我与各类食堂的联系是较为密切的。这不，去年底才和五湖四海的学友们在首都过了一个多月的食堂生活，新的食堂人生如今又启程了。

小学五年级，校园在离家两公里多的原新团农中，我都自带午饭求学。饭菜极其纯粹，要么是用不大洁白的纱布包裹上几块一半麦面一半苞谷面的粑粑，要么是拿一只久经火烧烟燎的饭盒盛着米少苞谷多的“米饭”、菜，菜或者是辣椒（我又怕吃）、凉拌，或者是很素的素菜。三五同村人在露天或遮雨的“食堂”里燃起一小堆火，把粑粑或饭盒往边上一放，午饭就算准备开张了。偶尔也有一两同学拿着明晃晃刺眼的纯麦面粑粑、纯米饭饭盒凑过来。大概人家也不是真的为了显摆，但大家似乎如临大敌，很有同仇敌忾的气息，拿幼稚的自尊心侧目而视以至冷嘲热讽。想的可能是大家都一样地以苦为荣、以穷为幸，凭什么你们吃得这么好？他们家该不会有什么隐藏的严重问题吧？我们不都是在啃窝头吗？小孩的思想意识总是跟不上时代前进的步伐，党的十一届三中全会都召开几年了，丽江已经实行包产到户，劳动致富都成时尚了。除了正餐，我绝少另吃东西。不过，大自然倒是馈赠给我们无以计数的动物的、植物的天然食品。学校本身也是一个无人管理的大梨园。所以，似乎不至于饥饿难耐，也很难理解大人嘴里的那些“五七五八年的故事”。

13岁开始，本来成绩一直优异的我在金山中学依旧带午饭读初一上半学期，但可能是父亲、叔叔觉得“孺子可教也”，“望子成龙”心切，所以“揠苗助长”地转学到地区中学，过上住校上初中、高中的崭新生活，与城里的孩子尤其是教职工子女比拼学习的高低，倒也无逊色。脑海里，除了任课教师外，打交道最多因而最熟悉的就是学校食堂里的师傅了。每天解决三餐、每星期购买一次饭菜票，使得在和食堂的频繁接触中摸索出了事物的一些规律，并具体应用于挑选打饭菜的师傅身上。现在想来觉得没趣，但在当时，我确实掌握了几位师傅的脾性、姓名、民族、籍贯等等。父亲给的伙食费本来足够了，但我要朝着吃好吃饱吃得开心的方向努力。长身体的稚子年龄段，老天也会原谅我下过的苦功夫吧。著名诗人鲁若迪基先生在一篇文章中提及学校食堂中擅长抖动勺子戏弄学生的炊事员，可能是“天下乌鸦一般黑”，我们也曾经领教过此等功夫。有的师傅故意高擎起勺子，用力深入盆子底部，舀出来相当壮观的油花四溢的肉、菜，孩子们引颈注目凝视，满心欢天喜地。孰料那勺子胆战心惊地划上一两道曲线后剧烈地颤抖几下，在纯洁而期待继而失望又绝望的眼神里，勺子里的美味早已可怜巴巴了。看过几次这些拙劣的“指挥家”的表演，孩子们其实已经彻底丧失了对他的信任，犹如一只小狗、小猫不再理睬老是虚假地拿食物愚弄它的智力的主人。一般地说，女师傅不太擅长玩这些花样，已经熟识的师傅也往往会收起这套把戏，所以选人和选对人还是很有必要的。

初中阶段，我们还碰到过“拔毛党”。这个“党”的成员年纪与我们相仿，校内校外互有勾结。他们首先出来一两个拦住选定的目标索要多少多少的饭菜票。如果不同意，其他党羽就凶神恶煞般地上前威逼，真不亚于强盗。同学们大都敢怒不敢言，只在暗地里检举揭发。但我的一位满身凛然正气的同班同学就敢于对他们说不，有一次还把几个混蛋打翻在地，大快人心。我是崇拜过这位一向爱憎分明的男子汉的，直到现在也还是。但愿抢饭菜票这种见不得人的丑恶现象在如今的校园早已销声匿迹。

另外，自己的饭菜票和碗筷一定要保管好，最好是藏得稳妥。那时，无知者无畏，有些同学也不像现在的人那么金贵，总疑神疑鬼用了别人的东西会传染疾病什么的，而是喜欢搞一些顺手牵羊的动作。有的甚至知人知面不知心，发展到了偷窃同学财物的地步。我就丢过一次省吃俭用攒下来的钱和刚买的饭菜票并查无线索，被父亲责备一番，以为我在欺骗他。等到毕业大家收拾行李时，我那会发出美妙声音的钱包居然出现在紧挨我睡的同学的箱子里。在我的直视下，他竟然一副若无其事的表情。不过，常在河边走，哪有不湿鞋？据说此人后来因盗窃被法律惩处了。自然，温馨的同学情更多，比如几个人打了不同的菜，完全可以互为补充，把筷子伸到其他人的碗里。饭量小的同学，也总是自愿扒一些饭菜给量大的好朋友。除了被偷而外，我身材小巧，善于“过日子”，不愁吃喝，月底还会结余一两块钱。这对小孩来说可谓巨款，可以买到好多连载武侠小说的报纸和数量相当可观的水果糖。

高中的时候，还是进出同一个食堂，常见几个运动员似的校友放着一大堆馒头就着豆豉凑合算一顿。也见过与此完全“背道而驰”的同学，中午打一份没有肉的饭菜留一半作为晚餐，节省下来的钱用于买灯泡、电线、课外学习资料，在教室、宿舍都熄灯后继续夜读。胆大饥饿的高年级校友，似乎也敢对附近河里畅游觅食的鸭、鹅下手，用酒精炉、煤油炉等学习庖丁手艺，有几次招来邻近村庄愤怒的村民，才使我等“瞎子聋子”略知一二。我的身高在高中阶段“突飞猛进”，真如芝麻开花，所以除了一日三餐，见过也偶尔干过这样的事：夕阳西下时分，拿着课本在校外菜社的田间小路上摇头晃脑地吟哦，忽然以迅雷不及掩耳之势袭击庄稼地里的蚕豆、豌豆、胡萝卜藏进口袋里，之后继续攻读圣贤书，牢记“吾独出淤泥而不染，吾安敢偷汝豆乎”之类的话。或者是在雨夜里相约采摘旁边小学伸枝到两校间围墙边的青涩苹果。这不排除为饥饿所致，但捣蛋的成分更多。至于突发奇想后哄拥而上的比赛饭量、比赛吃速，那就司空见惯了。冠军当然就是那些能够风卷残云般狼吞虎咽的“英雄好汉”。

人的性情是会随着环境的改变而改变的，就像橘树生长在江南结出甘甜的橘子、挪移到江北就会挂满苦涩的枳子。“近朱者赤，近墨者黑”嘛。因为命运的捉弄，我已经在农村老家“荒废”了两年的光阴，因而很强烈地想恶补回来。但在吃了晚饭拿着书本去教室、一路上会被人狐疑甚至讥笑的大学母校里，我潜移默化地似乎换了个人，变得粗枝大叶、热衷近乎所有的体育项目。还当然地在野称为“酒场”的校园学会了喝酒、增加了饭量、不知不觉中丢掉了许多优良作风、遗忘了不少中学时期即已熟知的常识。尽管离校时还是上交了优秀毕业论文，但放纵的“成果”就是大量光临过昆明不少大学、中专食堂尝“百家饭”。除了父亲给的生活费，党和政府还给我们一笔不多不少的伙食补贴，“交游甚广”“老乡无数”“朋友太盛”的我，每到发饭菜票都“出手阔绰”，“嘉宾们”从四面八方聚拢过来。同时，“师之所处，荆棘生焉；大军过后，必有凶年。”怎么办？来而不往非礼也。吃回来吧！于是，万般无奈之下，我对每所学校发饭菜票的日子大概了然于心，并常常转战于开往东南西北方向的公共汽车前去安抚肚子，学业倒在其次。也是，没有物质基础，何谈上层建筑？而且，只有难得的几位好先生的课觉得有滋有味呢。另一大原因是，随着市场经济的不断活跃，学校内外林立着各种“营养食堂”和美味烧烤摊、“特色”小饭馆、“一绝”小吃店、电影院、录像厅、书摊，而且目标都是我们。那些唯利是图的商家就明明白白地说，我们的饭菜票就像黄金白银一样，是完全可以硬流通的等价交换物。于是，有朋自远方来，不亦乐乎。我也就心甘情愿进了他们的窝子虚荣一番，趁机展示一下自己的“能耐”。所幸大学期间我没谈过恋爱，不然，父母亲的肩背岂不是更要沉甸甸的？蓦然回首，何必当初？而近似于结拜聚义的各个州市的“梁山兄弟”们，怎么这么多年你们都杳无音信了？

你们是“战死沙场”了，还是被“招安”后享受荣华富贵乐不思我了？总之，当初“同甘共苦”“生死相依”的美丽誓言和谎言终究是被无情地戳破了！

即使是老实在学校食堂就餐，那也是比较精彩的。随时丢碗又拿别人的碗不说，我有打饭菜力拔千钧的身体素质、见缝插针的神通眼力、察言观色的敏锐反应。所谓大学生，并不等同于文质彬彬、弱不禁风，反而多多背离圣贤道德、尧舜嘉行，社会风气的渗透力是无孔不入的。镇定自若有时似乎也能蒙混过关，我的一位校友老乡，曾经得意地吹嘘吃了半个月免费的饭菜，靠的就是在熙攘的人群中用不容置疑的手势坚定地指着想吃的肉、菜，食堂的师傅看他满脸无辜且坚毅的表情，丝毫也不怀疑他根本没有交菜票。但浑水摸鱼、乱中取胜也绝非长久之计，最终他被识破，他的尊容还深深印入了师傅们的脑海，几乎成为他们的噩梦。当然，他不过是调皮罢了，别无歹意，不像有些殚精竭虑把公家财物据为己有却心安理得的“人才”。相对来说，良好的人缘倒是可以在关键时刻发挥巨大作用，我的不少校友、同班男女同学就没少借给或者直接给过我饭菜票，让我度过了历次难堪的饥荒时刻。我能够吃饱喝足、枝叶扶疏地茁壮成长到今天，确实离不开他们的恩泽，只是因为自己毫无长进、不能涌泉相报，总觉得愧对他们。这真不是客套话。

常听同龄人说，自己饥饿的年代正是没钱的岁月。如今有钱了，却不想吃什么甚至不知道能吃什么了。为什么？盖因为没了吃的强烈冲动，不再把吃当作天大的兴奋事，顾忌食品安全问题估计也是其中一个原因。

又想起一位学友当初的宏图大愿：如果毕业以后能够找

到一份不饿肚子的工作，最好每顿饭外加一瓶冰镇啤酒，这辈子算是别无他求、死也瞑目了！我知道他现在衣食无忧，但不了解是否又站在新的高度有了全新的追求？我只能默默祈愿他不忘初心，知足常乐，即使被“社会大染缸”染出别的心思，也希望注意“取之有道”，更不可坠入欲望的深渊无法自拔。

宽敞明亮温馨和谐的报社食堂是自助式的，里面还张贴着很好的关于科学饮食和节约光荣的宣传语，那就老老实实地遵守各项规矩，并且努力吃出一番人生风味吧。您也来吗？报社领导说了，如果您是来公干的，又恰逢饭点，欢迎您！刷我的卡吧，虽然里面的金额不过是孔乙己盘子里的茴香豆，“多乎哉？不多也。”

怀想王阳明

每览《传习录》，总感到王阳明（守仁）是顶天立地的大丈夫、千百年来庶几无出其右者的儒家大圣贤。而支撑他和成就他成为一代宗师的，是他不断完善而且身体力行、其后由弟子们整理、继承、弘扬的“心学”。

1472年，王守仁出生在今浙江省余姚市，原名云，字伯安，因晚年在会稽（今绍兴）的道教第十洞天阳明洞天筑室讲学，依洞天之名，自号阳明子，后人遂称其为王阳明。他是明朝伟大的思想家、教育家、文学家、哲学家、军事家、书法家，精通儒、释、道，是心学的集大成者，还任过南京兵部尚书、都察院左都御史，生前受封为伯，身后追封为侯，可谓皇家恩礼特隆、身家尊荣备至。不过，王阳明一生专心以学问为重，对于名利倒不刻意在乎，完全不像那些张口闭口就是自己的“级别”“头衔”“财富”“才华”“功绩”“地位”者流。

王阳明的一生历经坎坷，却始终坚韧前行，苦过心志、劳过筋骨、饿过体肤、身经空乏，行拂乱其所为，所以动心忍性，曾益其所不能。王阳明的父亲考中状元后，九岁的王阳明就随父亲在北京生活、习武学文。因为他认真刻苦、精益求精，从而打下了良好的文武基础。王阳明自小心高气傲，志向远大，有桀骜不驯、特立独行的风格。二十七岁时，他也终于在两次落第后高中进士。满朝文武都知道他是学富五车、才高八斗的青年才俊，多有破除陈规陋习的政绩和政声。后来，他因为上书参与文官和宦官的宫廷权力斗争，提醒皇帝远离身边的奸猾宦官、亲近文官而得罪阉人总管刘瑾致身陷囹圄，而后又被贬去贵州龙场做小小驿丞。在艰难的行程中，他还被刘瑾派人追杀，只得亡命天涯，九死一生，最终有惊无险地到达龙场。龙场是王阳明人生转折的重要地方，也是他的心学日渐成熟的地方。“龙场悟道”的故事就发生在这里：一天夜里，王阳明突然对《大学》的核心内容有了顿悟——人的内心本来就包括世界运行的规则，心即是理，每一个普通人都具备圣人先贤的优秀品质“良知”，而一切从外在的事物中寻找良知是错误的。后来刘瑾倒台，王阳明时来运转，连连升官。最终，却因为镇压乱民，功高盖主，又引来小人的忌恨、排挤，从此干脆辞官回家，创建书院，传道、授业、解惑，游学多方，终其一生，生前死后，门下桃李满天下。王阳明还是一位大书法家，只不过他的学问的光芒遮蔽了书法上的极高造诣。徐渭就曾指出，“古人论右军以书掩其人，新建先生则不然，以人掩其书。今睹兹墨迹，非不翩翩然凤翥而龙蟠也。使其人少亚于书，则书已传矣。”

活着的时候，王阳明的学问逐渐兴盛，已有取代程朱学说的势头。在他辞世后，又一度有人想推翻他的成果。但是，太阳总是要发出巨大光芒的，一直到近现代，王阳明心学长盛不衰。他的信仰者，上有王侯将相，下及贩夫走卒，仅有明一朝，徐玠、张居正、赵贞吉、徐文长、汤显祖、徐光启、李贽等无不是他的得意门生；到了清代，林则徐、魏源、曾国藩、康有为、梁启超、孙中山、章炳麟、胡适之等也皆为他的追随者。王阳明的心学还东渡扶桑、北渐朝鲜、南极东南亚。据说，著名的日本明治维新的思想武器之一就是阳明学，并至今深刻影响着无数的日本、韩国、朝鲜和东南亚诸国人民。

通过了解王阳明的一生，初步领略他的心学有以下几点触动我的心智，指引着我自觉靠近。

自然而然、随遇而安。现在有不少人过分重视外在的物质，抱怨一时难以改变的环境，却从来不追求独立的精神和人格，结果掉入无穷无尽的物欲深渊不能自拔。其实，很多时候你需要做的只是遵从生命的自然方式，随真性情生活即好，正所谓“水流任急境常静；花落虽频意自闲”。人的命运不是可以强求的，有时候也要“认命”。但是，王阳明认为认命并不是对生命的放纵、随随便便。它指的是不躁进、不过度、不强求、不悲观、不慌乱、不忘形、抓机遇。人人都是天地的过客，又何必执着于“知其不可为而为之”呢？对于当下社会的浮躁与物质化，“身之主宰便是心”，“心学”教人拥有一颗善良、无私、强大的心灵，从而使一个人的“身”获得真正的尊重。“致良知”则为人们提供源自内心的道德感和判断力，找到并遵循内心的良知。“知行合一”对于“知”和“行”之间辩证关系的阐述，则更为直接地指导着人们的生产生活实践。南怀瑾说，一个人想做到随时安然是非常困难的，不过通过追求是可以做到安然的，卸下捆住心灵和精神的枷锁，就少一些无谓的烦恼。

安贫乐道、不求名达。“饭疏食饮水，曲肱而枕之，乐亦在其中矣。不义而富且贵，于我如浮云。”安贫乐道其实不等于不思进取，更是一种和谐有度的生存哲学。在龙场、在阳明小洞天，王阳明坚持过着简朴而健康的生活，并说上古的尧舜都住茅草棚而讲礼仪，一样喜爱音乐。“一箪食，一瓢饮，在陋巷，人不堪其忧，回也不改其乐。”人们往往以高官厚禄、无尽钱财、誉满四海为生活目标，但一旦真正实现，才发现也不过如此。从王阳明身上，我们可以认识到，安于贫困生活，学习和掌握圣贤之道，也可以找到人生的意义。安贫乐道可以说也是一种信仰。另外，名声也不是争取来的、求来的，更不需要别人的赐予。只要你坚持学习和培养起一系列优良的品质，名气、声望也就会无足而行、不翼而飞。“桃李不言，下自成蹊”者也。

超凡脱俗、视死如归。人与其他一切生命完全相同的是总有生老病死。繁华过后总是空，向死而生，死如再生。面对生死，王阳明坦然接受，因而也真真切切地把握住生命的历程，做出了惊天动地的业绩。他悟出了“良知”，心灵已经完全不再受外界事物的羁縻，领略了与万物一体的真实，真正参透了生死的奥秘。所以，他在病危中微笑着对众弟子说，“此心光明，亦复何言！”一如泰戈尔所说的，“生如夏花般绚烂，死如秋叶般静美。”所以，我们可以感知短暂与脆弱随时与生命同行，明白“色即是空、空即是色。受想行识，亦复如是”。这样，或许就能远离喧嚣，获得恬淡平和、视死如归的心态，放下包袱，经常生活在别样的期待和无所畏惧的轻松愉悦之中，还可以在静中做出一点成就。

王阳明的学问无所不包，博大精深，儒、释、道的思想交融在一起又不冲突，浩瀚无涯，岂能穷尽？

值得大书特书的是，习近平总书记高度尊重优秀的传统文化，曾在不同场合多次提及并盛赞王阳明及“心学”。比如说，“王阳明的心学正是中国传统文化中的精华”“王阳明曾在贵州参学悟道，贵州在弘扬阳明文化方面具有独特优势，要深入探索、深入挖掘，创造出新的经验”。这正好说明王阳明的学问绝非为学说而学说的空中楼阁，而是有着经世济用的宝贵价值和欣欣向荣的无限生机，至今仍有重要的借鉴作用。我们何妨“高山仰止，景行行止”。

钓鱼散谈

我老家的村子头顶着一座竣工于1958年的小一型水库。直到前些年，鲫鱼、鲤鱼、草鱼、鲢鱼等鱼类还很多。小时候，常见数量众多的钓鱼爱好者云集水库，也曾耳闻许多钓鱼的逸闻趣事。

钓鱼人往往很执着：季节不分春夏秋冬，时间无论白天黑夜，距离哪管山高路远。村子里原来有一块公里碑，上面刻着“10”，据说以长水路原汽车总站院内为起点（现已无存，改道后路程已大为缩短）。大部分钓鱼人从县城里来，十公里的路程少数人骑自行车，更多的则走路来。钓具多是竹竿，不过不少人的鱼竿上已经有轮子，想必是自制的吧。在大面积的水域垂钓，轮子竿是必需品。他们一般背一个篮子，里面装满了野外生活的必备物件以及鱼饵。毫不夸张地说，看他们的行头，很有要干一件大事的气势。

人的成长与周围环境密不可分。一条从水库流出的大河穿村而过，两岸杨柳依依、庄稼茂盛，水深一两米，里面也有很多鱼。这条河便成了孩子们的乐园：盛夏时日除了尽情游泳戏水，还在河里“甩上两竿”。鱼竿随地取材，可以砍一根细竹（以金竹为贵），也可折一段长柳条或拿一截细木棍，有的伙伴也有固定的视为珍宝的专用钓竿；鱼钩一般从在水库钓鱼的好心人那里要来，倘若谁家有一盒大头针，也很快就成了大家的钓钩；铅坠用牙膏皮加热熔化后自制，有时拴上一颗小石头也能钓到鱼；浮漂是名副其实的蒜漂（很多人现在还把浮漂称为蒜漂），因为就是用大蒜杆做的。可以做成立漂，也可以做成七星漂。鱼饵则只知道蚯蚓。因为实践得多，我们从小就无师自通地明白漂与坠要搭配得当的道理，每个人的钓具用起来都得心应手。这些钓具有时候还可以拿到水库的边角地带经受考验呢。

回想小时候钓鱼的趣事，真是快乐。快乐的源泉应该是我们的钓鱼活动没有功利性、没有包含杂质，是为钓鱼而钓鱼，也没有几个喜欢吃鱼的。

从初中开始住校读书到参加工作，我的垂钓活动一度中断了二十多年，尽管我们家就有个不小的鱼塘。直到前些年，一次鱼塘边的聚会才重燃起我的垂钓热情。

在不少人看来，钓鱼、狩猎、养花、饮酒、打牌等是“不务正业”的勾当（佛祖尤其劝人不要钓鱼、狩猎，另说）。这实在是俗人浅薄的误解。什么是“务正业”？恐怕这些“正经人”也说不清楚。人不能以自己的标准衡量别人，每个人都有兴趣爱好，只要不危及别人、无损于集体、未危害社会，何必非要“必欲除之而后快”呢？我倒觉得，无论做什么，要做好做精做通都不容易。因为工作上的关系，我认识一些社会精英，发现他们有一个共同的优秀品质，就是尊重别人。我的仁兄鲁若迪基诗歌写得全国出名，知道我经常钓鱼并乐在其中，并无褒贬。我曾经对他开玩笑：中国有很多诗歌协会，也有不少钓鱼协会，萝卜青菜，各有所爱，其中并无高下之分、文野之别、大小之辨。我的意思是，人生在世都不容易，生命其实都很脆弱，在漫漫人生路上寻找一点正常的乐趣，应该无可厚非。得饶人处且饶人吧。

较之传统钓法，我更喜欢灵敏度高的台湾钓法；较之“赌钓”，我更倾向于来去自由的“秤钓”；较之竞技钓，我更热衷于没有压力的休闲钓；相应的，较之海竿，我更偏爱手竿。垂钓地点的水质是首先考虑的问题，虽然至今不喜欢吃鱼，但这关乎鱼的品质和垂钓的心情。我最欣赏钓鱼人钓获后马上放生的行为，但这牵扯到鱼塘主的利益，不是很容易具体操作。有许多鱼塘主就认为，钓上来的鱼又放下去会死。尽管我一再说明我的鱼钩没有倒刺。我最向往海钓，但是遥不可及，不过人生总要留点遗憾。

听朋友讲，他们去外地钓鱼，不仅收费低廉，还能得到鱼塘主馈赠的免费午餐，这让我很羡慕。不久前碰到一位北京人，他打算玩路亚，我告诉他丽江没有凶猛的鱼类。谈及丽江的钓鱼行情，他咂舌了。据他讲，现在去十三陵水库、密云水库垂钓，一天收费五元。这下轮到我咂舌了。也不知道他说的靠不靠谱。

我之钓鱼，纯粹为了放松身心，全无要证明点什么的意思。因而觉得钓鱼的环境越安静越好。我不喜欢三五成群地相约垂钓，主要是避免大家到了鱼塘边又热热闹闹地、海阔天空地瞎扯，把本来就胆小、敏锐的鱼儿吓跑，反而失去垂钓的乐趣。

作为一项群众性体育活动，参与钓鱼的人数甚至超过足球运动，其广泛的群众基础不可动摇。如果硬要好事地罗列出伟人、名人喜欢钓鱼的事迹，那将是一项“庞大的系统工程”。

静坐水池边，要经历变幻莫测的天气，可欣赏四时美景的交替；须经受折竿断线的意外，能发出脱钩跑鱼的惋叹。有浮漂半天一动不动的煎熬，也有频频上鱼腰酸手疼的“痛苦”。一个普遍的说法是，钓鱼能增强人的耐性，磨炼人的意志。我以为这是一个正确的说法，“小猫钓鱼”的故事家喻户晓。

闲话核桃

时令步入成熟、收获的秋天，琳琅满目的新鲜农产品、林果产品、野生菌等你方唱罢我登场，热热闹闹地结伴相约来到市场展露风采、供不谙农事的人们品头论足和挑挑拣拣。货物的主人神情难测地待价而沽，过往的顾客心痒难挠又挑剔万般。一方急于撞一把好运发一笔小财，另一方却也时常臆想花点小钱就满载而归。在对立又统一的矛盾中，市场里因为充满买卖双方彼此间言之凿凿、欺人自欺、最终不得已各自退避三舍后生意成交、或不欢而散的奇谈怪论和连篇废话而活力四射，人间的烟火味和荒诞劲儿就这样在飞逝的光阴中兴致盎然地重复上演着，无辜的瓜果蔬菜被强加上了各种额外的斑斓色彩。

我从小不大喜欢水果，至今只对瓜子、花生、蚕豆、板栗等“干货”“硬货”有兴致，因此也培育出多少生硬干脆的性格，尤其钟情于刚刚脱皮的新鲜核桃，视之为难得的天赐美味。我想，新鲜核桃应该有一个精确的学名，但至今不得而知。上个月初在家门口的农贸市场首次看见今年的新鲜核桃，如遇朝思暮想、久别重逢的温馨故人，身不由己怯怯走近便问："多少一斤？"答："十五块！"问："一公斤？"答："一公斤三十元！"问："这也……"答："今年第一批，爱买不买！"天哪，这位商贩的口气跟核桃的价格一样高慢得令我震撼。被准许后尝了些许果仁，竟然水味十足，如同嚼蜡。我虽然也能理解商家的不容易，略知他们的喊价手段，明白"物以稀为贵"的道理，但总觉得旅游区的物价毕竟傲娇，做生意的人儿总是无畏，于是尽量抑制自己的低级欲望，黯然离去，祈愿他顺利愉快地兜售完毕。同时，老家的那棵老核桃树又不禁浮现在眼前，颇为阿Q式地想：妈的，哪有我家的核桃好吃！先前我在树下无拘无束地吃个够，从不花钱！手上刚买的这几斤肉还比你的核桃便宜呢。不是我不明白，这世界变得太快……

老家的宅子周围原来有不止一棵核桃树，但就在最近十几年因无休止地重复翻修新建房屋、围墙、大门、沟渠、道路，凡影响到施工的大批梨树、苹果树、桃树、海棠果树、李子树、杏树、梅子树、核桃树以及一整排柳树、月季等都被家人无情地拦腰斩断，还包括足以证明我们家是军医后代的许多本地难得一见的中药草本木本被抽筋拔根，取而代之的是毫无生机的水泥地坪、开挖后就地堆放的土方、中看不中用的花花草草，比如结出鸡蛋大小果子的石榴树、只开花不结果的牡丹、四处蔓延随遇而安的波斯菊等等。建设美丽乡村，并不能以改善和提高居住条件为唯一目的而"殃及池鱼"啊！夹杂着苍白高大的钢筋混泥土建筑和水泥杆，空中布满各式各样用途不一的蜘蛛网似的线路，总觉着整个村子仿佛丢掉了一些天籁之声和自然之灵，多了几分"破坏性建设"和粗暴的入侵的味道。或许是因为树龄老迈而受到尊敬，或许是那块不方不圆的地带如鸡肋般令人纠结，或许是破坏也要付出极强的体力让人望而却步，夏秋季节遮天蔽日的这棵老核桃树却历经风波幸免于难。是它让我从懵懵懂懂到今天依旧笑傲风霜、硕果累累，曾经给我们兄弟、妹妹带来过实实在在的口福和快乐童年，还睁只眼闭只眼地看着同龄人不时顺手牵羊。

核桃在纳西族东巴象形文中被绘为一棵树上加画三块石，近音可读作“孤独”，解释是“实坚如石，故果从石”。可知，在纳西先民的生活中，最为常见、接触最多的还是坚硬瓷实的铁核桃。但我们家这一棵是泡核桃，树干直径二十多厘米。近日向父亲小心求证，得知该树树龄几乎与我已经虚度的时光不相上下。他还说，不知是哪位路人往我家园子丢了一颗种子，才有了它的自然生长、英姿勃发和挂满星星一样多的果子。真的，有时候，你的一个不经意举动，也可能给一家人带去极大的快乐、实际的好处。反之亦然！不过，自给自足而已，我们家从来没有卖过一颗核桃。它的果子，简要地说就是个大、皮薄、饱满、醇香、回味无穷。我还无意发现它隔年丰收，像约定俗成的旋律一样具有稳定的节奏。

每年中秋节将至，核桃已逐渐在枝头树梢绽开笑容，茂密的树叶也遮挡不住它们的开心。紧接着，在风雨的助推和万有引力的牵扯下，从白天到黑夜，它们自然而然陆陆续续坠落。有的“啪”的一声脆响碰到瓦片和石头炸开壳子，有的悄无声息软着陆躲进草丛落叶里。这个时节往往正好是新学期已开始一段时间，我们不用奶奶、父母催促就做到了黎明即起，直奔树下，仔细搜捡，然后得意地向大人炫耀各自的胜利果实，准点吃早饭、上学，一举多得。照例，大人会面无表情地说几句夸奖的话，或者虚假地做出一副与我们同样惊喜的样子。慢慢才明白，拿自家的东西在家里夸耀算什么能耐，最多也就做到了“肥水不流外人田”。当然，把根本不属于自己的东西挖空心思地据为己有，就简直不可饶恕和相当无耻。

能吃说明胃口好，会吃就应该说上了一个层次。后来，枝头的核桃在阳光下熠熠生辉，令我心潮澎湃。但核桃皮依旧紧紧包裹着，丝毫看不出要裂开一点缝隙。而假期即将消逝，八月十五的大圆月亮也不知转到哪个遥远的外国去了。怎么办？用石头或柴火抢先把它们打下来。只是实际操作之前一定要确保方圆几十米内无人走动，不然极容易闯祸。这是因为我家恰好处于老丽华公路和村道的中央，失手的、偏离轨迹的棍子、石头，发射后极有可能伤到悄无声息、行色匆匆的路人，或砸到邻居屋顶的瓦片。如果发生此类事情，至少也会招致一阵漫无边际的诅咒声。把千辛万苦击落树下的青核桃捧在手上，最初我简单地用石头砸破皮壳吃仁，有滋有味。但逐渐发现这种方法不仅使皮子的苦汁渗透进了洁白的果仁，影响了口感，也很快地将双手弄得脏兮兮的，简单粗暴，很不科学。于是，我无师自通地找来砍柴刀，准确无误地把青核桃切为对半再对半，轻轻地横加一刀，果仁就较完整地离开了果皮。这大大提高了效率，也明显减少了双手受污染的程度。就算这样，做什么都要付出代价的，双手特别是十指及嘴唇上还是留下了先黄后紫的贪吃偷吃的确凿证据洗刷不清。这时候，我那柔和慈爱的奶奶就会上前宽慰：不怕，没事。并让我把双手放在锅里煮着开水或做着饭的热气腾腾的草锅盖上熏蒸，或者教我去外面用大清早无处不在的晶莹露水擦拭双手和嘴唇。虽然并没有立竿见影的效果，但它还是较管用。小学期间，看来不少同学都有与我们兄弟相同的癖好，因此“双唇青青十指黑”，神似于白居易诗中的卖炭翁，也就完全没有相互取笑、挖苦。但是，初中、高中直至大学阶段，因为积习难改，又因为学校在城里，我的嘴唇和十指还真吓到过一些同窗。有的以为我生了什么怪病，做悲天悯人状，而我却窃笑他们不知世间尚有此等乐事和美味。也有大学同学问过我用的是什么化妆品，真是尴尬，我故意说是为了强身健体而抹了青核桃皮的汁液消毒瞎掰。一些小市民的孩子甚至还鄙夷我吃过青核桃。这些家伙，难道我又羡慕过和崇敬过他们吃什么垃圾食品和那与生俱来的恶俗的市侩气息？直到今天，我仍不时惦记着家中的这棵宝贝树，一有机会就理所当然地将青核桃想方设法击落，只是获取果仁的过程有了“长进”——双手套上胶皮手套运作。这样一来，吃了还几乎不留痕迹。所谓人的成熟，是不是类似于今日的我吃青核桃，干事不露声色、瞒天过海，自以为神不知鬼不觉？果真如此，我倒还是十分愿意脱了手套留下光明正大的证据，以此表白我的童趣、自证我的糊涂、昭示我的稚嫩、挽留我的天真、警醒我的有些错误不可一而再再而三，做一个长处与瑕疵同样显而易见的坦荡凡夫，仔细认清并如避瘟疫那种比狐狸还狡猾、比白雪公主的后妈还阴鸷的道貌岸然、笑容可掬、内心龌龊、搬弄是非、破坏秩序，直至与人民为敌的伪君子、双面人、阴阳客，亲近和学习德能兼备、望其项背的贤才俊杰、志士仁人，坚信神目如电、暗室亏心，修个心安理得、无挂无碍的纯净意境。

东巴文里描绘的铁核桃，是孩童时代的玩具，并没有直接食用过。我们玩一种纳西语称为“孤独拳”的游戏：在地面挖个不大不小的洞，划上一条离洞口距离三四米的起点线；人数不限，在线外依次朝洞里先扔一个核桃争首发权；离洞口最近的那个人就做庄家，一步到位进洞者最厉害；倘若多个人的核桃都进洞了，则依据先后次序排列庄家。庄家可以把所有人的核桃握在手中在线外一股脑地朝洞里扔，扔进去的马上就是他的了。洞外的用一般藏在口袋里的硕大的“母子”去击打，只是不能踩线、越线，臂长者优势就明显。依据规则，可以单击一个得一个，或者击中一个得好几个。有时庄家一人就可结束战斗，有时近十人翻来覆去总剩几子，耗时较长。还可以不用挖洞，直接把核桃摆放在几米开外较量谁打得准。孩子们的铁核桃多数来自我家附近的几棵需要几人合围的百年老树。少数来源于水库北边一个山谷里不知是种植的还是野生的铁核桃林。大家在山溪的石头上把核桃皮磨得干干净净，同时也把双手弄得如涂上黄色油漆。核桃并非只有对半棱角的，“三尖角”“四尖角”“五尖角”“六尖角”等都有。棱角越多，孩子们越视为珍宝。拥有者跑那么远的路或等不少时间得到一点“赌本”，但技术差的人很快就成为那些几乎能够打得百发百中的佼佼者的搬运工，沮丧、不甘、委屈写满脸庞。这个游戏是很能开发人的能力的，比如巧劲、力道、准头、判断、反应等。玩得兴起，人们甚至不管风狂雨急、天昏地暗。最不愿意发生的事情是游戏中难免出现一些矛盾纷争，甚至打上一架，却引来固执地认为永远都是自己的孩子好的不讲道理的信口雌黄的蛮横大人。也有善于动手的童年伙伴在父辈的指导下依葫芦画瓢将核桃制作成多种玩具把玩不已，又是不幸充满了玩物丧志的味道。

核桃浑身都是宝，可榨油，可作香料、罐头、糕点、糖果，可直接果腹，现已成为林果业的一大主力军，品种更新快、来路远、产量高、味道越来越好。新疆策勒的、大理漾濞的、陕西商洛的等都久负盛名，近年栽培不已、颇受青睐。我们还可以经常在电影电视和现实生活中看到一些人多少显得吊儿郎当地掌握几个核桃搓滚，雅称为文玩核桃、揉核桃等。据说这具有极高的保健按摩作用。这并不难理解，也有显而易见的中医学道理。老北京就有民谣曰："核桃不离手，能活九十九。超过乾隆爷，阎王叫不走。"执意追求长寿的人不妨一试。但是，过犹不及，世界之大，确实无奇不有，少数人"醉翁之意不在酒"，他们变着种种花样进行商业炒作和运作，无限夸大小小核桃的实际价值，将一对核桃的价格人为地攀升到几千元、几万元乃至几十万元。其美妙的用意与司马昭之心一样昭然若揭，但也有人心甘情愿默契配合，拦都拦不住地勇敢跳下坑堑，不仅自得其乐而且诲人不倦。有一种说法认为，青核桃与白酒忌讳同时食用，不然后果无法想象。我曾经像神农尝百草似的义无反顾地以身试法过，可并没有什么不良反应，估计是个体差异的原因。还有一个不知真假的说法，说完整的核桃仁形似人的脑髓脑汁，所以按照"吃什么补什么"的简单"原理"，喜欢吃核桃的以脑袋瓜活泛的聪明人居多。我本来自认为和被公认为愚不可及，但因为在老家以"社会考生"的身份被大学本科录取后曾经引起小范围的"轰动"，许多热心的可爱的总是盯着别人的身影、替他人牵肠挂肚的乡邻似乎一开始百思不得其解，而后终于"幡然大悟"，说这完全归因于我确实比他人喜欢吃青核桃，吃得全心全意、手嘴俱黑，是我家那棵不起眼的核桃树成就了我！在他们明亮、智慧、深邃、犀利的眼光里，核桃树摇身一变立即成了神圣的菩提树。我并不否认家中老核桃树的皇皇恩泽，但私底下也请他们不要随意抹杀我“三更灯火五更鸡”“恨不识尽天下字”的悄然付出，顺带了解一下我真的只是因为突如其来的疾病而多走了一点远路。果能如此，我将倍感幸甚至哉！而他们也终于可以再次确定天上不会掉馅饼的生活常识，从此身心愉悦地睡个安稳觉。

后　记

在《八里庄旧事》经过一番整理初现一本书模样之际，除了对一路上遇到的贵人充满庄重虔诚的感恩，我别无他念。原因在于，此书虽然得以顺利问世，但并不是因为它的内容有多么引人入胜、文笔有多么优美老辣、思想有多么深邃洞察，更谈不上在思想史文学史美学史上有什么重大意义。而是由于，它是真正比我优秀太多、难以望其项背的贵人们一直实实在在地给予无微不至的关心和帮助的结果。贵人从来屈指可数，而我，无疑就是那个中了大奖的幸运儿、暴发户。

第一个要感恩的贵人是我的叔父，现任中国作家协会专职副主席、全国政协常委白庚胜博士，以及他的夫人、我的婶婶孙淑玲女士。从小到大，我的生活、工作的每一个大小环节都离不开他们的教导、影响、帮助，而且都是直接的。本书成形的整个过程也不例外：从建议、鼓励我多写作，到亲手为我修改、推荐发表陋作，再到殚精竭虑为促成此书的出版而辛劳，满满地凝聚着他们的心血！可恨我太过拙劣愚钝，没能拿出熠熠生辉的优秀作品稍稍对等地回报他们的循循善诱、言传身教，甚是无地自容。从懵懂无知的年纪开始，我就知道自己有一位极为出类拔萃的叔叔，他留给我们兄弟、妹妹的从来都是笑脸和慈爱，以及用他微薄的薪水换来的北京糖果、与首都孩子同步看到的《十万个为什么》等课外读物，还有无尽的期待、祝福。他偶尔回老家，总是席不暇暖，而同行的朋友多是如雷贯耳的各路英杰特别是国内文艺界名人，使我们从小就得以一睹文艺家的风采并心向往之。简单地说，无论在空间上、地位上、认知水平上等彼此相隔多远，他仁爱的心灵总是感同身受地时刻与我们在一起，为我们的点滴成就而喜悦，为我们的愚蠢举动而担忧，为我们的碌碌无为而扼腕，并给予我们太多太多物质的、精神的慷慨馈赠，尽管他自己几十年如一日夙夜在公、日理万机、超越名利、奋进不息、奉献无私……以我的愚见，万事万物的出现和终成气候都有深层次的原因。叔父的岿然巍然、顶天立地，终成一代文化大家、学问巨擘、文学大师、党的高级领导干部为祖国为人民争光、“为天地立心，为生民立命，为往圣继绝学，为万世开太平”也有其必然性。我以为，一句“白庚胜，男，纳西族，1957年出生于云南丽江一个普通农民家庭”、何年何月任何职、哪一年从哪里毕业和拿到双博士学位等介绍实在不足以窥斑知豹。那虽然说得一点没错，也固然可以成为许许多多个很好的励志故事，只是总觉得过于浅薄苍白。实际上，我们的祖先在清朝后期作为军医随军来到丽江戍边后，也是多少有些名望的。他们不仅逐步融入与“本地人”和睦共处、繁衍生息，传承着“好守礼义”“耕读传家”“医者父母”的家风，还宅心仁厚，收留过一些犹如断梗浮萍无立锥之地的后来者。就我知道的点滴情况，也稍可佐证“昔日的繁荣”：我们早先的祖坟有专门守墓的聂氏家族、本村王氏家族，都是四川游民，族中还有于咸同年间收为义子的李氏回民后代；我家门口至今还有一块墓碑，墓志铭出自一位民国县长之手，而我的这位先人不过是一介乡民；白庚胜先生的母亲、我的奶奶是大东旧时望族客籍张氏的千金，平和、谦恭、心灵手巧、忍辱负重又深明大义，几乎集中华传统女子的美德于一身，历经了民国到新中国“改革开放”的所有风雨、阳光，至终老从来没有说过一句尖刻和抱怨的话、从来没有做过一件纯粹为了自我的事、从来没有一次摇摆于道路正中央。尽管从小不被允许习文识字，却能背诵整篇《三字经》，她的哥哥是民国丽江县政府议员，她的弟弟是新中国第一任丽江县大研镇镇长。这是一位伟大的女性，不到五十就不幸守寡，但全凭一己之力扶老携幼、支撑门庭，延续了整个家庭，养育了品行高洁、于社会国家非常有益乃至大有作为的三个儿女。她的一生确实是奉献殆尽却从来不求丝毫回报的一生！完全不应该忽视她在子女成长路上付出的非凡努力。我想说明的只是“半亩方塘一鉴开，天光云影共徘徊。问渠那得清如许？为有源头活水来”。至今，在上了年纪的村民嘴里，也还流传着一些白庚胜先生幼时即“天赋异禀”的故事。而就我所知，他七岁丧父后仅在“文革”中先后上过五年小学、两年农中、两年地区师范，三年半中央民族学院关“工农兵学员”之门，后来才一边工作一边补课，连连考取国内外博士研究生并从事博士后研究。我无力也不可不敢妄自评说白庚胜先生。不过，他的学富五车、他的高屋建瓴、他的细致入微、他的似火激情、他的平易近人、他的菩萨心肠、他的睿智机敏、他的胆识气魄、他的儒雅大度、他的仗义疏财、他的赤子之心、他的过目不忘、他的大情大义、他的爽朗笑声……想必每一个或远或近或多或少接触过他的人都已经强烈地感受到了。对于这样的巨人，除了仰视、学习而外，我也唯有继续仰望、不断效仿、拼命追赶了。

其次要感恩丽江日报社党委书记兼社长李建根同志、《丽江日报》总编辑张赛东先生，以及丽江日报社原社长李群育先生、副刊部原主任杨其昌先生等众多给予我关心、帮助、支持的领导、同事。各位领导从我参加工作后就一直非常关照我、鼓舞我，包括生活等方方面面。我本应该取得一点成就不负他们的期望，却实在因为才疏学浅、冥顽不灵、直性狭中、疏懒成癖而令他们寒心了。在我拖着病腿上下班的时候，是李社长决定让我去首都进行最好的检查、治疗；在我有机会到鲁迅文学院参加培训的时候，是李社长、张总编等领导愉快地批准请假，还让我没有半点工作上的后顾之忧；在我毕业后举步维艰、走投无路之际，是李群育社长接纳了我。也是李老社长高看一眼，让尚属年少的我参与编写《新编丽江风物志》、主编《向世界申报》。说到这里，我还必须感激原中共丽江地委副书记和永昌先生、丽江市政协原副主席杨一奔女士向丽江报社及李群育先生大力举荐我，让我谋得一份依旧与挚爱的文字密切相关的工作，无怨无悔地、老老实实地为人民服务；杨其昌先生不断激励后学，还为我遮风挡雨、一起背负来自阴暗角落的飞箭流弹……他们的博学敏行和高洁品格令我折服、使我景仰、让我铭记……我虽然长得牛高马大，但身体屡屡出现“疑难杂症”，不止一次住院治疗且多被误诊，麻烦过所有的单位同事牵挂、探视，令我长久地心存愧疚。

我要特别感谢中国作家协会全国委员会委员、云南省作协副主席、市文联党组书记、普米族著名诗人鲁若迪基（曹文彬）先生。感谢他在百忙之中、在自律并严格遵循不为人作序的原则下破例，欣然为这本陋作写下言过其实夸奖我的序言！对于他，我是未见其人就久仰大名，起因是十几年前的某一天，我第一次见到并且惊诧于他那明白简洁但经过精心组合后产生了巨大魔力的文字，尤其被文字背后诗人那颗高尚、真诚、智慧、细腻、圆融的心灵感动！为丽江又有了如此璀璨耀眼的大诗人而狂喜！他曾经说他的诗歌是“小凉山的另一种作物”，而我觉得这“作物”早已属于丽江、云南、五十五个少数民族、全国！这是一种刚柔相济、风姿绰约、营养丰富、高产优质的“作物”，足以解决很多人的思想贫乏和精神饥饿问题，如果他们愿意改善和促进身心双健康的话。正因为对他神交已久，我们初次见面，我就毫不犹豫地、管他同意不同意地尊他为“兄长”。那时，他是丽江泸沽湖省级旅游管委会的纪委书记，此前是宁蒗县财政局局长，此后在市纪委、市文联工作。多年来，我们没有大小利益关系和无聊庸俗交往，一点也不是影视剧中江湖人称的“兄弟”，但这位兄长活在我精神隧道极深处的重要位置，须臾不离，教我对人生保持淡定、对万物充满敬畏，激发我热爱生活、拥抱生活，始终相信人性光辉的力量、坚韧不拔地进取向上。此外，毫无疑问，没有他，也就没有了我那些不大精彩的八里庄故事。能够请他屈尊作序，除了窃喜和满足，我唯一的忧虑是，有可能读者都只看序言而不看正文。

我也油然想起从小学到大学的所有恩师尤其是语文老师如和用勤、席贤昌、徐世雄、赖京鉴、蔡川佑、陈友康、王四代、张直心、张黎等先生的教导、鼓励、关爱。当一个人心智不全或信念模糊的时候，老师的肯定、激励可以让学生喷薄出难以估量的正能量，甚至足以改变一个学子的人生轨迹。我深深地感谢他们春蚕吐丝、蜡炬成灰地成全我及无数桃李的健康成长！他们的光明磊落、他们的博识儒雅、他们的笔直伟岸经常浮现眼前，时时警醒我不可造次。鲁迅文学院的所有教职员工，我也必须鞠一躬。短暂的时光里，我从他们那里攫取了太多太多，而他们从来不以为意、仍然在一如既往地默默付出。

父母的养育之恩、奶奶对我的终生影响、婶婶的细心热忱、弟弟妹妹的手足之情、女儿的乖巧聪颖、所有亲戚的殷殷关切，这些显然不是“感谢”二字就能表情达意的，但我还是要道一声感谢你们！对于你们，我暗自承诺一生都不会忘本变质、忘恩负义。还有那些常见的或不再相见以至相忘于江湖的同窗们、朋友们，感谢你们！任何人都不可能生活在真空或独立王国，我们多少有过交集。佛说，我们今生的“每一次遇见，都是时间精心的安排。每一次不经意的邂逅，至少都需要前世五百次的回眸。前世相欠，才会换来今生的相遇”。且让我们共同珍惜缘分、互道一声珍重。

《八里庄旧事》依然很稚嫩，我期盼着得到亲朋好友们的呵护，加上自己辛勤的汗水、虔敬的心态、科学的方法，以它为本，盼望着像它一样的一批幼芽逐日健康成长、枝繁叶茂，最终可以长成一丛葱绿的树木。

图书在版编目（CIP）数据

八里庄旧事 / 白浩著. -- 北京：作家出版社，2020. 12
（2023.1重印）
ISBN 978-7-5212-1092-7

Ⅰ. ①八… Ⅱ. ①白… Ⅲ. ①散文集 - 中国 - 当代
Ⅳ. ①I267

中国版本图书馆CIP数据核字（2020）第147994号

八里庄旧事

作　　者：白　浩
责任编辑：宋辰辰
营销编辑：商晓艺
装帧设计：意匠文化·丁奔亮
出版发行：作家出版社有限公司
社　　址：北京农展馆南里10号　　**邮　　编**：100125
电话传真：86-10-65067186（发行中心及邮购部）
86-10-65004079（总编室）
E-mail:zuojia@zuojia.net.cn
http://www.zuojiachubanshe.com
印　　刷：中煤（北京）印务有限公司
成品尺寸：152×230
字　　数：244千
印　　张：20
版　　次：2020年12月第1版
印　　次：2023年1月第2次印刷
ISBN　978-7-5212-1092-7
定　　价：45. 00元